—— 阅读之前 没有真相

午夜文库

—————— 岛田庄司作品集

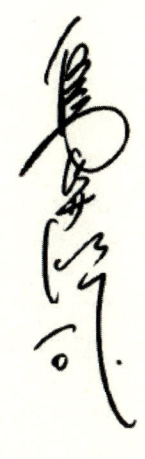

岛田庄司,推理小说之神,新本格派导师,当代最伟大的推理小说作家之一。

岛田庄司一九四八年十月十二日出生于日本广岛,毕业于武藏野美术大学,在音乐和美术领域造诣非凡。一九八〇年以一部《占星术杀人魔法》参加江户川乱步大奖角逐,次年由讲谈社出版此书。这部作品为日本乃至全世界推理文学的发展打开了一条全新的道路。

其后岛田庄司陆续发表《斜屋犯罪》、《异邦骑士》、《奇想,天动》、《北方夕鹤2/3杀人事件》等作品,均为场景宏大、诡计离奇的不朽之作。其笔下塑造的御手洗洁和吉敷竹史两大神探个性鲜明,已成为无人不知的经典形象。

日本很多作家以岛田庄司为偶像,创作了大量"岛田风格"的推理作品,由此开创了新本格派推理,成为当今世界推理舞台最重要的一支力量。

岛田庄司现定居在美国,已创作各类小说、论文集等八十余种,其对本格推理的孜孜以求没有任何改变。他坚定地表示:"只要我身为推理作家,一定坚持本格派。若我不再写本格作品,我就不再是个推理作家了。"

岛田庄司作品集年表

1981	《占星术杀人魔法》
1982	《斜屋犯罪》
1983	《死亡之水》
1984	《寝台特急1/60秒障碍》
	《出云传说7/8杀人事件》
1985	《北方夕鹤2/3杀人事件》
	《消失的"水晶特快"》
	《死亡概率2/2》
	《搜索杀人来电》
	《夏天,十九岁的肖像》
1986	《火刑都市》
	《Y的构图》
1987	《展望塔上的杀人事件》
	《御手洗洁的问候》
	《灰色迷宫》
1988	《异邦骑士》
	《深夜鸣响的一千只铃》
1989	《灵魂离体杀人事件》
	《奇想,天动》
1990	《羽衣传说的记忆》
	《御手洗洁的舞蹈》
	《黑暗坡食人树》
1991	《字谜杀人事件》
	《水晶金字塔》
	《飞鸟的玻璃鞋》
1992	《眩晕》
	《来自天国的枪弹》
1993	《异位》
1998	《御手洗洁的旋律》
1999	《泪流不止》
	《P的密室》
2002	《魔神的游戏》
	《光之鹤》
2003	《螺丝人》
	《透明人的小屋》

岛田庄司作品集年表

2006　《犬坊里美的冒险》
　　　《最后的一球》
　　　《UFO 大道》
　　　《帝都卫星轨道》
2007　《利比达寓言》
2010　《写乐密闭之国的幻影》
2011　《进进堂,世界一周》
2012　《蛙镜男怪谈》
　　　《恶魔岛幻想》

进进堂，世界一周

（日）岛田庄司 著
杜海怀 译

新星出版社 NEW STAR PRESS

目 录

1	进进堂咖啡 1974
23	谢菲尔德的奇迹
69	归桥与悲愿花
165	追忆中的喀什
252	后记

进进堂咖啡 1974————

本人名叫阿悟，失学浪人一枚。现寄宿于京都的产宁坡中段偏上一点的一户人家里。眼下，本人在一所高考补习班上学，目标是考取京都大学。虽说于我而言，最终能否顺利考取京大是个未知数，但还在乡下时，京大就是我梦寐以求的人生目标。正是这个目标支撑着我拼搏到现在。

再有便是对京都生活的憧憬和向往。倘若这里不是京都，我想我是无论如何也无法忍受这前途未卜的补习生活的。从石板路的坡道上可以眺望到的五重塔的远景；伴着时而飘入耳的钟声，从石板坡走下；市营电车从坡下延伸的石板路经过产生的振动感……这一切的一切都令我为之着迷。这便是我大爱的古都——京都！真想永远待在这座城市！

我为京都痴狂的理由还有一个。在京都大学边上，有一间咖啡屋——"进进堂"，这里是京大的学生经常逗留谈天的地方。在"进进堂"，我认识了一名京大的学生，和他聊天是一种享受。

这人每天大抵（午后）三点过后就会出现在店里，所以我便每天下午三点一过就赶去咖啡屋。那种感觉就像要去见补习班的老师。不，应该说比去见老师还要开心，是一种兴高采烈的心情。

和他聊天的时候是最棒的。我们每次都是从一些鸡毛蒜皮的小事聊起，然后话题便像长了翅膀——真心有这种感觉——瞬间便飞越了大海。然后，心就如鹰隼般在全世界遨游。这是一种多么不可思议的感受啊！对于我来说，如此的心路旅程平生还是第一次经历。

起初我和他聊到的都是些，诸如如何考取京大呀、日常生活有什么烦恼呀之类的话题。后来我们渐渐不聊这些了，话题变得越来越自由奔放。我们不再聊无谓的个人烦恼。因为我发觉，比起那些老生常谈的话题，我可以从他那里听到更多更有意义的趣事。

御手洗君——这是他的名字——那时，他刚从环游世界的流浪之旅归来。只要我想听，他便会尽可能多地告诉我旅途中的种种奇妙经历。他说的趣事是那么引人入胜，我总是听得如痴如醉。

御手洗君总能口若悬河、侃侃而谈。我完全走进了他所描述的世界，时而在故事里欢欣鼓舞，时而在故事里痛苦煎熬。他口中那陌生的异国风景是那么栩栩如生，仿佛就在眼前。听着他的描述，我总是忘记了时间的流逝。

目前为止，我还没去过国外的任何地方。而此君却仿佛已走遍了世界的每个角落，他去过许多我连听都没听说过的街头，都是些或许我一辈子都不会去的地方。然而，他却对居住在那些地方的人们的生活了如指掌。仅凭这点，就已令我惊如天人。

对于我而言，外国就好比是那遥远世界尽头里的一颗未知行星。如果只是看风景倒是可以从相片上看到。就算是火星上的沙漠，我们也一样能从相册上看到它的模样。我时常会浮想联翩：外国到底会给人什么感觉？那里泥土的颜色、大海的颜色应该都与这里的有所不同吧？那里空中弥漫的气息，还有植物叶子的颜色，也会多少与此地的相异吧？如能亲眼所见，那将会是怎样一番滋味呢？

或许将来有一天我也能到那些地方看看吧？——可说实话，即便偶尔有这种想法冒出来，我也感觉很不现实。因为高考名落孙山，明年能否顺利考取京大我也完全没有把握。每次想到这里，我就特别悲观失望。

御手洗君对那些大家耳熟能详的旅游胜地仿佛很不感冒，能有幸出现在他话题中的，都是些位于印度、中国、南美洲这种地方的一些完全不知名的小村庄，抑或是位于大自然正中央的某个高原部落。

一到晚上，月光便成为照亮这些村庄和部落的唯一亮光。然而那里的人们却丝毫不会恐惧，他们都是那么热爱生活，人人安居乐业。御手洗君一聊起他们，便有说不完的话。

我也总是听得入迷，仿佛能从他的话里闻到陌生的风的味道，能从他的话里感受到那些晒着日光浴的外国人的头发散发出的气味。我尤其喜欢听御手洗君谈论那些与自己同龄的年轻人的生活。从他的话中，我明白了，原来一直被我当作外星人的他们居然也如我一般思考问题；在生活中他们居然也怀揣同样的情感；原来他们和我们一样，都是人。这一点我本来早就该知道的，可事实上却又什么都不明白。

都是些我从未听说过名字的、位于世界各地的边边角角。居住在各个街头角落的人们的欢喜与悲伤，还有他们无尽的烦恼，都会让我坐立不安。每次回到宿舍，我就一个人抱着膝盖，回想白天听闻的一切。我发现和他们相比，自己所谓的那点烦恼是如此不值一提，我告诉自己再不努力可不行了。

那是一个特别寒冷的日子。京都的冬天奇寒，眼看着就要下小雪了。进了"进进堂"，我不由得深吸一口气，感觉身心都冻得蜷缩在一起了。这一天，我和御手洗君没有聊海外的那些事儿。我只聊了些以前发生在自己身上的事。

我想今天的话题之所以没能插上飞翔的翅膀遨游世界，大概和屋外的严寒，以及我染上风寒、有点头疼有关。

"今天我有点感冒……"我对坐在对面的御手洗君说道。

"是吗？我也是。"御手洗君应道。

我有些吃惊，因为没想到御手洗君居然也会感冒，这点太出乎意料了。要知道他可是京大医学部的高才生。

"你喉咙痛吗？"御手洗君问道。

"嗯，痛。"我好像在回答医生的提问。

"这款维克斯的咽喉喷剂挺管用的。"说着，御手洗君从口袋里拿出了个小瓶给我看，然后随手往餐桌上一放，说道，"这可是美国产的，这样用。像这样，直接喷到喉咙里就行。"

随后，御手洗君拿起小瓶，在我面前张开嘴，实际操作了一遍，演示给我看。

"你也试试。"说着御手洗君便把小瓶子递给我。我接过瓶子，学着他刚才的样子，张开嘴，将喷剂照着喉咙深处"咻——"地喷了一下。

"怎么样？"御手洗君问道。

"好辣。不过感觉真的起作用了，现在舒服多了。"

"哦，管用就好。"御手洗君说道。听到这话的瞬间，我感受到某种情感的撞击，说不出话来。不，或许该说我受了刺激，一下子走神了，什么也说不出来。我咕噜一声咽下口水，连同那股子药味一起吞下。

看我不说话，御手洗君问道："你怎么啦？"

我沉默了一会儿，没有直接回答他的问题，而是反问："这药，还没进入日本吗？"问这话的感觉更像是在拖延时间。

"还没。"御手洗君摇了摇头说道。

不经意间泪水已浸湿眼眶,为了不让对方发觉,我微微地低下了头,忍受着心底旧伤撕裂的痛楚。

"啊,好令人怀念的味道!"我只说了这一句,便抬头望向窗外,因为感觉不知还能再说点什么了。视线越过马路,可以看见京大的校园,校园围墙内的树木在凛冽的寒风中摇曳着。

一股怀念的感伤唤起了我的眼泪,同时融化了我伤口上的疮痂。看了好一会儿窗外的景色,我的内心才重新平静下来。

"我生长在日本海沿海的S市。"话音刚落,我的眼前便浮现出家乡那贫穷小渔村的光景。

港口附近到处都是打捞乌贼的渔船,除此之外便一无所有了。我父亲就是在这样一个破落港口的街角经营着一家小工厂。小时候,我就认定自己将来不是接手父亲的工厂,便是去打捞乌贼的渔船上当渔夫。

"但我不觉得我能在一个停满打捞乌贼的渔船的码头当一个打捞乌贼的渔夫。"

"为什么?"

"没什么明确的原因,就是总有这种感觉。不过我挺喜欢在码头上看渔船的,所以经常去码头,一个人久久地看着渔船。有时候也会突发奇想,说不定这样看着渔船,哪天自己就能喜欢上渔船了,然后,没准儿就能下定决心当一名渔夫了。"

"你那时很需要下那样的决心吗?"

"因为我爸说了,他那个工厂我不接手也罢。"

"这样啊。"

"我喜欢看变天前、起风时,那漾着些许波涛的海面,那会儿渔船们会随着波浪起伏，兀自上下摇晃，看起来就像停在晃动的电线上休憩的乌鸦。而遥远的海的那边却向阳背风，阳光熠熠生辉。每到这时候，我就会想，如果我也能搭上渔船，将渔船驶向那阳光明媚的地方，该是多么惬意的事啊。"

我看了一眼御手洗君，只见他频频地点着头。

"可我终究还是没有勇气成为一名渔夫。"

"哦？"

"那些和我打招呼的渔夫总让我觉得态度莫名其妙地嚣张，感觉比较粗俗，老把人家当傻瓜看。"

"是吗？"

"渔夫们一点都不懂得客气。为什么他们总是那么傲慢？这种态度有何意义吗？因为我理解不了，便也无法尊敬他们。由于常去码头，我在回来的路上发现海边有一家装修得很别致的美式快餐厅。餐厅的壁板喷成白色，一根写着英文'FISHERMEN'S'[①]的红色霓虹灯管嵌在白色的壁板上，非常醒目好看。或许这家餐厅和它身后的大海是这个渔村唯一有点像你所描绘的外国的地方。"

"哦。"

"只有到了夕阳西下的日落时分，餐馆的霓虹灯才会点亮。为了看它，我有时会在餐厅附近的石头上坐下，等候日落。夕阳西下，落日的余晖照耀着餐厅，显得格外美丽。待到太阳全落下了，天黑了，餐厅便更有外国的味道了。"

"这样啊。"

"我希望看到这样的风景。因为没出过国，我便深信不疑所谓的

[①] 意为"渔夫之家"。

外国就应该是这种感觉吧。"

"也就是说,对你而言,那里就是你的第一个外国了。"御手洗君说道。

"可以这么说吧。餐厅里时不时飘出隐约的爵士音乐,我总觉得那里就像是通往外国的入口……再仔细想想,其实现在这个地方也让我有这种感觉,进进堂。"

"你还真喜欢外国啊。"

"很想去看看。非常非常想。哪怕是偷渡也想去看看。"

"像高杉晋作,还是新岛襄?①"

"对了,我觉得FISHERMEN'S像外国还有另外一个原因。"

"哦?"

"日落后,餐厅里的灯便亮了起来,从窗外可以看到餐厅里的样子。还可以看到收银的女生。那是个非常漂亮的女孩儿,第一次见到她我便被惊艳了,真的很漂亮,就像女明星。"

御手洗君听后点点头。

"所以我越来越觉得那家餐厅以及它的四周感觉像外国。亮堂的店面,整洁的环境,感觉特有品位,好像会发光。"

"外国可不一定都是整洁的哦。"御手洗君笑着说道。

"不会吧?"

"是哦,到处是灰尘、破旧脏乱的地方占了大半。"

"就没有干净的地方吗?"

"像电影里拍的那样?有倒是有,不过那种地方是有歧视态度

---

① 高杉晋作是日本幕府时期的著名政治家和军事家,他热情地学习和传播洋学,曾到海外学习,其中包括两次前往中国。新岛襄被称为近代日本第一个开眼看世界的人,开办了日本历史上第一所基督教大学——同志社大学。

的。歧视、自尊和道德心其实都是一回事儿。"

"啊？你说歧视和道德心是一回事儿？"我有点震惊。

"住在干净地方的女人会不可避免地嫌弃那些其貌不扬、不爱收拾垃圾等污秽物、行为懒散的人。美国人权运动的根本障碍就在于此。不过，这里有很多主观感性的成分，并非冷静观察、论证思考的产物。"

"你指的是什么？我不太明白。"

"你去过猪圈吗？"

"去过。"

"脏吗？"

"不仅脏，还很臭。"

"那么你不觉得猪是不洁的吗？"

"觉得。感觉它和狗啊猫啊的不同。"

"其实它们都一样。让猪呈现出不洁形象的是人。猪是杂食动物，于是很多人会将自己吃剩下的食物倒到猪圈里喂猪。是人主观地认为猪乐意这样进食，但这并不是猪自身的喜好。"

我认真地思考着御手洗君的话。

"无论外表多么干净整洁的人，如果一开始便被他人先入为主地认为他长着一张不洁的脸，或是长着一张貌似小偷的脸的话，这个人就会很容易遭遇歧视。而一旦这种对事实真相的扭曲发生了，便意味着人种歧视的开始。"

"黑人？"

御手洗君点了一下头。

"歧视他人的一方通常都有很强的道德感，而且通常女性居多。你看家里负责打扫卫生的多数是女方吧。那么她们会将那些不守规矩、乱扔垃圾的人视为歧视对象便无可厚非了。"

"是这样的。"

"可对有些守规矩的黑人,她们却也一样不加甄别,仅凭外表就乱下定义。这就构成人种歧视了。人是可怕的、自以为是的生物。能敏锐地察觉他人的疏忽,对于自己对弱者的傲慢与偏见,却能调动各种理由和说法辩解。如果他们再站在道德的制高点,就更容易变得错综复杂,莫衷一是。这便是所谓的社会结构了。"

我默默地思索着御手洗君的话,却还是似懂非懂。

"难不成渔夫们会态度嚣张也是因为这个?"

御手洗君听我这么一说,不由得笑了。

"在日本,年轻人就是受歧视的对象。而渔夫们所持有的优越感是他们活着的力量。话说,你和那个收银的女孩儿后来认识了吗?"

"很长一段时间,我都只是在外面看着她。因为高中生是不允许一个人进入有含酒精类饮料出售的餐饮店的。不过FISHERMEN'S虽然离学校很远,离我家却很近,而且菜单上还有咖喱饭、菜肉蒸饭之类的,所以我一直想进餐厅点一次餐,可就是鼓不起勇气。"

"哦,然后呢?"

"有一天,我在码头,天突然下起雨来。我便躲到餐厅的屋檐下避雨。这时一个声音问道:'没带伞吗?要不要进来坐?'"

"有人在和你打招呼?"

"是的,我一看,店门开着,那个女孩儿就站在门边。"

"哦。"

"她对我说现在店里没有客人,我可以进去避避雨。"

"哦,很热情嘛。"

"非常热情。那是我有生以来第一次被如此热情地对待。眼前的她真如图画中的美人一般，比我往常在外面偷看时还要漂亮几分。我还闻到了女孩儿身上芬芳的香水味，夹杂着雨水的气息，感觉就像在做梦。那画面很像电影里的镜头。"

"那你进店了吗？"

"进了，一进店门，扑面而来的便是卡朋特乐队的音乐。餐厅的室内装修也很酷炫。因为店里还没有其他顾客，她便陪我一起坐在餐桌前，和我说了好一会儿话。她人可真好，很爱笑，我们聊了很多，直到雨停为止。"

"哦。"

"后来雨越下越大，在店里都能听到屋外的雨声了。再到后来，如果不提高嗓门，我们甚至听不清彼此的声音。好像两个人在分享一段秘密时光。太开心了。"

"你们聊了什么？"

"聊了学校、家里，还有个人的事。"

"是她问的吧？"

"对。她名叫美纱。后来我肚子饿了，还吃了咖喱饭。"

"好吃吗？"

"还好，其实味道也就算一般吧。她说咖喱是从厂家打包入罐后再配送到店里的，只拿它来搭配各种菜式。"

"她居然和你说这种大实话。"

"是，她什么都和我说。所以那次之后，我便经常去FISHERMEN'S。"

"你朋友也会和你一起去吗？"

"我没告诉朋友。其实在那附近我就没什么朋友。"

"这么说，你总是一个人去？"

"是的，一个人。话说餐厅里的音乐真的很好听。"

"是什么样的音乐？"

"西洋音乐。"

"爵士？摇滚？"

"都有。我那时又想听餐厅里播放的音乐，又想吃那里的咖喱饭，所以总是一放学回家就又马上出门到FISHERMEN'S吃咖喱饭，和美纱聊天。因为那个时间段餐厅还没啥客人，所以美纱也很高兴我去。"

"在乡下的渔村，这样的店一定很稀罕吧？"

"确实如你所说。美纱去过国外，她说她在国外的时候碰到了一家理想中的餐厅，还拍了好多那家餐厅的照片。回国后她以照片为参考，按心中所构思的样子开了现在这家FISHERMEN'S。美纱还让我看了她当时拍的照片。话说那些美国餐馆还真是好看啊。"

"哦，她还挺厉害的，能拥有这样一家店。她年纪还很小吧，美纱？"

"嗯，才二十几岁。她说原先她妈妈在这里开了间杂货店，后来她妈妈回娘家了，娘家离那儿不远。"

"这样啊。"

"我每天都去店里和美纱聊天。慢慢地，我发现内心开始痛苦起来……"

"怎么回事呢？"

"因为美纱的身影总是浮现在我眼前。不管是在课堂上，还是上体育课时，抑或在家自学或者早上起床的刹那，还有睡前躺在被窝里的时候……她的身影可以说无时无刻不在我的脑海里。一想到她，我就觉得呼吸困难。"

"她的哪些地方吸引你？"

"她和我面对面聊天时的笑容，还有在柜台里做饭的样子，每次我去的时候她都那样。"

"你喜欢上她了。"

"起初我并不知道自己喜欢上美纱了。我以前一直糊里糊涂地认为，即便有了中意的女孩儿，也肯定是同班同学。我居然会爱上一个校外的女生，真是连想都不敢想的事。"

"而且年龄比你大。"

"对，她年龄比我大，这点也是我始料未及的。可是后来，我越来越确定，自己是真心实意地喜欢上她了。"

"或许是因为像她这种类型的，你们学校里没有的缘故吧？"

"没有。完全没有。她和我们学校的女生截然不同。她是那么成熟，那么奢华，气质完全和我们学校的女生不同。"

"她化妆吧？"

"嗯。和她在一起的时候，我感觉连她四周的空气都和别处的不一样。或许应该说她根本就不属于S市，像她这样的人压根就不是普通人。"

"但她其实是土生土长的当地人吧？"

"是的，这点也很让人难以置信。FISHERMEN'S四周感觉就像一个异度空间。你看嘛，从餐厅的窗户看出去便是大海；远远地还能看见停泊着渔船的渡口；餐厅里流淌着好听的音乐；夕阳西下，如画般绝妙的餐馆里坐着一位像明星一样靓丽的女子；这简直就是人间仙境，世外桃源！有时我甚至会怀疑，这里真的是S市吗？就只有这餐馆，是S市里独一无二、特别的存在。"

听我这么说，御手洗君别过头去笑了。

"一想到美纱,我就会胸闷。即使在学校也会觉得难受。我常常会一个人发呆走神,朋友们还因此调侃我。然后我终于明白了,原来这就是所谓的恋爱啊!可为什么恋爱会令人如此痛苦呢?一点儿都不美好。我别无他法,每天都像灵魂被操纵着一般,一放学我就往FISHERMEN'S跑——每天,傍晚时分,日复一日。最后就连学校的俱乐部活动什么的我都干脆不参加了,就去FISHERMEN'S吃咖喱饭。"

御手洗君点了点头。"那美纱呢?"

"她见到我时总是笑脸相迎,每次都很开心。看她这样我也轻松多了。我和她聊学校的事,聊每天的烦恼……就像现在我们这样。看来,我这人只会重复做同样的事啊。"

说着我不由得笑了,御手洗君却没笑,他接着问道:"然后呢?"

"我和她谈自己的烦恼……不过,其实我最大的烦恼就是美纱。但这点我可说不出口。我没有兄弟姐妹,在家里和在学校一样,都很无趣。如果没有FISHERMEN'S,我的生活简直不可想象。所以,对我而言,FISHERMEN'S越来越像是家的存在了。"

御手洗君这时说:"那些大叔们常去的小酒馆说到底也就是这么一回事儿。就是靠着这种错觉,买卖才能够成立。不过美纱愿意欢迎你,倒也还好。"

听了他的话,我一下子沉默了,忍受着从胸口冒出来的疼痛。

长这么大,那是我所经历过的最痛苦的事。并不是每个人都欢迎我的。

我下了决心,继续慢悠悠地说道:"那是个雪天,特别冷。FISHERMEN'S的窗户上也蒙上了一层雾气。抹开雾气,可以看到停靠在远方的渔船,渔船的甲板上堆积着厚厚的雪。那些被牵引上岸的小船更是深深地埋在积雪之中。"

御手洗君默默地点了点头。不知为何,我不敢去看御手洗君的表情。

"屋外下着雪,店里却暖烘烘的。一旁的美纱优雅而温柔。我感觉很舒服,是那种很满足的幸福感。"

"嗯。"

"我想要是能一直像现在这样就好了。可谁知,我刚在餐桌旁坐下,一个穿着西装的男人突然冷不防地走过来,然后坐到我对面,问我:'你还不会赚钱吧?'"

"冷不防地?"御手洗君貌似有些吃惊。

"是,冷不防地。也不报姓名,感觉有些愤怒的样子。"

"美纱呢?"

"她在收银台那边,默默地擦着玻璃杯什么的。"

御手洗君点了点头,催我往下说。"然后呢?"

"那男的接着说道:'这么说来你还没法养美纱吧?所以,你是不能和她结婚的。'"

"没错啊。"

"他又说:'如果美纱和你结婚了,那她就得永远待在这里,每晚都得打发那群喝得酩酊大醉的醉汉。那样的话,对她来说是毫无幸福可言的。你明白吧?'"

听着我的叙述,御手洗君做出了和我当时一样的反应,使劲儿地点了下头。

"谁都会有爱上比自己年长的女人的阶段,我也一样。"我一边回忆着那男人当时说话的语气,一边说道。那男人的声音、嘴唇和嘴角的动作、时不时露出的牙齿,以及他手背上的黑毛,我至今仍记忆犹新。

"那人是？"

"美纱的男友。"

"哦。"

话匣子一旦打开，我就全部回忆起来了。那天，那位比我年长的男人在我面前的所作所为我全都记得，包括所有的细节。

那男人随后拿出一包烟，从里面抽出一根，用打火机点着。那根烟突然如战栗般大幅度地晃动起来。在他深深地吐出一个烟圈时，我可以清楚地看到黑框眼镜后面他那双眯起的眼睛。即便现在回想起来，所有的细节也依旧清晰如昨。这一切的一切，每一个小细节都是我内心的伤。我一边述说着，一边再次感受着这种痛楚。

"然后呢？"

"那男的说：'你应该静待时机，适合你的人准会出现的。你还年轻，再等等。明白吗？'"

"那你真的明白吗？"御手洗君问我。我摇了摇头。

"完全、完全不明白。事情发生得那么突然，我都搞不清他说的是什么，甚至连眼前的这个人到底是谁我都搞不清楚。等到搞清楚状况，那个男人已经离开店里了。所以当时的我，就只是糊里糊涂地应了他一句话。"

"哦，你说了什么？"

"我说：'即便如此我还是很喜欢美纱，这点总可以吧？'"

"哦。"

"我只是单方面地喜欢美纱，并不想把她怎样。"

"嗯。"

"更别说结婚了。和美纱结婚，这和学生爱上女老师一样不靠谱。"

"你那样说后,他有什么反应?"

"他说那也不行。"

"是吧?"

"真的不行吗?"我反问。

"天知道。不过可能在他看来就是不行吧。"御手洗君回答道。

"可我觉得连这样都不行也太奇怪了。这就好比你不能阻止我喜欢店里正在播放的卡朋特乐队或齐柏林飞船乐队的歌曲吧?"

御手洗君一连点了好几下头,然后说道:"他是想让你别老待在美纱身边,毕竟人家美纱是开店的。此外,他还说了什么吗?"

"他说:''这里不是你这样的高中生该来的地方。这一点你们学校应该是明令禁止的吧?学生不许进出有含酒精类饮料出售的餐饮店!如果下次再看到你,我就要通知学校了。'"

御手洗君只回了我一句:"这样啊。"便不再说话。过了一会儿,他又问道:"你们学校真的禁止学生进入这种餐饮店?"

我点了点头。

"真的啊,高中生还真不容易啊。"

"是的。"

"他还说了什么别的吗?"

我摇了摇头。"没有。他就说了这些,然后便站起身,离开了。我从窗户望出去,看到那个男人慢慢地走在雪地里,然后上了一辆停在店门口的车。"

那光景现在仍历历在目。待我明白了整个事态,一股强烈的屈辱感和挫败感便向我席卷而来。那是一种强烈得让人无法抵御的、令人不快的感受。

处于思维极度混乱中的我透过窗户看着屋外的积雪，思索着：这样一个男人，他怎么能如此言之凿凿地说出那么自以为是的话呢？！对了，这是他想独占美纱的一种自以为理所当然、自以为理直气壮的道德制高点心理在作祟。我现在终于想明白了，这种社会体制开始对我发起进攻了。

我并不想看到那个男人是如何离开的，我只是看着屋外的雪，而那男人的身影碰巧进入了我的视野。他的车被路上溅起的雪花弄得脏兮兮的，向后倒车时，轮胎轧到了一块没有积雪的空地，卷入车轮的防滑链发出吱吱呀呀的声音。这一幕幕毫无意义的画面呈现在我眼前，那吱呀声仿佛透过玻璃窗传入了店里。

"只剩下我一个人了，我感觉好痛苦、好痛苦。他应该早点儿告诉我这些的。在我如此痛苦地爱上美纱之前。"我说道。

话一出口，当时的屈辱感便再次复活了。我只是一个无用的失败者，一个未成年人。他说的没错，我无法反驳。而这一点正是我最受不了的。

"这种时候大家通常都想知道该如何是好，都想知道该怎么办才能忍过去。"御手洗君点头问道，"后来呢，后来怎样了？"

"后来美纱和我打了招呼，回家前我和她在收银台边说了两句话。美纱告诉我那个男人要工作，所以先回去了。"

"什么工作？"

"说是什么业务员，不过具体是什么业务员我记不得了。"

"美纱还说了什么？"

"她说对不起，然后，还说了谢谢。"

"谢谢？"

"我也一直在思考她为什么和我说谢谢……"

"嗯。"

"会不会是因为我没有和那个男人顶撞？"

"嗯。"

"她是不是在感谢我当时一直默不作声，老实地听那个男人训话呢？"

"或许她是在感谢你能顺从地退出呢？"御手洗君分析道。

"啊？是这样吗？"

"在国外，说谢谢是有这一层意思的。谢谢，就是再见的意思。"

"哦。"我点了点头，思考良久——她当时的那句话真是这个意思吗？然而毕竟相隔久远，真相早已不得而知了。

"以这种状态，我还能活下去吗？我思考着。而且，有件事我很想问问她，可又觉得很难问出口。因为我觉得她那句'对不起'似乎已经回答了我想问的问题。所以，最终我还是什么都没问。"

御手洗君点了点头。

"我觉得我再也不能去那里了。那家餐厅。因为我知道，如果我再去，就会给美纱带来麻烦。"

我觉得一切都结束了。虽然只维持了很短的一段时间，像那样天天到店里也就只持续了一个月多一点。

"之后，美纱为我做了杯仙山露苦艾酒掺可乐。那可是我有生以来第一次喝酒。甜甜的，有一股不明所以的滋味，夹杂着轻微的酒精刺激，如梦幻一般。"

说着，我的眼前又浮现出日本海海边的雪景。

"离别之酒。"

"算是吧。"

"后来你还去过那家店吗？"

"那之后再没去过。一次也没。"

"高中毕业后也没去过？现在的话你可以去了啊。"

我摇了摇头。

"高考落榜了，我就更去不了了。要是碰到了那个男人，还不知他会说出什么话呢。"

"美纱呢？"

"不清楚。我想应该还在那儿，因为那家餐馆好像还在。"

"你感觉很难受吧？"

"我本以为自己已经释怀了，现在看来，根本没有。"

"你是迷恋上了女人的温柔。"御手洗君说道，"你原本是作为社会弱势群体中的一员生活着，突然遇到有人不再歧视你，而是把你当作成年人，公平平等地对待，你便被深深地感动了。这种感动超越了一切事物，因为它给了你一种做人的尊严。"

经他这么一说，我陷入了沉思。当真如此吗？

搞不懂，真心搞不懂。而这种无知和无能又很容易让人认为是我不够成熟，想想还真是懊恼！

"对了，难道这不算爱吗？"我问道。

御手洗君歪着脑袋，说了这样一番话："如果你现在死了，那便是爱。一切判断皆源于比较。材料越多，其精确度就越高。"

真是不明就里，太深奥了。我拿起小瓶子，盯着标签看着。然后说了一句之前就一直想说而没说出的话："那最后的味道，那杯仙山露苦艾酒掺可乐，我至今难以忘怀。你这喉咙喷剂的味道和那时的酒的味道一模一样，如出一辙。"

谢菲尔德的奇迹

1

眼下，我走进京都大学旁边的一家快餐店，打量着菜单，思考今天吃点什么好。就在这时，我听到邻桌的"六人小组"也在一边翻阅菜单一边你一言我一语地商量着点餐。

其中有个人大声地说道："你们看这个套餐，说是本周的特色料理呢，鳗鱼鹅肝。"

"什么？鹅肝？说不定是鸭肝吧。还有鳗鱼，听起来就让人觉得不舒服。而且还那么贵！就那么一丁点儿料。"另一个人说道。

但是马上又有不同的声音出现了。"俺可要尝尝看，那个什么来着，鳗鱼鹅肝。"

"那俺也要。"

附近又传来两三声附和的声音。接着，大家的视线都离开了菜单，"六人小组"的每个成员好像都想好吃什么了。这时，其中一个组员转身向后，举起手来，对店员说："劳驾，点餐。"

一旁的我的兴致也被这"鳗鱼鹅肝"勾了起来，却并没有尝一尝的勇气。当然，太贵了吃不起也是个原因。坐在他们旁边的餐桌，听着他们的感想，我也深有同感。

这时，一名原本倚着墙的年轻店员听到呼唤声后，起身朝"六人小组"所在的餐桌走来。这位店员以前好像没见过，应该是新来的吧。当然，我也并非每天都来光顾这家店，所以搞不好这位店员以前就在这家店里上班。身材微胖的店员站在餐桌旁，将圆珠笔的笔尖抵在点餐单上，默默地等待着"六人小组"点餐。

"鳗鱼鹅肝套餐三份。"有个人大声说道，随后又补充了一句，"挑战一下。"说完，他笑了。

"勇敢挑战新事物！"

"啊，俺呢，来一份这个和马铃薯沙拉。就是鳗鱼鹅肝套餐外加马铃薯哈。"点了鳗鱼鹅肝套餐的三人中的一人补充道。

"俺来一份生姜烤套餐，咱来点儿保险的。"非鳗鱼鹅肝的一人说道。

"俺要一份青花鱼的味噌煮，也是套餐。"

"俺，盐烤秋刀鱼套餐。"

这样一来，"六人小组"就全部点好了餐。旁观的我看着看着，突然觉得有点奇怪。隐约有些不对劲。

原来，身穿白色工作服、一直站在餐桌旁边的那名年轻服务员，他握着圆珠笔的那只手压根就没动过。

"这鳗鱼鹅肝啥的还真是稀罕物呢。"

这时，一个声音不知从哪里传了过来。

"不吃还真是可惜呢。哦，你点的是生姜烤套餐。很好，咱们先记下这个，说你呢，赶快记啊。"

我一看，原来是刚从卫生间回来的御手洗君。他径直走到年轻店员身边，看着他手上的笔，催促店员做记录。

"还有你，点的是青花鱼的味噌煮套餐。记下了吗？"

再一看，那店员终于默默地动笔记录起来了。

"你点的是盐烤秋刀鱼套餐和……"

御手洗君说着，继续盯着店员的笔头看。

"哎呀，这个厉害了，接下来这个可是人间美味啊。鳗鱼鹅肝套餐外加马铃薯沙拉的单品。"御手洗君说道。

小伙子们一听,马上七嘴八舌地问道:"什么?哪个是人间美味?"

"就是这个鳗鱼鹅肝套餐啊。"

"是吗?"点餐的人应道。

"单品。记下了吗?然后还有一位,这是最后一位了。鳗鱼鹅肝套餐。"

从侧面看,只见这位年轻店员摆出一副拼命记录的认真模样。他眉头紧锁,手中的圆珠笔卖力地飞舞着。

"好的,很好,都记好了。那你先把这个送到柜台,然后再到我们这桌,也帮我们点下餐。"

御手洗君说着,离开了"六人小组",回到了我所在的这张桌子。然后,他将菜单往餐桌上一立,一边看着那张仿佛临时才贴上的"鳗鱼鹅肝套餐"的纸片,一边对我说道:"看来现在我不点这个都不行了,刚才我可是力荐别人点它了。行,那我就来份鳗鱼鹅肝套餐吧。"

我很纳闷,无法理解御手洗君的这番所作所为理由何在。再看那边,那名年轻店员已将点餐单送到柜台,然后转弯掉了个头,正朝我们坐的餐桌走来。

我一直观察着店员。突然间,我的目光和一本正经的年轻店员的目光碰了个正着。于是乎,顷刻间,我明白了御手洗君之所以那样做的缘由。

京都的街头开始刮起习习的秋风,虽然还没到让人觉得寒冷的程度,但有时一阵颇有凉意的秋风迎面吹来,我内心还是会暗自庆幸：看来今天穿着外套出门算是有先见之明了。

右首边，京都大学的校园里，整齐排列的法国梧桐落叶纷纷，呈现出凄凉的模样。发黑的围墙上轻悠悠地落满了枯黄的叶子。我和御手洗君走在围墙下的人行道上，目的地是平时常去的那家进进堂咖啡屋。

"京都的街头终于也步入秋天了。"

御手洗君一边打量着右边围墙里的树木，一边说道："感觉像是突然间一下子就步入秋天了。"

"是的。"我应道。随后，我马上意识到只是这样回应好像有点儿太冷淡了，便又尝试着说了一句："京都和秋天很搭呢。"

京都的夏天特别闷热，对于从小在日本海海边长大的我来说，京都的夏天非常难熬，也是我最不喜欢的。所以，现在秋天来了，我心里暗自窃喜：那该死的夏天总算是熬过去了。

我接着说道："夏天大家见个面不得不一家接一家地换咖啡厅，这样一来，身上自然会粘上那难闻的烟臭味……"

御手洗君一言不发，只是看着围墙内的大学校园，向前迈着步子。过了一会儿，他的视线又回到正前方，冷不丁地冒出一句："秋天，那是英国的颜色。"

进了"进进堂"，我一坐到餐桌边，便迫不及待地说道："我不能理解刚才御手洗君你为什么要那样做。"

"刚才？"御手洗君满脸诧异地问道，"是在京大围墙外面走的时候吗？"

"不是，是在快餐店的时候。"

"快餐店……哦！那个啊。"御手洗君说着，用力地点了下头。

"刚才那位店员，好像有些理解能力滞后，反应迟钝吧？我和他目光相遇时，看到了他的表情，心里也猜到了七八分。御手洗君你是之前就了解到他的情况了，是吧？"

那位店员的表情和眼神和一般人不太一样。不过他的神情看起来很和善、很温顺，总是微微地露着笑意。

"因为我见过很多那样的人。我和他们接触过。那位店员被诊断为患有学习障碍症，其实就是患有轻微的脑神经麻痹。但他为人特别好，只不过反应动作什么的迟缓一点而已。话说回来，他都能在那样的店里工作，反应障碍应该也没多严重。"

"是啊，他看起来完全没问题，只是御手洗君你……"

御手洗君点了点头，说道："对于他来说，最困难的工作就是遇到一下子来了很多客人，还都集中在同一张餐桌的情况。这种时候，顾客都喜欢同步点餐。像刚才那种你一言我一语的点餐情况，对于他来说工作难度就立马加大了，而且是成级数增长。"

"你是说像刚才那样的点餐情况？"

"他看起来应该是患有协调性功能障碍症。如果真是这样的话，对他而言，无论是完成复杂的行为，还是进行缜密细致的思考，抑或是把握事态的发展，都是极其困难的。只要有人不按常理点餐，他就会无法妥善地应对。"

"复杂的行为……那对他而言，该怎么点餐才合适呢？"

"以一个人为单位，比如 A 顾客点的餐是这个和这个，B 顾客点的餐是这个，C 顾客点的餐是这个。倘若不是像这样以一个人为单位点餐，不把事情简单化后再让他理解，他是根本反应不过来的。"

"原来是这样啊。"

在御手洗君的解释下，我总算了解了事情的来龙去脉。

"所以一旦遇到像刚才那样的情况，顾客同时叫喊着要三份鳗鱼鹅肝套餐。也就是说碰到了以三人为单位的点餐情况，他就懵了……"

"你说得没错，是这样的。更何况点了鳗鱼鹅肝套餐的三个人中，有一位还多点了一份马铃薯沙拉。像这样的点餐方式对于他来说是难以逾越的关卡，以他的能力是无法处理这种问题的。"

"原来是这么回事啊！"

"非得一个个按顺序点才行。"

"这样啊……"

"不过，尽管他做不到，他还是很努力地想往点餐单上记录点什么。但更令他意想不到的是，从第四位开始，顾客又恢复到一位一位分别点餐了，也就是说顾客的点餐方式回到了他之前预想的模式。这么一来，出现在他面前的点餐方式便有两种，这点尤其令他思维混乱。"

"所以，御手洗君，你才像那样将六个人的订单一个一个按顺序报上，帮助他理解消化。"

御手洗君没说话，只点了一两下头。

"你对人真好。"

"这没什么，帮助他记录菜单的同时，我也可以趁机想想自己要点什么。这不，我最终决定来一份不搭配马铃薯沙拉的鳗鱼鹅肝套餐了。"御手洗君说完，笑了。

平时，我和御手洗君的话匣子也总是这样打开的。比如从这家店，京大内侧的这家进进堂咖啡屋窗外的景色聊起，要不就是聊聊我当天的经历，不然就是聊聊我们一起走过的某个街头发生的事……而正是这些零星琐碎的小事，总会牵引刚刚周游世界回来的御手洗君聊起他的见闻。

我是名准备报考京都大学的高考补习班的学生，起先是因为想听听别人的考试心得，还有打听点儿考试科目的信息，才总往进进堂咖啡屋跑的。后来我在这里认识了御手洗君，并和他成为关系亲密的好朋友。我们俩经常一起出去吃饭，一起在街头散步。

那时的御手洗君刚从环游世界的流浪之旅归来，拥有无尽的新鲜事和栩栩如生的海外故事可谈。差不多每天午后三点一过，御手洗君便会出现在进进堂里。我为了听他聊海外的新鲜事，每天也都会准点到进进堂来。我还没出过国，对于未知的陌生国度，以及生活在那里的陌生人们的生活充满好奇。听着御手洗君娓娓道来，我好像与那些生活在陌生地方的陌生人产生了心灵上的互动，这种感觉是一种美妙的享受，其意义远远超过了所谓的高考咨询。

刚才还有件事令我很介怀，便打算顺便问个究竟。

"刚才御手洗君你说秋天是英国的颜色来着。"

御手洗君听了，默默地点了点头。

"为什么？"

"因为刚才那个年轻人让我想起一些事。"

"发生在英国的事吗？"

"嗯，是的，是在英国的经历。那件事我至今依然难以忘怀。"

"是什么事呢？是关于和刚才那个店员一样、患有智障的英国年轻人的事吗？"

就在这时，一名服务生过来点餐，我们俩便先中断了对话，并异口同声地对服务员说："来份奶茶。"

"没错,我是想起了一位和刚才那位年轻人一样患有智障症的英国青年。"御手洗君说道。

"我遇到了一位英国智障青年,而且后来和他的关系还挺亲近的。他是个为人特别好的家伙,也是个足以令人刮目相看的人物。现在回想起当时的那些事情,我感觉特别怀念。你想听我说吗?"

"嗯,是的,想听。我对于社会福利方面的事还是挺感兴趣的。"

"社会福利可是国家的一等大事。今后这个国家会往志愿者时代迈进。这是因为在不远的将来,这个国家将发展成为一个六十五岁以上的老年人占国民人口总量百分之四十以上的老龄化社会。我说的是日本。二十一世纪过后,大半的国民如果不成为为社会服务的志愿者,国家就很难应对这种时代的变化。据说英国人不但要面对人口老龄化的问题,还要面对每六个国民中就有一人存在某种身体功能障碍疾病的难题。"

"啊?是这样的吗?"

"是的。所以英国也是个社会志愿者大国。记得当时我到了英国后,到处闲逛,后来流浪到了一个名叫谢菲尔德的城市。"

说到这里,御手洗君停了一下,将视线移向窗外的小树林。

"我来到了郊外,看到了一大片种植马铃薯的田地。因为走累了,便坐在路边准备小憩一会儿。这时,一伙年轻人来到我眼前的马铃薯田里,干起了农活。"

御手洗君又将目光从窗外移到了我这里,继续往下述说。以下就是他讲的故事:

那群小伙子先是挖了好几个坑,然后把什么东西往坑里一埋,再把土盖上,就完成了。起初,我并不知道他们这是在干什么。便问他们："这块田是种植什么的啊？"他们回答我说是马铃薯，我这才明白。

有趣的是，他们的操作手法格外不娴熟，经常犯错，屡屡失败，进展得一点儿都不顺利。我实在看不下去了，便问他们："你们这是在做什么呢？""我们先播下种子，培植马铃薯苗，然后再挖个大一点儿的坑，将培植好的马铃薯苗栽种下去，让它们继续繁殖。"他们倒是很有耐心地解释给我听，甚至一些我没问到的细节也主动为我说明。

我很好奇他们为什么不是一大早就来耕作呢？因为那时已是午后时分，时间有点晚，临近黄昏了。听了我的提问，他们中的一个回答我说："我们是一早就出门来着，但是搭不上公交车，没办法只能走着来了。家离这里很远，同伴里还有人是坐轮椅来的，大家速度比较慢，所以等到好不容易到达这里时，就已经是这时候了。"

我又问他们怎么会搭不上公交车呢？他们告诉我那是由于公交车现在都改成无人售票了，他们搞不清楚该如何搭乘。每次上车都是一大堆人挤在车门口，特别浪费时间。他们担心这样会给普通市民带来不必要的麻烦，这才放弃搭乘公交车的。

大费周折后，他们才好不容易来到眼前的这片马铃薯田。但他们开头的耕作就做得很不顺手。看这样子，估计就算劳作到晚上也完不了工。我问他们需不需要帮忙，他们很乐意地接受了。于是我问他们借了一把铁锹，配合着在田里挖起了坑，然后和大家一起种下马铃薯。

貌似简单的工作实际操作起来其实并不容易。因为在耕作的过程中必须注意所挖的坑的深度和朝向都必须统一、均等才行。不久后，他们中有个人挖着挖着在远处晕倒了，体力不支，无法继续耕作了。我询问了一下他的病情，说是患有挺严重的脑瘫病，平时都坐在轮椅上的。大家都觉得他无论如何都干不了农活了，便把他扶上轮椅，让他在阴凉处休息。我趁机和他攀谈了起来。

我问他这个团队有没有领头的，他回答说没有。他说福利院事务所的职员和皇家医院的医生们偶尔会来看望他们，一个月大概来一次或两次的样子。再有就是普通的市民志愿者。他还告诉我志愿者里头最热心的，要数一个名叫吉亚力的年轻人的父亲。

他们是一个残疾人团体，大家一起住在"残疾人之家"里。每个人都很年轻。我打听了一下，得知他们当中没有一个是上了三十岁的，都是些二十岁左右的小伙子，甚至还有十几岁的孩子。然而"残疾人之家"并不是免费居住的。虽说费用大部分来自募捐，靠善款维持，但他们也必须出去工作赚钱。也正因如此，他们说将来打算设立一个残疾人基金会。

由于团队里的每个人都有不同程度的学习障碍，所以大家都特别害怕繁杂的手续。就连平时支付房租都觉得百般困难。所以，每月一到付房租的日子，吉亚力的父亲就会过来帮忙指导，要不然就干脆代替大家操作。当我问他吉亚力是谁的时候，他抬起手，动作十分缓慢，吃力地指了指一位看起来有点胖的年轻人，嘴里叫唤着年轻人的名字："吉、亚、力。"

然后我便和吉亚力聊上了。吉亚力的鼻梁上挂着副夹鼻眼镜，满脸堆笑，一副名副其实的好青年的样子。他的头发有点儿自然卷，虽然略微龅牙，却长着一张娃娃脸，非常讨人喜欢。从外貌看来他就是一个帅气的少年。而且他为人诚实，总之是个很有魅力的人。

吉亚力和我聊天时似乎一直在脑海里搜索合适的词汇，我知道他正努力以他独有的方式替我着想，生怕我会觉得无聊。然而事与愿违，吉亚力说话的方式还是显得非常拖沓。虽然他很想表达得简洁有力，可听起来还是让人觉得懒洋洋的，没有什么气力。仿佛对他而言，说话是件很麻烦的事似的。更主要的是，他无法根据话题流利地表达心里的意思。因此，我和他的对话展开得十分缓慢，很不顺畅。另一方面，由于要一个劲儿地搜肠刮肚，不停动脑思考妥当的言语，他的动作变得更加缓慢了。

吉亚力看起来很魁梧，全身的肌肉很结实，好像有使不完的劲儿。他告诉我他平时坚持练举重。我问他为什么练的是举重呢？他回答我说这是因为团体竞技项目的规则太复杂了，他记不清楚。比如打篮球，比赛中途要交换场地，这点他就理解不了，经常投错篮，有好几次把球投到了对手该投的篮筐里。他甚至因为这样被赶出球场过，而且人家再也不和他一起打球了。

排球、手球也一样不行。但凡比赛中要交换场地的运动项目，他全都理解不了。不管事先如何提醒自己，只要碰上交换场地，他就会分不清究竟哪边才是自己的场地。足球、橄榄球、板球，这些他全都玩不来。因为这些球类项目的比赛规则更复杂，比赛进程中他往往搞不清楚自己该做什么。这也就意味着他只能参加一些个人竞技项目。即便如此，他的动作又过于缓慢，不能进行赛跑，马拉松或长跑什么的又因为他的身体过于笨重，也不适合。投掷标枪或链球他也不合适。排除掉这些，最后他能做的就只剩下举重这一项了。

听了他的解释，我便对他说练举重是一个很好的想法。吉亚力个子不高，大概一米七，也可能一米七都不到。而且他的上身肌肉结实健硕，确实是块练举重的好材料。虽然我对这个运动项目不太熟悉，但我确信，只要经过一番打造和磨炼，他一定能取得优异的成绩。我问他有没有跟着教练学。他笑了笑，慢慢地左右摇了摇脑袋。

前不久，吉亚力在市级比赛上获胜了，他的父亲便到处张罗着给他找教练。遗憾的是，都找了五年了，依旧没有找到愿意为他执教的教练。人家一听说他是住在"残疾人之家"的，就都拒绝了。吉亚力说看这样子是再也找不到了。

我赞叹道："你在市级比赛上获胜啦？！这可真了不起！"他听了我的赞美，看起来似乎有点儿不好意思，他说道："我还想变得更强，成为父亲引以为豪的儿子。父亲为了我吃了好多苦，我希望自己哪天能够回报他。我的目标是参加在伦敦举行的全国大赛，可是组委会规定没有教练陪同就没有资格参赛。"我又问："你母亲呢？"他告诉我他母亲在他很小的时候就和父亲离婚，离开了家。

我安慰吉亚力说有朝一日他肯定能找到教练。因为据我所知，在美国，像他这种情况的孩子也是可以找到指导教练的。我问吉亚力今年几岁了？他告诉我上周他刚过完二十周岁的生日。听了他的回答，说实话我心里有些悲观。举重运动员的运动寿命很短，多数止步于二十五岁左右。照这样算，十几岁就必须挤入一线运动员之列才行，二十岁才开始太晚了。不过当然，这是针对那些有心入围奥运会的选手而言的。

后来，我和吉亚力又聊了些有关智力障碍的种类啊、病理之类的话题，还谈到了该病的病理特征和病情发展什么的。吉亚力听了我的解释，很惊讶地问我是不是医生。我告诉他我在美国一所大学的医学系学习过，也有过短暂的执教生涯。他听了很好奇，问:"为什么像你这样的人会到处流浪呢?"我告诉他这里头的情况很复杂,一时半会儿说不清楚。他便问我能否去他们的"残疾人之家"走一趟?因为他们有个同伴发烧了,躺在病床上,还有一个同伴在闹肚子。他希望我能去看看他们。随后,他又客气地说:"不过您应该很忙吧?"我回答他说不忙,因为现在正满世界流浪,没什么好忙的。吉亚力听我这样说,高兴地说道:"那您今晚一定需要地方住吧?您就到我们'残疾人之家'住一晚吧?"说完,他盯着我的脸看了半天,突然冒出一句:"你能当我的教练吗?"我一听,吓了一跳,应道:"我连举重比赛都没现场看过一次呢。你怎么会有这种想法呢?"他居然回答说:"因为感觉你好像什么都懂的样子,连种马铃薯都那么厉害。""啊,这个啊,种植马铃薯我是知道一点儿的。但是,举重什么的就真的是一窍不通了。"我回答道,心里思量着他恐怕是太想找到一个教练了。即便他患有轻微的脑瘫,即便他得了学习障碍症,却依然那么积极向上!

2

干完农活,一群人把农具收拾妥当,推着同伴的轮椅,像小学生一样排着整齐的队伍步行来到了公交停靠站。等公交来了,大家又排队上了车,回到距离市中心稍有点距离的"残疾人之家"。这一路上,他们每个人都特别老实,且彬彬有礼。归程很顺利,没出一点儿差错。

他们居住的集体公寓的外墙涂成了明亮的粉红色,我好奇地问他们这墙是不是还只涂了一半,他们告诉我说不是,油漆早就干了。

我怎么看都觉得那堵墙是他们几个同伴分工油漆的。

公寓里，有几个病人躺在床上，多数患者的病情不太严重，不外乎是一些感冒引起的头疼脑热或腹痛之类的小毛病。但其中有个老人的病比较重，他不停地咳嗽着。我帮他看病的时候，感觉他的目光里透着几分乖僻，所以起初我还抱着几分戒备之心。不过显然是我多虑了，他很配合地让我检查了身体。他的两脚都浮肿起来了，并且散发出难闻的臭味，像是好几天都没有洗过澡的样子。

年轻的同伴们想帮他洗澡却做不到。老人感冒了，垂着清鼻涕。而他似乎连怎么擤鼻涕都忘了。老人说自己有两百个儿女，他们每天晚上都会来看望自己，所以他不能乱动。类似的臆想症不断地表现在他身上，我可以看出他患有"统合失调症"。而把他和吉亚力他们放在一起显然是不合适的，因为他们是两种完全不同的障碍性倾向。不过话说回来，凡是被社会排挤出来的人，经常不管合适不合适就被强行归到一处生活，根本没人理会你自身的具体情况如何。

我问老人家要不要去洗一下澡。老人回答我说要是孩子们来了看不到自己会伤心失望的，所以坚决不去洗。既然如此，我们也就只能帮他擦擦身子。当然，老人感冒很严重，免疫力下降，硬要他去洗也不是上策，所以大家便不再勉强。我在纸上写了些药名，交给了吉亚力，让他去药店买药。

就在这时，吉亚力的父亲戈林来了，吉亚力介绍后，我和戈林聊了起来。戈林微胖，外表看上去很知性。他说他准备到附近的面包店和市场逛一圈，去向人家要一些卖剩下的、不要的食物，带回来给吉亚力他们吃。我听后决定陪他一起前往。他开着车，带我转了几家店。他会把人家卖不掉的、准备扔的食物全部装进一个大塑料袋里。戈林告诉我,将来有一天,他要将这种活动组织起来,并使之规模化。他甚至说以后可以经营一个这样的公司。我对他说这是个好主意。我们回收来的食物中,有一些青瓜只是颜色有些变黄,蔬菜也不过是表面有点伤而已。就因为卖相不好,这些东西在市场上就卖不出去了,但带回去食用是完全没有问题的。

另外,像甜饼、蛋糕、比萨、烹饪好的鸡肉丸子这类食品,商店一般都是当天卖不出去就直接扔了。其实这些东西只要赶在晚上吃,味道也完全不会受影响。"看来,即便是在谢菲尔德这样的城乡地区,依旧有大量即将过期却还可以食用的美味食品被随意丢弃。可想而知,在像伦敦那样的大城市,就更加浪费成性了吧?"吉亚力的父亲一边操控着方向盘,一边抱怨着。他说他希望能有一天消除这种不加节制的浪费现象。

吉亚力的父亲继续说道:"不过,当务之急还是必须改善健身房机制,让残障人士也能到健身房锻炼身体。残障人士受到了社会的歧视。脑瘫患者、使用轮椅的人,还有被称为'矮人'的侏儒症患者,无一例外,全都不能进入健身房健身。如果有监护人陪同前往,对方可能会很不情愿地同意他们进去。要不然,你根本想都别想。健身房的人会告诉你那些健身器材不是为残障人士设计的。哪怕是理解力滞后的残疾人也不行,因为无法顺利阅读说明书,使用器材时就有可能出现问题,发生后果严重的意外事故。要真是那样,就太糟糕了。

"其实,我认为他们说的这些都是表面的理由。我怎么看都觉得生理性的歧视意识才是真正的原因所在。他们害怕看到吉亚力他们的样子。如果只是因为那些健身器材残障人士无法使用,出于安全考虑不让他们入内的话,那么只需稍微改装一下器材,不就没问题了吗?这点事情,想做的话早该做了。居住在'残疾人之家'的年轻人们也和普通、健康的公民一样,都是谢菲尔德的市民,都是英国的国民。大家一样都在为社会工作,贡献着自己的力量。将来有一天,我一定要在这个城市建立起可以有效地改善现状的基金会或组织机构。像我儿子这样的残障人士,社会上还有好多,我几乎每天都在和市里的政治家、伦敦的实业家们接洽、交涉,希望获得他们的支持。"吉亚力的父亲如是说。

在"残疾人之家"过夜的那个晚上,晚餐我们吃的是从杂货店要来的比萨、色拉、烤鸡和汤,算是相当豪华,和街上意大利餐厅里卖的差不多。的确,只要有重新审视社会机构的态度,加上充满激情的行动力,就可以循序渐进地改善那些被传统社会框架排挤出来的人的生活状况。通过那天晚上的晚餐,我真实地感受到了这一点。身患残障的人是很难自主地做些什么的,他们只能完全仰仗那些愿意支援和帮助自己的人的构想和行动力。

吃完晚饭,我和吉亚力的父亲戈林一直聊到了深夜。他语调平静地从吉亚力的少年时代讲起,向我娓娓道来吉亚力所受的苦和饱尝的辛酸。他告诉我,在吉亚力出生前,他做梦都没想到自己有朝一日会从事与残障人士有关的志愿活动。他说家庭成员都很健康,兄弟、父母,没有人有智障现象。

戈林说吉亚力出生后不久,他便失去了从事了九年之久的建设公司的工作。虽然因为他拥有建筑师资格证,不至于找不到工作而生活穷困,但确实变得不安定起来,经济方面也越来越拮据了。要抚养吉亚力、维持一家三口的开支,这一切变得越来越不容易。不得已,他的妻子只能出来工作,补贴家用。他的妻子从事的是保险推销工作，就是劝人买保险的那种。谁知，妻子工作时遭遇了一场交通事故，住进了医院。好不容易熬到妻子出院了，他又发现吉亚力的样子好像和别人家的孩子不太一样。都到了快上小学的年龄了，他还不会说话。不仅如此，吉亚力对各种事物的理解能力也比别人滞后。虽然明知儿子有问题，戈林却不知如何是好，还是让儿子进了普通小学学习。结果可想而知。戈林收到了学校发来的通知，建议吉亚力转到"特别支援学校"。

戈林费了九牛二虎之力，到处寻找这类学校。这期间，妻子因精神崩溃又住院了，之后前往郊外的一家疗养所久住。戈林终于让儿子进了好不容易找到的学校读书。为了方便儿子上学，戈林搬进公寓，每天往返于儿子读书的学校和妻子住的疗养所之间，疲于奔命。然而，突然有一天，妻子从疗养所消失了。过了不久，律师送来了一份离婚协议书。此时的戈林唯有报之一笑的份了。往事不堪回首，那真是雪上加霜、屋漏偏逢连夜雨的悲惨生活。

对于自己生下的儿子，妻子到底是怎么看待的？难道丝毫不觉得儿子很可怜吗？对于戈林来说，那段时间真是人生最悲惨的低谷。

戈林说："那时我一边照看智障的儿子，一边到处奔波，寻找谋生的工作。但这样一来，就无法细致地照顾到儿子了。儿子这种情况，我本应倾注比普通父母多十倍的热情去照顾的，结果我却连普通父母都比不上。所以，其实比起我和妻子，儿子所经历的生活的辛酸是我们的数倍。我为了生活四处奔波，根本无心也无力去留意儿子当时的状态。

"儿子从学校拿回的考试成绩单上全是零分。卷面上什么都没写，当然是零分了。后来，儿子好不容易学会在答卷上写上自己的名字了,但总是写到栏外。而供考生填写答案的空栏里,儿子连一个单词也写不出来。我问他:'你什么都不会写吗?至少写句什么吧?'那时儿子已经学会说话了。然而,面对我的质问,他只是一味地低着头,什么都没说。

"这种时候,我就不断告诫自己千万不能生气,儿子什么错也没有,是把他生成这样的我们需要负责任。这样想着,我就又出门去找工作了。现在想想,其实这样做是不对的。儿子就那样一个人痛苦煎熬了好几年,在无边无际的痛苦中,无人可以倾诉,只有他一个人在挣扎。

"儿子九岁那年,他们班主任叫我去学校,说是发现我儿子的眼睛看不见。我听了大吃一惊,急忙赶到学校。这才知道吉亚力的左眼几乎看不见,右眼也是高度近视,连视力表最上方那个最大的字母都看不清。我惊呆了,身为一名父亲,我竟然连这种事情都没发现!

"原来,不是因为儿子的智商低,只能考零分,而是他根本看不清试卷上的字。是因为这样儿子才写不出答案的。不仅考试如此,平时上课也一样,老师写在黑板上的字他完全看不见。我儿子的智商并非为零,他的IQ其实也有五十左右,完全可以和我,以及其他人很好地对话。课上老师提问,他也能完整地回答上来,只是要多花一点时间而已。他是因为看不见卷面上的字,才回答不上来的。又由于他无法顺畅地用语言表达,加上性格十分内向,便没向任何人解释。就这样,儿子只能心甘情愿地当班上的极差生。

"那天晚上,我哭了。我很自责,我是个多么差劲的父亲啊!居然没发现儿子的眼睛看不见,好像随随便便地把他送进'特别支援学校',我便尽了做父母的责任似的。记得有一回,吉亚力下半身湿漉漉地回来了,鞋子和裤子上全是泥巴。我看到他那样,便学着别人的样子笨手笨脚地帮他洗鞋子和裤子。他告诉我是不小心掉到了积水的水坑里。其实并非如此,他是被同学骗到泥水潭里的。因为吉亚力的眼睛看不清楚,被同伴带着乱绕圈子,最后上当受骗,掉入了泥水潭里。

"吉亚力无法参加规则细致、约束较多的游戏或运动项目。一方面是因为他记不住那些游戏规则,另一方面,更主要的原因是他的眼睛看不清,甚至看不到前方的事物。由于他看起来反应特别迟钝,便常被同学们呼来唤去、百般嘲弄,日复一日地受到同学们的欺负和耻笑。在这种环境中成长,吉亚力居然没有畏缩,性格也没有扭曲,也算是一个奇迹了。

"事到如今,我依旧觉得自己必须承担重大责任。小学低年级阶段,儿子彻底陷入深深的自卑之中。他再怎么努力也不可能达到班级的平均水平。不得不作劣等生的他成为同学们随手欺负的对象,是被人拿来开心的玩偶。

"弄清吉亚力成绩落后的主要原因是视力不好后,他就被学校告知可以离开现在的班级,回普通学校读书了。这也是因为我给他配了副眼镜。为了赎罪,我几乎动用了所有少得可怜的收入,为吉亚力配了一副最高级的眼镜。然而,那副眼镜最终成为让吉亚力痛苦不堪的根源。

"有一天,我注意到吉亚力总是用手托着腮帮。不管是坐在书桌边,还是坐在窗边,他总是摆出这样的姿势,托着腮帮子。就像这样,用手遮着左眼。

"我问儿子怎么回事?儿子回答我说没什么,并站起来就想走。

我抓住他的手,强迫他让我看他的脸。这才发现儿子的左边眼镜片上有裂缝,在左边镜片的上方。

"儿子马上解释说并不是受了同学的欺负。他说这次是因为和同伴们玩'挤香油'①的时候被人推了一下,脚下打了个趔趄,眼镜掉到了地上,恰巧又有人不小心踩了上去,便把珍贵的眼镜踩坏了。说完,儿子向我道了歉。听到他道歉,我对他说:'这是你的眼镜,你没必要向我道歉。'儿子一直没跟我说,是因为他知道家里经济困难,不想让我费尽心思给他配眼镜,并且心里非常愧疚。我问他这样看得见吗?他回答我说没问题。我先用胶带帮他把眼镜加固了一下,并对他说明天再去眼镜店看一下。儿子一听立刻说不用了,就这样挺好。但这样怎么行呢,镜片裂了,万一玻璃碴刺入眼睛,那可就是大事了。

"我也觉得这回不是同学欺负他造成的。但儿子一直没告诉我,平日里他饱受其他同学欺负。他那帮同学做出的那些吾等大众所无法理解的虐待行为令我义愤填膺、瞠目结舌、目瞪口呆!为何他们要如此虐待同学呢?日复一日!他们怎么能如此不知厌倦地想出那么多令人不齿的欺负手段呢?而且,为什么每次都让我儿子作牺牲品呢?

"儿子放学回来,乖乖待在家里时还会被那群人叫出去,被他们恶意嘲弄一番。有时还会陷入他们精心设计的圈套里。那群人一旦设计好圈套,便会想方设法将待在家里的吉亚力叫出去,让他成为整个阴谋的牺牲者。

"比如像这样,先是一伙人中有人谎称得到了一张藏宝地图,然

---

① 一种多人互相推搡的游戏。

后他们一起来骗吉亚力,说某个地方的窃贼从伦敦的珠宝店里盗窃了一些钻石,并将其埋在了本市的某处空地里。那张地图便是窃贼留下的、准确记载着宝石埋藏之处的线路图。

"那之后发生的事我都是从吉亚力那里听来的。他们骗吉亚力说,在那片空地的入口有一块大岩石,从岩石向东走十步,再向西走二十步,便会到一个有 X 标记的地方。诸如此类的骗术我都记着呢。那群人让吉亚力看了地图,然后给他下套,让吉亚力和他们一起去寻宝。接着,那群人还会教唆吉亚力,让他一个人按照地图所示的路线找到 X 标记处。而其实在那之前,他们早已在 X 处挖了个陷阱等着。吉亚力不知情,老老实实地、一步一步地测量着往前走,最后果然掉进那个他们事先设好的陷阱里。围观的那群人看到他掉进陷阱里了,便个个欣喜若狂,拍手称快。这群人玩的就是这么下三滥的游戏,真是太低级趣味了。

"日复一日,年复一年,儿子不断受到这些灾难性的伤害。有时回家时上衣丢了;有时衬衫被人弄破了;有时鞋子又被偷了,只能光着脚走回家。面对这些伤害,吉亚力一直选择不出声,默默地忍受。然而,有一天,记得那是一个早晨,我像往常一样将已是一名中学生的吉亚力送到学校之后打算去上班。走到附近的公园时,突然发现吉亚力的背影出现在花坛边。我走近一看,发现吉亚力在哭。他看到我后显然大吃一惊,慌忙想擦掉眼泪,但已经太迟了。我问他到底怎么回事?为什么哭?他这才告诉我说他没法去上学了,他每天都被同学欺负,已经到了无法忍受的地步。

"我在儿子身旁坐了下来。我们俩就这样一起坐了一会儿。我想着:事情终于还是发展到这个地步了啊。这种倍受欺凌的生活,换成是我,也会受不了。儿子已经算很能忍的了。想到这里,我既没有责骂儿子，也没有牵强地鼓励他。我脑子里只有一个想法，那就是究竟该如何结束这种悲惨的生活?！当然，我也想过一死了之，和儿子一起死了算了。但我很快就打消了这种念头。至少现在还没到要去死的时候。我和儿子，我们两个人要做点什么，给世间留下点什么，这样我们才可以死。否则，就一定要活着！

"后来，我牵着儿子的手，站了起来，我们朝公园入口处旁的公共电话亭走去。我给签了一年合同的公司打了电话，告诉他们今天我请假。之后，我拉着儿子的手和他一起到他们学校去，到教务处和校长室申述了儿子目前的窘境。我对他们说要是再这样下去，我们就只有退学一条路了，希望学校能想些法子，采取措施。学校的老师答应我一定会妥善处理好这件事。

"那天，我没把儿子留在学校，而是和他一起，两个人搭乘巴士，去了郊外的森林。那是我小时候常去的地方。我和儿子沿着小河边散步。这里是我所熟悉的地方，但对儿子而言却是有生以来第一次踏上的土地。他好像有点儿紧张，一直紧紧地抓住我的右手不放。那个时刻，我非常理解儿子内心的无助。我深深地感受到，在这个冷漠得瘆人的社会里，独自抗争的儿子内心的那种无助感！我也被这种情绪感染了，心里憋得慌，泪流满面。我觉得儿子实在是太可怜了，不由自主地停下了脚步，紧紧地搂着他。

"我们在附近的石头上并排坐下，说了一会儿话。谈论着这令人发指的世道。为什么会这样？为什么偏偏是吉亚力生来就这样？这种不公的背后到底隐藏着何种深意？我不断地询问自己，我真希望命薄如此的我们，今后也能有一天出人头地。

"我望着儿子，问他能不能对那些欺负过他的人回以颜色，争口气给他们看？儿子有点吃惊地望着我，看起来很胆怯的样子，他好像从来都没想过这个问题。然后,他便陷入长时间的沉默。

"他想了一会儿,摇了摇头。接着又拼命地想啊想啊,最后说了这样一番话:'我一无所有,没有能力,什么也不会,也没人帮我。成绩不好,跑步也慢,乐器一窍不通,就连脑袋瓜都比别人笨。这样的我能凭什么胜过别人?争什么气给别人看,那应该是正常孩子才有可能做到的事吧?我终究还是什么都做不了。说什么还对方以颜色,那是不可能的。我唯一能做的,就只有忍受。'

"我问他:'你就真的什么都做不了了吗?'这问题其实也在问我自己。'至少总该有点什么是我们可以争取的吧?总该有点什么是别人做不来,只有你才能完成的吧?'我这么逼问他。

"儿子听我这么一说,又想了一会儿,不过他立刻摇了摇头。'唱歌吗?我不行。诗歌朗诵?还是戏剧表演?舞蹈?……这所有的一切我都不会。'

"我又问他:'那你体育课一般都干什么呢?'他说体育是他最不擅长的了。我们都知道,小孩子都比较欣赏那些很有运动天赋的同龄人,对体力强健的同伴尤其佩服。一遇到球类运动,吉亚力就会被大家赶出球场,让他在一旁观看学习。原因之前也说了,是他无法理解游戏规则,总爱犯些低级错误。只要他参加,就势必会给队友带来不必要的麻烦。团队竞赛吉亚力都完全跟不上,所以大家都瞧不起他。

"太阳快要落山时,我牵着儿子离开了森林,朝回家的公车站走去。我们搭上了驶来的公交车。就在即将驶入市区的时候,我们看到马路上走过一群放学回来的学生。五六个人的样子。其中一个孩子背着其他所有人的书包,迈着沉重的步伐走在路上。看到这一幕,儿子突然蹦出一句话:'像那样一个人背那么多书包,手腕很痛的。'

"我再一看儿子双手的手腕,上面有好几处带状印记。我问他这是怎么回事?他说那是好几个书包的皮带叠在一起,又有金属链扣什么的,嵌入手腕的肉里造成的。这么说来,儿子也和眼前的孩子一样,总是被迫帮伙伴们提书包。虽然他们好像每次都会假装大家先抽一下签,输的人帮大伙儿提书包。但是,显然,每次输的都是儿子。这里头一定有什么猫腻。设计些小伎俩来骗智障的同学,对他们来说应该是手到擒来,小菜一碟。

"我们在公寓所在的地区下了车,步行穿过商店街,往家的方向走。途经一处有些规模的健身房,从健身房外的步行街可以看到健身房里,看得到那些正利用各种器械锻炼身体、挥汗如雨的男人。我忽然想到了什么,便问儿子:'是不是大家都觉得你的力气特别大,才让你帮大家提书包的?'

"儿子歪着脑袋想了想,说:'不清楚。'吉亚力身材高大,肌肉结实。当下我便决定带儿子进健身房瞧一瞧。起初健身房的人面露难色,好像有点不放心的样子。但我对他们说:'有监护人陪伴入内,这总行了吧?'说着,我便带着儿子强行进了健身房。

"健身房里有各种运动器械:有将钢绳上挂个秤砣的横杠从头顶往下拉的器械;有手握左右两个把柄,使劲儿将其往胸前拉的器械;还有模仿划船的健身机器、模仿自行车运动的器械,等等。我让儿子上去逐一玩了个遍。别看吉亚力还只是个初中二年级的学生,身材却比同年龄孩子的平均体型大。健身房里的这些运动器材本来是面向成年人的,他却全都玩得很好。甚至有些器材儿子玩起来比我还得心应手。

"最后,我带着儿子来到了专门练举重的角落,让他试举了一把杠铃。我发现儿子居然能够举起非常重的杠铃。旁边站着的健身房的工作人员看了，也很意外，说道：'中学生居然能举起这么重的杠铃，太令人吃惊了！'工作人员建议我再让儿子多举几把试试。

"我思索起来：儿子患有协调障碍症，只要是需要和队友合作的团队竞技项目他就无法参与。但假如只以器械为对象，只需他一个人对着器械使劲儿，就像举重这种单纯的竞技项目，儿子的天赋便能显现出来了。

"我当下便付了会员费，让儿子成了健身俱乐部的会员。那之后，我每天下班回来就带着儿子去健身房，让他举杠铃，练习举重。

"要是举的是特别重的杠铃，儿子感觉特别吃力的时候，我就会在一旁用脚使劲儿跺地板，大声对他喊：'加油！吉亚力！把它举起来，让那些欺负你的人看看你的厉害！'

"虽然之前的许多事儿子都无法长期坚持，但唯有举重这项运动，儿子算是有始有终地坚持下来了。究其原因，我想这或许是因为我和健身房的工作人员每次都会被儿子的努力所感动，真心地为他鼓掌吧。对儿子来说，获得别人的掌声，那可是有生以来头一次。

"因为一心想证明自己，儿子非常努力。那些欺负他的人中没有一个能像吉亚力那样举起杠铃。

"每次练习完举重，吉亚力还会通过一些运动器械锻炼自己的腕力和脚力。就在这样的反复练习中，他好像对举重真正地感兴趣了。后来不用我提醒，他都会主动到健身房去训练了。就这样，通过他自己默默地不断努力，吉亚力全身的肌肉越来越结实，就连原先拿不动的重量后来都能举起来了。每当看到这种进步，吉亚力自己也会十分兴奋。

"而另一方面，我对举重也越来越感兴趣，买了一大堆关于举重的入门书。在了解了举重的各种规则后,我每天都很耐心地教儿子,建议他举重时该如何运力,如何迈出步子等,很认真地承担起教练的职务。比起橄榄球赛,举重的规则可要简单多了。渐渐地,吉亚力也逐渐掌握了。

"这样过了大概一年,在我们这里的市公民馆举办了一场梅菲尔地区的举重大赛。记得那刚好是举重这一运动项目获得市民权后不久的事。那次比赛原本是没有设初中生部的,是我跑到市教育委员会去反映,后来才加上了。我向市教委反复强调,我如此力争,是为了让饱受同学欺负的儿子重新找回自信。我对他们低头、作揖,又到处拜托家里有读初中的儿子的熟人让他们的孩子去参赛。经过多方努力,最后终于达成了目标。接下来,我又到儿子所在的中学,请求老师带着和吉亚力同年级的学生去观战。

"可就在这时,儿子的老毛病犯了。他对我说学举重好辛苦,想放弃了。大概这就是所谓的学习障碍症吧。听他这么抱怨,我什么也没说。只是鼓励他说:'你就练到参加完比赛就行,好好加油!比赛一结束,咱就不练了。'

"比赛那天,吉亚力果真获得了初中部的冠军。其实那不是什么大不了的胜利。因为参加举重大赛的中学生,包括吉亚力在内,也就只有三个人。举起的杠铃也就区区数十磅[①]。更何况那几个被我游说来参赛的熟人的孩子,比赛前基本上都没玩过举重。所以,吉亚力能够胜出,完全在我的意料之中。不过我更在意的是,通过这次胜利,让儿子找回失去已久的自信。

"效果是显著的。自那以后,在学校,再也没人敢欺负吉亚力

---

① 差不多九斤。

了。虽然那只是个小型比赛,虽然对手只有区区两个人!但那些中学生看到儿子脚步踉跄却坚持作战,并最终举起杠铃,获得胜利的样子,全都惊呆了,感到十分佩服。我向儿子表示祝贺,并祝福他。真是太棒了!虽然只是一个很小的目标,但儿子还是达成了。这可是那帮欺负他的同学都完成不了的。我兴奋极了,高兴地对儿子说:'太好了,儿子,你是我的骄傲!'

"实际上,当时我心里确实是这样想的:就这样就行了。只要儿子今后能多少获得一点自信,继续他的学生生活就好了。因此,我接着对儿子说道:'结束了,你获胜了,今后咱们就不练举重了。'

"然而,意想不到的事情发生了。儿子居然对我说他不想放弃。他说今后还想练举重。吓了我一跳,问他这又是为何?他居然回答我说:'我想成为爸爸您的骄傲!'身为父亲的我第一次赞扬儿子竟令儿子热血沸腾、充满斗志。听了儿子的话,我心情激动,欣喜万分!'当然可以,儿子。'我继续对儿子说道,'我怎么会反对你呢?按你喜欢的去做就好。'

"然而,这一决定意味着接下来的路会更加辛苦,甚至可以说在这之后,才是布满荆棘的道路的开端。一旦升入高中,才叫动真格的了。不能像中学那样半游戏性质地练习了。赛事也不仅限于梅菲尔地区,上面还有谢菲尔德市民大赛、伦敦的全国大赛、欧洲大赛,还有最顶端的奥运会。升上高中后,举重就是这种必须动真格的赛事。

"要真想走这条路的话,靠我和健身房里的年轻人这几个半吊子教练是肯定不行的。当务之急是必须尽快找到专业的教练,开始正式的训练。但是,一个在梅菲尔地区获胜的中学生,是没有教练愿意跟进的。我找了好久,但遇到一个教练就被拒绝一次,最终也只能作罢。而且我也明白,哪怕有教练真的愿意执教吉亚力,吉亚力本人又能坚持多久?一切都是未知数。

"没想到,进入高中以后,吉亚力依旧独自一人继续孤苦的训练生活。儿子长这么大还是第一次能这么长时间地专注于一件事。吉亚力会灵活地使用各种器械训练体能,所以他的肌肉力量特别强大。后来他又在梅菲尔区举重大赛上获得了高中组冠军,还在谢菲尔德市赛上获得了第三名的好成绩。儿子居然能在市赛上摘得铜牌,这太令我吃惊了。

"儿子因为这些赛事变得越发自信,也更加精进地训练。终于在临毕业前,在市赛上摘取桂冠。这么一来,儿子面前就只剩下成人组冠军没摘得了。那可是谢菲尔德市的最高奖项!因为考不上大学,吉亚力反而有了更多的时间训练。他第一次参加市成人组的比赛获得了第三名,第二次参赛就上升到第二名。而就在上个月的大赛中,吉亚力最终问鼎金牌。他最后一把居然抓起了三百磅①的重量。整座城市没有第二个人能举起三百磅的重量。

"吉亚力因此获得了进军在伦敦举行的全国大赛的资格。我却一下子慌了,因为这么一来,我无论如何都得帮他物色一个专业教练不可了。要想在全国大赛上获得胜利,他必须举起三百五十磅。就差五十磅!只要再多举起五十磅,儿子就将成为全英国第一大力士!我难以抑制内心的兴奋:儿子终于爬到这个位置了!

"然而,无论我再怎么低三下四地祈求,还是没有一个市里的教练愿意为吉亚力执教。他们都说自己无法与有智力障碍的选手沟通,指导不了。而更让人意想不到的是,这些教练还拉拢健身房,让健

---

① 约为一百三十六千克,二百七十二斤。

身房不再配合我和吉亚力的训练。以前，即使吉亚力只身一人前往健身房，他们也会让他入内。可现在健身房的说法也变了，说是没有监护人陪同入内，他们很难办什么的。

"我真是无语了。要知道儿子可是这座城市里最厉害的选手啊，他们怎么都那么不配合呢？我真是百思不得其解。不过，随着时间的推移，我总算明白是怎么回事了。原来，市民们都不愿意让一名智障选手作为谢菲尔德市的代表。的确，面对媒体的采访，吉亚力总是说不清楚话。假如他真的代表谢菲尔德市去伦敦参加比赛的话，或许会让人以为谢菲尔德是个残疾人村吧。市民们都不希望这样。他们的这种想法我也是可以理解的。"

3

第二天，我陪着吉亚力父子外出，为组建一个机构和设立残疾人基金会做宣传。目的是通过这个机构，将英国国内健身房的设施及运动器械全部改装成残疾人也可以用的。我和吉亚力父子，我们三个人一起，和市里头的有权阶层、政治家们会面，向他们逐一陈述实情。希望他们能多少拨给我们一些预算资金，那样，我们就可以立刻成立相关机构，向社会募集志愿者了。

我在一旁不时根据现场情况，向他们说明美国国内的一些概况。然而，那些有权人士们听了我们的诉说，反应真可以说冷淡到了极点。没有一个关心这种问题的，可以说他们平时连想都没想过这类问题。

毕竟，在谢菲尔德这座城市里，残障人士也只是极少的一部分，所以吉亚力父子所反映的情况终究无法代表全体市民的心声。在场的每个有权者脸上都写着不耐烦：真希望这痛苦的时间早点儿过去！吉亚力就站在他们面前，而他们居然没有一个人愿意问他点什么。就连他们说的话也如出一辙。"你们的心情我们都能理解，也很希望帮你们解决，但是预算是有额度的，对于你们少数个体来说或许真的很需要这笔款项，但我们的预算还没宽裕到能这样将款项落实到每个个体。"

话说得冠冕堂皇的，但实情是他们根本就不认为这是个重要问题。虽然在场的实权者们谁也没说出口，但每个人心里想的都是一样的：健身房里的器械原本就是供健康人使用的，残疾人没必要非得使用它们不可。残障人士需要的是康复器材，平时只需老老实实地待在家里或者福利院里就行了。这种事情，我想除非灾难降临到自己身上，否则他们是无法理解吉亚力等残障人士的心情的。

吉亚力父子大致陈述了一下情况后，看着没什么效果，便悻悻然地离开了会见实权者们的场所——市政厅。我们穿过铺着石子的市政广场，来到喷泉前面的石头长椅上坐下。此时，太阳已经下山了，一阵凉风袭来，微感寒意。吉亚力父子俩什么话也没说，只是脸上显露出了疲倦。父子俩心里都很清楚：这件事是不会有结果的。以前是这样，今后，看不到尽头的未来，也会是这样的。

在我看来也一样悲观：他们父子俩要走的路还很长。那个残障人士也能自由使用健身房里的健身设备、能同健康的正常人一起平等地参加举重等体育项目，受到平等对待的时代还离得很远，甚至可以说遥遥无期。

戈林突然站起来，对我和吉亚力说了一声："你们在这儿等一下我。"说完他就走到广场角落的电话亭里去打电话了，只剩下我和吉亚力待在原地。我问吉亚力会不会时常因为这种事而生气。他马上摇了摇头,对我说:"我从来没想过要因为这种事生气,我只是很感谢父亲,感觉自己每天都在给他添麻烦。我真想对父亲说'就这样吧,无所谓了,听天由命吧'。可就是说不出口。"

这时,戈林穿过石板路,回来了。他对我们说:"听说今天晚上里昂·弗拉那汉会来健身房。晚上十点,健身房关门的时候他会来检查运动器材。"

说完,戈林又对我说道:"里昂可是城里最厉害的举重教练,他本人以前还参加过奥运会。我之前就再三拜托他当吉亚力的教练,可现在依旧没能获得他的首肯。今天晚上,我准备再对他发起一次进攻,要是方便,您也和我们走一趟吧。我希望您能和他聊聊,谈谈比起美国,咱们这个国家的意识要落后多少等方面的话题。"

"当然可以。"我回答道。可私下里我心里在想:看这样子,估计还是没戏吧。

那天晚上,我们大概十点一过就出门了。在健身房器械区的角落,"逮到"了里昂·弗拉那汉。不愧是参加过奥运会的举重选手,里昂的身材特别高大魁梧。他的头发全白了,已是一位上了年纪的长者。里昂一看到戈林的脸,马上露骨地表露出厌烦透顶的表情。

"喂,我说戈林,你耳朵还真尖啊,是谁告诉你我在这里的?"里昂说道,"照这样下去,估计就算我蹲在厕所里都能被你找到。"

戈林把我介绍给了里昂,并对他说我在美国做过医生。戈林很努力地想为我的身份加上一点权威性。

"弗拉那汉先生,您一定知道我想说什么。"戈林说道。

"啊,知道,当然知道。"里昂马上推诿开来,"但你也让我说两句。我的回复，我想你也应该知道。"

里昂将夹着器械检查单的纸板往旁边的书桌上一扔，一屁股坐到了书桌边上。

"我儿子在这次市里举行的成人举重大赛上获得了冠军，他举起了三百磅。"戈林说道，"他拿到了将在伦敦举行的全国大赛的入场券。我们的目标是在伦敦的全国比赛上举起三百五十磅。因此，他现在迫切需要一名一流的教练帮忙指导。就像您这样的。只要再五十磅，再——"

话音未落，里昂已举起右手，打断了戈林的话。

"五十磅，五十磅可是堵难以逾越的墙。"他说道。

"所以，我们才需要教练给予指导，我儿子是代表这个城市——"

"没人乐意由他来代表。"里昂的声音盖住了戈林的话声。这冷若冰霜的话语一下子将戈林的自信击了个粉碎。戈林露出了怯懦的表情。

里昂继续说道："你听好了，戈林。在这之前，我一直尽可能委婉地和你说话。现在看来，不说点不客气的，你估计会永远地、不知疲倦地坚持你那毫无意义的申述。所以，今天我只能当回坏人，毫不客气地说两句你不爱听的了。算了，放弃吧，戈林。就到此为止吧！"

"你说什么？"听了里昂的话，戈林惊呆了，愤怒地睁大了眼睛。

"吉亚力确实干得漂亮。他留下了远远超过自身能力的重量记录。我承认，这点也着实令我感到惊讶。但是，你们只能到此为止了。"

"你这话是什么意思？里昂，你怎么能说就到此为止呢？"

"好的，你听好了，戈林。他的IQ只有五十，这点没错吧？"

戈林无奈地点了点头。

"要知道，举重是一项比你肉眼看到的要危险上百倍的竞技项目。我只能说，他坚持到现在都没出什么事故，这本身就是个奇迹！"

听了这话，我们大家都不出声了。

"这之前的就算了。但你要搞清楚，接下来他要面对的，可是三百五十磅的杠铃！三百五十磅！这是一个无法想象的重量！是一道无法逾越的鸿沟。这种危险性，你们真能感受到吗？三百五十磅的杠铃是个什么概念？万一砸到身上，当场就会死。全身的骨头顷刻间被粉碎，肌肉变成一团肉酱。喷洒飞溅出来的鲜血可以把现在这个健身房的地板变成红色的游泳池……总之，这不是一项 IQ 仅为五十的人能驾驭得了的技能。"

"所以，我们才需要教练……"

"教练有用吗？当他举不起三百五十磅的杠铃、杠铃压到了他的肩上或者脖子的时候，身为教练的我能为他做什么？难不成要我伸出手去，帮他接住三百五十磅的杠铃？我可不是超人！"

"可是，不让这种事情发生不正是教练的职责吗？"

"嗯嗯，你说的没错，教练的指导确实可以让选手避开重大意外事故。可那是有针对性的，等他的智商能达到一百再说吧。"

戈林被挤兑得哑口无言了。他陷入了沉默，过了一会儿，才又说道："您可能是误会了。吉亚力只是患有学习障碍症，他完全能理解教练所教授的东西，也能记得住，而且不会重复犯同样的错误。"

"根本不可能有重复犯错的机会给你。只要失败一次，当场就得死。"

"所谓的学习障碍症,只是说患者要掌握某种能力需要比别人多花一点儿时间而已,不是说他怎么学也学不会。"

"戈林,你给我听好了,举重选手的职业生涯是很短暂的,吉亚力今年几岁啦?有二十了吧?"

"就是因为你们不肯接受他,才拖到现在的啊。"

"哪怕我现在就教他挺举的步骤,也已经太迟了。更别说他还患有什么学习障碍症了。如果学个挺举的步骤就得花个两三年的话,你看看,等他好不容易学成,就到退役的年龄了。"

"一般的知识我都教他了。"

"非专业人士是做不来的。"

"所以说啊,里昂,我这不是在求你嘛。"吉亚力的父亲说着,求助似的看了我一眼,并说道,"麻烦你帮忙介绍一下美国的情况吧。"

于是,我就将自己所了解的情况尽可能详细地说了一番。我话音刚落,戈林马上接过话头,说道:"里昂,拜托了,就一个星期,咱们就试一个星期看看。如果效果和您预想的一样,您立马走人。我绝不再强人所难。"

"根本没必要试。我是专业的,戈林。在这之前我培养了数不胜数的选手,有天赋、有前途的选手我一眼就能看出来。"

"一眼就能看出来?"

"啊,是的。看眼睛就看得出来。举重其实也是一项搏击运动,选手的眼神里必须有一股杀气。"

"你是说吉亚力不行吗?"

"别让我再重复了,你也体谅体谅我吧。我真是不想再说难听的话了。"

"你已经说了。我想应该没有什么话比刚才你说的更不中听了吧。就算你现在再如何粉饰敷衍,你给我留下的印象也不会和刚才有什么不同。所以还是请你直言相告吧。"

"好吧,那我直说了,咱们这是在浪费时间。"

戈林听了,激动得说不出话来。

"你说什么?在浪费时间……"

"没错。浪费时间。我说话不客气,向你道歉。但这就是事实。"

"吉亚力可是这座城市的冠军,就算不是十全十美的,但也是冠军!这是不争的事实,你懂吧,里昂?"

"回家去吧,把那块冠军奖牌装饰在你家起居室的墙上,天天看着。然后想想别的出路,为了你儿子。还有,感谢一下神灵,感谢神灵保佑你儿子到现在为止没出过一次严重事故。没让自己受伤也没伤到别人。"

"里昂,是你搞错了。我儿子和常人一样,能正常地上学读书、毕业、适应社会,好好地活着。我不许你这样侮辱我儿子,他不是关在精神病院单人间里的病人。"

"搞错的是你,戈林。"

"我搞错什么了?"

"我可不是闲着没事玩的,每天都忙得半死。我现在带着五十名学生,平时都在指导他们。这里头有未来的奥运会选手,也不乏一定能在比赛中摘取奖牌的。"

"吉亚力也一样,他也行。"戈林声色俱厉地说道,"你怎么能将我的儿子排除在外呢?他可是这个城市里最厉害的选手。"

"你是相信我的眼光才来请我当你儿子的教练的吧?戈林,这点总没错吧?"

"这倒是。"

"那么,你就相信我的眼光吧。我这可是专业的眼光。吉亚力和正常人不一样。你别再让我一直反复强调了,我不想再伤你儿子的心了。他只能走到这一步。"

"今后就只能走下坡路了?"

"没错,只能走下坡路。"

"你就那么确定他只能走下坡路?"

"啊,我确定。"

"爸爸。"这时,吉亚力在旁边插嘴,叫了一声父亲,"算了,咱们回家吧。"吉亚力说道。

但身为父亲的戈林依旧瞪着里昂,不甘心地站在一旁。过了一会儿,紧张的气氛终于缓解,戈林心灰意冷地慢慢转过身去,不再看教练。他和儿子一起,沮丧地朝健身房出口走去。

"对不住了,戈林,还有你,吉亚力,我对你们的努力表示崇高的敬意。但是,你们很快就会明白,我说的没错。"

从身后传来了里昂的说话声。戈林回过头去,说道:"这就是你专业的眼光?里昂,要是这也叫专业,那我就再也不相信什么专业了。从今往后,我彻彻底底地不会再相信你了。"

"你这个自私的家伙,戈林,客观一点吧。"

"你这句话我原样奉还。你太过墨守成规了,你才应该客观一点呢。正视现实吧,放眼整个城市,现在有谁能举起比我儿子举起的重量还大的杠铃呢?"

"现在没有,但不代表将来也没有。"

"我再也不会求你了。我会让儿子的才能发挥出来的,你就在旁边等着看好了。"

说完，戈林气愤地再次转过身，大步流星地走了。我们一起朝健身房外面走去。不知什么时候，健身房正面入口的不锈钢卷帘门已经降下了一半，我们不得不屈身从卷帘门的下面钻了出去。

"你不觉得难过吗，吉亚力？"

穿过卷帘门，站在铺着石子的人行道上，戈林拖着沉重的步伐无精打采地走着，出声问儿子。

"没事的，爸爸。"吉亚力回答道，"如果不是在学校总被同学欺负，我也不会练什么举重。而如果没有爸爸您在，我也不可能成为这个城市的冠军。所以，我感恩一切。这样就够了。从前一无是处，完全没有自信的那个我已经可以充满自信地度过每一天了。这就足够了。"

"你就不会生气吗？吉亚力，你可是冠军啊。这一路走来，你付出了那么多的努力，可是居然没人认同你。"

吉亚力默默地摇了摇脑袋。他那落寞的样子让人觉得所有的愤怒或不满对他而言早已是遥远的过去，他已将它们忘到了九霄云外。毕竟，在这样的社会中生存，如果不懂得遗忘，是活不下去的。

但吉亚力的父亲好像无法平复愤愤不平的心情。他脚步沉重，踩在石子路上吱呀直响。一边走一边举起双拳，仰天长叹："啊，老天爷啊！"

就在这个瞬间，发生了可怕的事情。"轰——"的一声巨响从远处传来，地面开始剧烈地摇晃，周围充斥着玻璃破碎的声音，夹杂着纷乱的女人凄惨的哀鸣声。像是有什么巨大的物体倒塌了，发出咚咚的声响。戈林大惊失色，弯下腰，试图用手撑着路面保持平衡。

一阵哗啦声，又有什么东西倒塌了，滚到地面上发出声响。几乎就在同时，伴随着一声震耳欲聋、令人毛骨悚然的巨响，有一根支撑着写有"梅菲尔健身房"招牌的支柱分离开了。招牌旋转着，轰然倒下，耷拉在半空。恰巧砸在一个正穿过卷帘门、准备往外走的男人的脑袋上。

男人被招牌砸倒了，咚的一声趴在了地上。刹那间，不锈钢卷帘门以迅雷不及掩耳之势掉落下来，直接压在了男人的后背上。男人被夹在卷帘门和地面间动弹不得，身体由于猛烈的撞击而缩成"弓"字状，并不断地抽搐着。从他嘴里发出了痛苦的惨叫声。

我和吉亚力父子见状慌忙跑回去营救那个男人。眼看着鲜红的血液不断从男人银白色的头发中渗出来，听着男人嘴里发出的痛苦呻吟。再仔细一看，这人竟是里昂·弗拉那汉！

我们扶住里昂的上半身，使出全身力气想把他从卷帘门下拖出来。可无论怎么使劲，他就是纹丝不动。卷帘门死死地卡住了里昂的身体，那股力量大到让人害怕。这时，地面又时断时续地摇晃起来，四面八方又是一片惨叫声。

"是地震。"我说道。

"嗯，还挺大的。"

"我快不行了，要死了，求你们想办法救救我吧。"里昂用断断续续、细若游丝的声音央求着。

"是卷帘门的紧急封锁功能启动了。得马上把健身房内的紧急开关关上才行。你知道那个开关在哪里吗？"我问道。

"不知道，谁知道那玩意儿在哪儿啊。"戈林张大眼睛，摇了摇脑袋，"我连见都没见过那个开关。当务之急还是喊人来帮忙吧。"

"不行，戈林，来不及了。这个卷帘门只要一启动紧急封锁模式，就会压下来，重量有三百五十磅。也就是说，现在里昂身上压着三百五十磅的东西呢，如果再耽误下去，他全身的骨头都会粉碎性骨折。"我对戈林说道。

"该你出场了，孩子，让我们见识一下你的力量。去把这三百五十磅重的家伙抬起来。"

吉亚力显然吃了一惊，但他很快弯腰蹲下，并用双手托住卷帘门的下端，摆好了举重的架势。

"来吧，吉亚力。"我大声喊道。

"来吧，展示一下你的力量。"父亲戈林也缓缓地蹲下，用手托住卷闸门的下端。他想为吉亚力助力，却明显不知该如何是好。

"戈林，行了，让他一个人来吧。吉亚力他准能行！咱们俩得配合一下。只要吉亚力抬起卷闸门，咱们就迅速合力将里昂的身体拉出来。一起上，好吗？千万不能有一丝的迟疑或停顿，因为哪怕只是耽搁眨眼的工夫，吉亚力的力气用尽了，里昂的腰和脚就都会被卡住，骨头就会骨折。"

吉亚力凝聚起全身的力气，蹲下后摆好举重的姿势。不得不说，恰好此时有吉亚力在场，对于里昂·弗拉那汉来说，这是件值得庆幸的事。里昂本人可能做梦也想不到，现在自己的性命要交给这位他之前完全不认可的谢菲尔德地区的举重冠军。

吉亚力使出浑身解数往上顶，因为用力过猛，他的脸涨得通红。他紧紧地咬着牙关，露出了洁白的牙齿。

"吉亚力，现在正是展示你力量的时候。你要展示给所有不认可你的人看看。尤其是让眼前这位天底下最瞧不起你的里昂教练看看你的能耐。让他知道现在能救他性命的，整座城里就只有你一人！"我对吉亚力这样说道。

吉亚力嘴里发出"唔——"的声音。两条粗壮的胳膊上隆起高高的肌肉疙瘩，浑身剧烈地颤抖着。卷帘门咔哒咔哒地震颤着，被吉亚力一点儿一点儿地举了起来。

我和戈林见势赶紧伸出手，抓住里昂的衬衫，用力把他朝自己的方向拽。但还是不太拽得动。

"还差一点儿，再用点劲儿。吉亚力——"

"啊——"吉亚力又大喊一声。这下，卷帘门下终于出现了一道缝隙。

"快，赶紧，戈林！"我大叫着，使出浑身力气，和戈林二人将里昂那硕大的身躯从卷帘门下拉了出来。我们将里昂安放到前方的石板路上。里昂发出了痛彻心扉的巨大惨叫声。

"太好啦！"我大叫着，"吉亚力，你太棒了！这下好了。戈林，救护车，你快去叫辆救护车来。里昂骨折了。"

戈林也站了起来，拍了拍儿子的肩膀，说道："吉亚力，干得好！真是太棒了！你是我的骄傲。"说完戈林便朝公共电话亭跑去。

我留在原地，为不断发出痛苦呻吟的里昂·弗拉那汉检查受伤情况。此时，余震也停止了。里昂的肋骨大概有三处骨折，头盖骨可能也有裂痕。

"吉亚力——"我发出惊呼。原来，刚才只顾着救助里昂，没有注意到吉亚力。现在回头一看，才发现吉亚力的手依旧托着卷帘门的下端，他还在咬紧牙关、使出浑身的力气抬着卷帘门。

"怎么回事啊？吉亚力，可以了，你放手！"我叫道。但是吉亚力丝毫没有要放手的意思。他的脸依旧涨得通红，因为用力过猛，他全身颤抖着，怒目圆睁，牙齿暴露出来，那样子看起来就像是黑暗中发怒的魔鬼。吉亚力就这样一个人继续与落下的卷帘门较劲。

他那样子,只能用"怒不可遏"来形容。吉亚力,你在生什么气?是什么让你如此怒气填胸?你究竟在挑战什么?是那官官相护、狼狈为奸,将你排挤出来的肮脏而又愚昧的社会吗?我心中暗自想着。

"唔哇——!"

接着,吉亚力突然发出如猛兽嘶吼般充满雄性的呐喊声。顷刻间,水泥瓦片纷纷向四周飞溅开来,空中顿时弥漫着飞扬的尘土。伴随着轰鸣声,不锈钢卷帘门从墙面上脱落了。

飞扬的尘土中,吉亚力如骇人的鬼魅一般伫立着。他又用尽全身力气,将从墙上生生拽下来的不锈钢卷帘门抛向健身房的玄关。

随后,吉亚力抖了抖身子,慢慢转过身来面对着我。只见他双肩起伏、气喘吁吁地喘着粗气,眼里饱含着晶莹的泪花。

4

"后来呢?后来怎么样了?"

"那个里昂·弗拉那汉被急救车运走,后来康复了。出院后,他真的当上了吉亚力的教练。"

"啊,那可真是太好了。对了,御手洗君,你就一直待在那个城镇里吗?"

"没有,地震之后,我很快就离开了那里。后来的事我是通过和吉亚力的父亲通电话和写信才知道的。戈林告诉我,在里昂教练的指导下,吉亚力在伦敦的全国比赛上打破了纪录,出色地举起了三百五十磅的杠铃,摘取了全英国的举重桂冠。"

"太了不起了!"

"嗯。不过他之前就一下子举起过三百五十磅的重量了。"

"对啊,那个健身房的卷帘门。"

"对了,听说后来吉亚力还获得了英国伊丽莎白女皇颁发的勋章呢。他成了一名了不起的运动员。"

"他终于克服了学习障碍症。"

"是这样的。他向全世界证明了就算IQ只有五十,也一样能获得成功。"

"他后来参加奥运会了吗?"

"奥运会是后年的事了。后年的蒙特利尔奥运会,我想吉亚力一定会去参加的。"

"要是能拿到奖牌就好了。"

"是啊,我也这样祈祷着。如果他真能在奥运会上获奖,奥运奖牌就是颁发给这位IQ仅有五十的人的最大勋章。不过,现实也不容乐观啊。毕竟再过两年,他就过了体力顶盛期了。举重选手的运动寿命都很短,而奥运会四年才有一次。"

"是啊,凡事都有个时机问题啊。"

"时机和运气也是选手的实力。但不管怎么说,吉亚力现在都不再是孤身一人奋战了,他有很多同伴,大家在一起努力。对了,还有一件更了不起的事。现在,在谢菲尔德,有一个名叫'IFI'的组织。专门检查和改善健身器械,将健身房里的健身器械都改装成残障人士也能安全舒适地使用。"

"这可太了不起了!这应该是吉亚力的功劳吧?"

"嗯,应该是的。通过父子俩的不断努力,最终总算有结果了。"

说到这里,御手洗君的目光又飘向进进堂的窗外。可以看到京都大学校园内的树木,树木的叶子已被秋风渲染成了黄褐色。

"刚才看到快餐店里的那个年轻人,让我联想到了谢菲尔德的吉亚力。真希望快餐店里的年轻人也能和吉亚力一样,找到一份可以全身心投入、并为之奋斗终生的事业。"最后,御手洗君这样说道。

归桥与悲愿花————

1

九月的一个星期天，我约了京都大学的御手洗君一起散步，我们一直走到了上京区堀川上的"一条归桥"。那阵子补习班也放假了，由于一直在备考，我的脑袋累坏了，也该休息一下了。我想着不要老是在进进堂和御手洗君碰面，偶尔也可以约在外面。

我特别喜欢京都街头随处可见的、一个个好似通向冥界的入口。而那冥界则一直张着大嘴候在那里。正是京都的这种神秘而又诡异的传奇色彩深深地吸引着我。御手洗君是名学医的学生，所学的都是科学性的知识，所以他好像对什么鬼啊神啊的东西并不十分相信。但我想着反正大家都住在京都，作为一种知识了解一下总归也是有好处的，便领着他来到了眼前的这座归桥。

时已过午，天上飘着好些云朵，可也算不上是多云的天气。秋天的暖阳散发出柔和的光，打在前方的柏油路上。真是个适合散步的好日子。迎面不时吹来几缕秋风，力度刚刚好，恰好抑制住夏末容易冒出的汗。

"御手洗君，你听说过这座桥的传说吗？"我问道。

"没有。"御手洗君很干脆地摇了下头。平时我总觉得御手洗君是个百事通，对世间的事无所不知，所以他的回答令我颇感意外。对于我们这一代居住在京都的人来说，归桥这一带的传说算是非常有名的，可以说是尽人皆知的常识了。

"其实，我对京都的情况并不十分了解，一些大家都知道的事没准我都没听说过。不过,既然这里称为'一条',就应该是古京都的城边吧。是北端吗?"

"是的。"我说着,苦笑了一下,"总觉得由我来告诉你一些事情感觉好奇怪。"

"啊?怎么会?"御手洗君不以为然地说道。

"因为平时总是你在告诉我各种事情啊。"

"这好像是一座古桥吧?"

"是的,公元七九四年,平安京建成的时候,这座桥就建好了。桥本身倒是重建了好几次,但是地点没变,一直在这儿,就架在这堀川之上。"

"是座千年古桥了。"

"是的,这里位于古平安京的北端。大街,还有那些名字里带'条'字的道路,都是由此开始的。往南便是一条和二条,这里还是洛中和洛外的交界处,是北端的界线……"

"就这座桥?"御手洗君说着,慢慢地坐在了石桥的栏杆上。

"没错,听说为了阻拦闯入平安京的厄神,这里曾作为祈祷祭祀用的特别空间。而且据说这座桥本身就有着非常特别的意义。"

"是吗?说来听听。"

"通往这座桥的路,向东西方向延伸形成一条交界线,以此为界,南边为洛中,就是繁华如花的平安京;而往北走一步,便会到达另一个世界——黄泉之国,也就是灵界。"

"人死之后去的地方吗?"御手洗君说着,向桥下看了一眼,说道,"没水了。"

"桥下的水污染严重,如今已被暗渠化了。不过,这地方是妖魔鬼怪居住的灵界。这座桥就架在人世与冥界之间。"

"是吗？我想起来了。现在的京都御所和平安京时代的平安宫御所的位置好像不一样了。那时的'大内里'比现在的京都御所要靠西得多，比这里还靠西，都已经偏到靠近中央区的地域了。另外还要更南一些。而连接'大内里'北端的这条东西向的路，便是'一条大道'了。"

"对，是这样的。"

"沿着现在的'一条大道'向东走，其尽头刚好就是御所的中心位置。不过，当时这条大道是沿着新建的都市——平安京的北边边界向前延伸的，即所谓的环绕都市外围的外沿大道。"

"没错，就是这么回事。"

"然后，当时的朱雀大路，也就是南北朝向的最宽阔的那条主街，就相当于咱们现在的千本大道。没错吧？"

"是的。"

"现在的京都御所创建于镰仓时代，二条城建于江户时代。它们都与往昔的平安宫建筑计划没有任何关系。"

"是的，就是这么回事。"

"这样我就明白了，平安京的北面外延区域，就已经是黑暗的冥界领域了。"

真不愧是从事科学研究的，御手洗君的理解能力真可谓全面而到位，解释起来也简洁明了。

"如果在往昔，这一带便是空旷寥落、草丛茂密的市郊，更别提这一带的外围圈了，想来更是一片广袤的荒凉之地吧。从这里到山地那块，整片地应该都是鬼魅居住的地盘。要是晚上想踏入该地域，估计都得犹豫踌躇一番吧。"

御手洗君抬起头，往远处眺望了一下，那里如今已是高楼林立。

"这里是京都的幽灵据点,也就是传说中的魔界。挺出名的。传说有一个面貌丑陋的式神[①]就被封锁在这座桥下面。据说是被安倍晴明[②]的灵力封锁住的。"

"式神是指什么?"

"是指为阴阳师所役使的神怪,也写作'识神',据说因为安倍的妻子很惧怕这个式神,安倍才将这名式神装入石棺中,封锁在这座桥下的。"

"这么说来,那个式神时至今日还在这里待着吗?"

"对。所以都说在这座桥上进行占卜特别灵验。古时候就有'桥占'这种说法。传说要是有人想在这座桥上预言什么有深刻意义的要事,桥下的式神就会附在那个人身上,并借其口说出该预言……"

"真好啊!"御手洗君突然冒出这样一句话,"那咱们就在这里多待一会儿吧。"

"啊……这个啊,可以是可以……"

虽说现在不是黑夜,并没什么好可怕的,但或许由于云层有点厚的原因吧,太阳时不时会被云层遮挡一下,天忽明忽暗的。再加上风越来越大,吹得附近的树木沙沙作响,还真是有点瘆人。

"没准儿过一会儿,这桥下的式神真能借我之口说点什么呢。"御手洗君坐在栏杆上这样说道。

[①] 式神在日本指为阴阳师所役使的灵体,其力量与操纵的阴阳师有关。"式神"这个名词是日本本土原生的还是由中国传去的就无从可考了。但"式者,侍也。""式神"可以理解为是"侍神"的意思,就是侍奉其主的神怪或是灵体。

[②] 安倍晴明是活跃于平安时代中期的阴阳师,从镰仓时代至明治时代初期统辖阴阳寮的土御门家始祖。安倍晴明是位对当时处在科技与咒术最尖端的"天文道"和占卜为主的"阴阳道"的相关技术有着卓越知识的专家,是位受到平安贵族们信赖的大阴阳师。

"这座桥的名字由来是什么？"

"这个立牌上写得很清楚呢，它的由来。"

"你亲自和我说说吧。"

"延喜十八年，也就是公元九一八年十二月，汉学家三善清行逝世了。他那在熊野修行的儿子——净藏僧侣，听闻讣告后急急忙忙赶回来，结果，走到这座桥上时恰好遇到了父亲出殡的送葬队伍。"

"这样啊，后来呢？"

"据说净藏见状悲从中来，扑到父亲的棺材上，他一边哭泣，一边虔诚地念诵佛号。过了一会儿，棺材的盖居然掀开了，他的父亲蓦地坐了起来，奇迹般地起死回生了。净藏大喜过望，父子俩紧紧地拥抱在一起，共度了短暂的离别时光。然而，当送葬的队伍走下桥、踏入洛外地区时，净藏的父亲清行又立刻恢复死亡状态，而且再也没有苏醒过来。不过，虽说只是短暂的瞬间，但净藏的父亲确实死而复生了。这个奇迹一传十，十传百，大家后来便把这座桥称作'归桥'。"

"原来如此啊。"御手洗君微微地点了点头，说道。

"打那以后，这座桥便成了许愿桥，濒临死亡的人或其家人会来这里许愿，祈祷亲人能顺利还魂归来。"

"亡灵到这里便能死而复生，所以才被称为'归桥'啊。"

"是的。不过，反过来说，如果家里有人出嫁，那么新娘子和其亲属是绝对不能靠近这座桥的。"

"有道理。"

"对了，有关这座桥还有一个更出名的段子。"

"什么段子？"

"这个故事出自《平家物语》。话说渡边纲是源赖光手下的四大天王之一，有一天，这名武将在一个夜黑风高的夜晚，骑着战马路过了这座桥。这时皎洁的月光照在桥上，一位美貌的女子出现了。这名女子叫住了渡边纲，并对渡边纲说这三更半夜的，自己一个弱女子很是害怕，不敢一个人回家。请求渡边纲将自己送回家。"

我边说边看了一眼御手洗君，只见他默默地点了点头。

"其实渡边纲心里也犯嘀咕：这么晚了，居然有个女子独自出现在桥上，十分诡异。但即便如此，渡边纲仰仗着自己武功盖世，也并不担心，还是让该女子坐上了自己的战马。不曾想，这女子上了马背后，立刻化身为青面獠牙的恶鬼。她扯着渡边纲的头发，想往爱宕山方向飞去。说时迟那时快，渡边纲迅速拔出宝刀，将那妖怪的胳膊砍断，这才总算逃出魔掌。"

"回家后，渡边纲将那妖怪断掉的胳膊暂时放置在家中。后来，那妖怪化身为渡边纲的养母，将胳膊取走了。"

"是吗？"御手洗君说道，"这太好了，那胳膊也算是物归原主了。"

"嗯。"

"京都是个古都，感觉好像到处都能通向灵界。想来，千年以前，一到晚上，夜幕降临，整座城市便成了无数妖魔鬼怪横行跋扈的天堂。"

"还真可以这么说哦。"

"这样一座充满诅咒的城市，历时千年，在这么漫长的时间长河里不但没有毁灭，反而长存下来了，这真是不可思议啊。"

"虽说咱们现在聊的都是故事传说，可事实上，这座桥也确实见证过各种恐怖的事物。"

"嗯。"说着,御手洗君看了我一眼。

"当年千利休由于惹怒了丰臣秀吉,不得不剖腹自杀。千利休死后,他的首级就是被挂在这座桥边示众的。这可是史实。"

御手洗君在一旁一直点头。

"战国时期,有一名叫作和田新五郎的武士在这座桥上被细川晴元用锯子锯下头颅,惨遭杀害。还有,丰臣秀吉当年颁布禁止基督教布道的命令,有好多基督教殉教者并排站在这座桥上,被割下耳垂,以儆效尤。之后,据说这些殉教者被送到了长崎的殉教之地。"

"那些殉教者最后都没再回来了吧?"

"是的。"

"看来在现实世界中,归桥没能发挥传说中的功能。哦?"

御手洗君说着,好像发现了什么。他的目光停留在对面桥栏杆边。那个位置正好被石柱的阴影覆盖住,从我们这里比较难看清。御手洗君起身离开栏杆,向对面走去,我也好奇地跟了过去。

就在栏杆的阴影处,不知是谁放了一个装着水的牛奶瓶,里头插着两朵红色的花。

"居然在这现世与冥界的交界线上放置着冥界的花。"御手洗君看了一眼,说道,"是红色的曼珠沙华。"

"曼珠沙华?这是冥界的花吗?"我问道。

"对,它也叫作'死人花'或者'地狱之花'。当然也被称作'天堂之花'。像这样一种花有这么多名字的情况还真罕见,也算是一种怪花了。应该没有其他花像它这样。"

御手洗君说着又坐到了栏杆上。

"除了这些,它还有其他的名字吗?"

"还有很多。在所有名字里,就数'彼岸花'这个名字最为四平八稳了。此外它的别名还有：天盖花、幽灵花、剃刀花、狐花、鬼擎火、狐簪子、弃子花、三昧花、龙爪花……老鸦蒜，我估计可能还不止这些。"

"为什么它会有这么多名字呢？"

"因为作为植物，它长得太怪异了，花不见叶，叶不见花。"

"花不见叶，叶不见花？"

"没错，这种植物，开花的时候，叶子就会完全消失。而长满叶子的时候，又看不见花。所以说是花不见叶，叶不见花。永远如此，生生相错。也正因如此，这种植物的花和叶子才彼此仰慕，互相憧憬着对方。对了，这种花在韩国好像被叫作'SANSAFA'或者'SANSITYO'。"

"SANSITYO？"

"对，用汉字写出来好像是'相思华'。花和叶片虽然共用一根梗茎，却彼此永世不得相见。他们疯狂地想念着彼此，并被这种痛苦深深地折磨着。"

"哇，还真是哀怨缠绵啊。"

"据说这种花是从中国或朝鲜半岛传到日本的。所以居住在日本的朝鲜人都很精心地培植它。当然在种植过程中也倾注了他们对远在千里之外的祖国的思念之情。

"这种花多分布于关东地区。在秩父有一个叫'日高'的地方，因为是高丽人的聚集村而远近闻名。在日高，有全日本面积最大的曼珠沙华群生地。一到秋天，山谷田地都会被盛开的曼珠沙华染成红色。

"传说古时候有许多从朝鲜半岛而来的高句丽人受命于大和朝廷，集中在日高这个村落里生活。他们在这里安居乐业，大家合力开垦水田、建神社,并将对自己祖国的思念融入各种祭祀活动和舞蹈中,并且传承至今。"

"哦,这样啊。"

"虽然曼珠沙华在日本随处可见,但有名的赏花地还是关东地区多一些。听说皇居里也盛开着曼珠沙华,关西地区也有好些地方开这种花。可不知为何,倒是京都这里很少听说有欣赏曼珠沙华的名所。为什么会这样呢?还真是不可思议啊。"

"嗯。"

"我觉得京都才是最适合种这种花的土地。这里曾是千年怨灵之都,是历朝历代政治斗争的舞台,有着不计其数的无辜之众在这里死于非命。"

"对哦。"

"这应该是一个特别适宜栽种死人之花、坟墓之花的城市。"

"是的。"

"我们还小的时候,大人们就经常告诫我们什么花都可以摘,唯独这种花是动不得的。"

"哦?这又是为何呢?"

"说是那些被死刑夺去生命的人,灵魂会附着在这种花上,所以这种花开起来如血一般绚烂。传说有人不知底细摘了这种花,花朵就发出人死之时的叫唤声。"

"当真如此?"

御手洗君听我这样问,哑然失笑。

"当然不是。其实是因为这种花的球根有毒,大人们害怕小孩摘了花,有中毒的危险,便编造了这种谎话来骗孩子。不过,不管怎么说,这花终归是不吉之花,是慰藉亡魂的花。

"这座桥的名字叫'归桥'……嗯,对了,一定是有人知道这种花的花语,才将这花摆放在这里的。难道说真是式神放的?站在这座桥上,我好像明白了点什么。"

"明白了什么呢?"

"这种花其实就像是护照,是来往于现世和黄泉之国——冥界之间的通行证。你也听说过伊邪那岐的故事吧?"

"嗯,略知一二。"

"因为自己深爱的妻子伊邪那美已赴黄泉,丈夫伊邪那岐很想再见到爱妻一面,便一直追到黄泉国。

"伊邪那岐在黄泉国大殿门前和门卫谈判了一番,门卫让他在门口的大岩石跟前等着。过了不久,从岩石的那头传来妻子伊邪那美的声音。伊邪那岐激动地对妻子说:'让我再亲眼看一看你那动人的身姿吧。'谁知,妻子当即回答说:'这可绝对不行,能听到我的声音就已经是特别的恩准了。你绝不能看我的样子。'

"伊邪那岐实在无计可施,只好央求妻子:'我亲爱的妻子啊,我和你创造的国土还没有完成,请跟我回去吧!咱们一起将它建起来!'

"伊邪那美听了,回答说:'可惜呀!你没有早些来,我已经吃了黄泉的饭食,再也回不去了。不过,你再等等看,说不定能想到什么办法,让我和黄泉国的神商量商量。但在这期间,你千万不要看我呀。'说着,伊邪那美的声音便渐渐远去了。

"时间流逝,伊邪那岐等了整整一天。就在他急不可耐的时候,又传来了妻子伊邪那美的声音。妻子告诉他,刚才黄泉国的神说,只要他将天国花园里开放的花摘一朵过来,她就可以回家。如果能将那花朵放在她的胸前,她便能复活。但要做到这点是很困难的。

"伊邪那岐听了,问妻子:'你这是让我走吗?到天国的路该怎么走呢?'伊邪那美听了回复道:'我再回去问一下去天上的方法。你待在这里别动,再等一会儿就好。'说着,伊邪那美头也不回地往里面走。

"已经等得不耐烦的伊邪那岐此时一刻也不想再等了。他风风火火地从入口闯入,跟在伊邪那美身后,紧紧地追赶着。转到大岩石那头时,眼看着妻子瘦削的背影就要消失在视野中了,伊邪那岐一个箭步冲上前去,一手搭在妻子的肩膀上,向后用力一拉,强迫妻子转过身来。

"就在妻子转过身来的瞬间,伊邪那岐不由得发出了一声惨叫。原来,妻子那原本白嫩娇美的脸蛋已完全干枯,变成一大块腐烂的肉团;就连鼻子都溶化了,只剩下两个小小的洞,空洞地张着;在那茶褐色干瘪的脸颊上,两颗偌大的眼球无精打采地低垂着。

"透过和服双襟的缝隙,隐约可以看见妻子胸部的肉也已腐烂,并且散发出一股令人难以忍受的恶臭。妻子那原本圆润挺拔的乳房现在就像两条褐色干瘪的肉条垂挂在胸前。再往下看,只见到一排排肮脏不堪的肋骨和一个大张着的空洞。

"看到伊邪那岐那一副目瞪口呆的样子,伊邪那美痛苦地扭曲着她那糜烂发臭的脸,呲着一排发黑的脏牙,对伊邪那岐说:'你,终于还是看到我的样子了……'

"那声音极其低沉,仿佛是耗尽全身力量才从肺腑里挤出来了话语似的。

"伊邪那岐吓得面如土色,汗毛倒立。面对着已经变得面目全非的妻子,他条件反射地背过身子,转身便想一逃了之。

"然而由于过度恐惧,他的身子怎么也动弹不得。他眼睁睁地看着妻子伸出白骨嶙峋的手，抓住了自己和服的下摆。

"伊邪那岐见状拼了命地甩开妻子的手，落荒而逃。他就这样头也不回、一门心思地向前逃命。猛然间，他回头一看，只见身后不知从何处冒出了一大堆如怪兽一般的魍魉，黑压压地趴在地面上，从四面八方向自己包围过来。

"再抬头往前一看，只见前方不远处，妻子站在那里。一看到自己，妻子就缓缓地蹲下身来，趴在地上化身为一只四脚怪兽，紧接着露着牙齿，嘴里发出怪叫，向伊邪那岐猛冲过来。伊邪那岐眼看着就要躲不开了，下意识地发出一连串惨叫。"

说到这里，御手洗君突然不说了，他微笑着看了我一眼。

"后来呢？后来怎么样了，那个伊邪那岐？"我听得入迷了，追问道。

"后来，伊邪那岐终于还是逃离了黄泉之国，回到了人世。而他再也不敢有奔赴黄泉之国的想法了。"

听了这话，我才松了一口气。

"没准就在这一带吧。"御手洗君说道，"我是说没准这里就是通往黄泉之国的入口。伊邪那岐一定是从这里逃回人间的。"说着，御手洗君呵呵地笑了起来。

"讨厌，快别说了，怪恐怖的，咱们回去吧。"我对御手洗君说道。

"再待一会儿吧，这桥上挺好的。"御手洗君不以为然地说道。他弯腰从牛奶瓶里拔出了一枝曼珠沙华，放在鼻尖前仔细端详着，说道："看来，桥下的式神真的想让我转达一些事情。"

"你快别说了，怪瘆人的！"听御手洗君这么一说，我起了一身鸡皮疙瘩。

"如果伊邪那美真能得到这种彼岸花就好了。"

不知为何,听了刚才的故事,我有点不敢直视这花了。

"阿悟,你瞧,这花的样子很怪吧?有这么多细细长长的触须向外延伸着,感觉很像接收信息的天线呐。看,这些触须比花瓣都要长呢。所以整朵花看起来好像是用荆棘扎成的。而且,因为有这些触须的点缀,让这种花给人以雍容华贵的印象。奢华,并且妖艳。你想过没有,或许人世间也有这样的女子,如同这花一般,浓妆艳抹,浑身珠光宝气的。"

"这……想想都有点可怕。"

"嗯,有的人会认为这种花特别怪诞,也有人对之很是忌讳甚至厌恶。因为它看起来那么浓艳,甚至让人觉得刺眼。它的花瓣如此鲜红,如血一般。"

"正因如此,它才叫作死人花吧。"

"这些细长的触须实际上是花的雄蕊和雌蕊。你说这是不是很罕见?花蕊居然这么长,甚至比花瓣还靠外侧生长。一般情况下,雌蕊都是在花瓣内侧的,对吧?这种花正好相反,所以看起来比花瓣还引人注目。"

"对哦,这又是为何呢?"

"是啊,为何如此呢?或许这是一种很强的生存意志吧。哪怕面对的是一片陌生的土地,它都想尽可能快地在那里扎根生长。这是一种很强烈的受粉愿望。像它这么向外沿生长,是很利于授粉的。而且颜色又如此艳丽,这也是吸引昆虫授粉的一个特点。"

"你是说它在引诱昆虫授粉?"

"是的,这种花啊,和其他种类的花所采取的授粉方法截然相反。"

"此话怎讲？"

"这种花，是在百花枯败的秋天才抽丝发芽，以平均每日十厘米的速度疯狂生长。只需要几天时间，就能长出五十厘米长的花梗，在花梗的尖端开出如此美艳的花朵。"

"哇，这真是一种了不起的能量啊。"

"没错，它积蓄了充足的能量。虽然如此，彼岸花的花期却不长，它的花只盛开一周左右就会枯萎。花枯萎后，花梗很快也会跟着枯萎。不过，不久球根部分又会长出叶子，一样是以非常迅猛的势头疯长。"

"哪怕是在冬天？"

"没错，哪怕是在冬天。寒冬腊月里，四周的植物都已是枯枝败叶，唯有这种花青葱翠绿、枝叶繁茂地过冬。一直到春天，沐浴着明媚的阳光，绿叶拼命地进行光合作用，将养分储存于球根部。"

"然后，到了夏天呢……"

"它就枯萎了。"

"啊？"

"夏天，这种花连叶子也没了。所以说夏天是见不到这种花的。"

"哦。"

"夏天过后，迎来了秋天的雨季，彼岸花又开始抽出嫩芽，一眨眼的工夫便长出长长的花梗，开出如此花俏的花。因为秋季盛开的花为数不多，所以它尤为引人注目。"

"还真是这样。"

"花期恰逢秋分时节。秋季是死者的亡灵回归的季节。所以，这种花便被应景地称为'彼岸花'。"

"还真是与众不同啊。真是一种怪异的生态现象。"

"正因如此，大家都说这种花不是地球上的植物，而是天上来的。是从天国的花园降落到人间的。"

"哦？还有这说法？"

"传说天上盛开着四种花，彼岸花便是其中一种。"

"那另外三种是什么？"

"另外三种都是莲花。是莲花的三个品种。传说天上只允许莲花开放，这曼珠沙华是唯一的例外。"

"这样啊。"

"所以说，这种花是天堂里拥有最强能量的花。也正因为这样，伊邪那美才会说如果伊邪那岐能从天国摘得此花献给自己，自己便能复活，重新回到人间。"

"原来如此。"

"曼珠沙华这个词源自《佛经》，据说有'天堂花'和'红花'的意思。梵语好像读作'MANJYUSAKA'。而且据传，只要人间有什么喜事发生，这种花便会从天而降。"

"原来如此，难怪这花越来越多了，原来是从天上降落到人间的。"

"或许吧……啊，对了，没错，就是这么回事，这花就是从天而降的。"

御手洗君不知为何又补充了这么一句。好像又有什么勾起了他的回忆。

2

"我突然想起了好多事情。"

御手洗君一边将红色的曼珠沙华插回牛奶瓶,一边开始述说。

"那是我在大学读书的时候听说的故事。说是在太平洋战争时期,日军陆战队里有一支部队,叫第十五师团,这个团的成员清一色是京都出身的年轻人。而缘于京都的'祇园祭',这支部队也被称作'祭兵团'。"

"哦。"

"生活在京都的他们,个个都是跨过这座桥,迈向南方战场的。第十五师团是一支骁勇善战的部队,原本总人数有两万好几千人。后来他们参加了有名的英帕尔战役。他们必须徒步翻越山岭,再从后面包抄狙击残留在缅甸英帕尔和印度科希马等城市的英国军队。在英帕尔战役中,第十五师团半数以上的士兵战死了,后来剩余的大半也病死了,再也无法回到京都。"

"英帕尔战役啊,这个我听过。说是这次战役中日本牺牲了三万多士兵。"

"没错,其中有一半是京都人。除战死之外,因为生病或负伤等原因住进医院的伤兵也达四万人以上。据说那次战役是为了一举打破僵局,扭转不利局面,夺回战场主动权。其具体目标是切断联合国对中国军队的军事和后勤补给途径。

"但是,当时日军的装备都比较老旧落后,就连大炮都是那种简易型的分解移动式。日军作战指挥者图谋利用皇军一贯注重的'鵯越①骑兵奇袭战术',希望通过迂回作战,奇袭夺取胜利。其实在太平洋战争中,日军设计了二百多种迂回奇袭的作战计划,但真

---

① 鵯越:平安时代末期的"一之谷"战役中,源义经率一万余骑在"鵯越"这个地方通过骑兵突袭的方法成功潜入"一之谷",打败平家势力。后来以"鵯越"一词暗指奇兵突袭。

正获得成功的就只有珍珠港战役。

"除了第十五师团以外,还有两个师团,总计三个师团的士兵跋山涉水、越过危险的国境山地,奔赴前线作战。然而,日军上层却既不安排后方援军,也完全没考虑官兵的粮食补给。日方派出的军队与等候在那里的英国军队兵力相差悬殊,仅仅依靠突袭,是根本无法奏效的。

"由于无法指望后方提供的战备和物资援助,官兵们只能每个人都尽可能多地背负粮食和弹药奔赴战场。他们中有的人背了三十公斤,有的人背了六十公斤的弹药和粮食,其中甚至还有士兵因为背负的枪支弹药过重而连站都站不起来。就这样,士兵们背负着沉重的行李,还要翻越海拔两千多米的高山。虽说这个距离也就相当于在日本国内从轻井泽出发,越过枪岳,到达岐阜这么远的距离。但背负着如此繁重的负荷,又要翻山越岭的,仅是一路颠簸到战场,就是一场艰难的苦行。

"马翻越不了那么险峻的山地,大部队在行军途中还要赶着三万头供部队食用的家畜。那些家畜就算能勉强越过高山,可要渡过大河又谈何容易?所以,过河的时候,大半的家畜都被水冲走或者淹死了。"

"唉呀。"

"这一边,英国则是大军备战,都是装备精锐的强力部队。不仅如此,他们还投入了大量最新型战车。虽说英军做梦也没想到会有一支如此庞大的军队从山那边包抄过来,日军也算是出其不意,攻其不备。但面对那么强硬的对手,日军如此简单的装备显然是以卵击石。再加上抵达战场的时候,日军士兵已是精疲力竭了。原本应该做好万全的武装装备,堂堂正正地从正面突击才对的。

"日军遭到重创后，慌乱中纷纷往直线战壕里逃窜。这些战壕是英军事先挖好的陷阱。接着英军从两侧用机关枪瞄准逃窜到战壕里的日军，大肆扫射。一阵狂轰乱炸后，英军又动用战车，将日方士兵轻而易举地碾死，导致日军死伤无数。面对拥有战车的对手，日军的步兵枪根本就是不堪一击，日军迅速乱了阵脚，指挥官深知再战下去相当于送死，只能下令士兵快速撤退。

"在那样的形式下，情况最为严峻的要数被委以'必须攻下英帕尔'这一重任的祭兵团了。祭兵团的士兵战死的战死，幸存下来的还要面对猖獗的疾病，以及难忍的饥饿。没有干粮，他们每餐都只能吃路边的野草充饥。不仅如此，当时恰逢丛林的雨季，逃命的士兵还要忍受强降雨的冲洗。好多人在逃命途中发高烧，走不动了。于是便接二连三地出现拉开手榴弹自杀的情形。"

"哦，这么惨啊。"

"人死之后，尸体暴露在高温潮湿的户外，加上蚂蚁虫蛆的侵蚀，第二天马上就变成一堆白骨。因为这个，祭兵团亡命途中走的这条路后来被称为'白骨道'。尽管如此，部队高层却依旧不愿意下达停止作战的命令。而是顽固地坚持让祭兵团逃到远方的一个安全地带，死守阵地。"

"哎呀，真是的。"

"这次历史性的大溃败也成为后来日本陆军全线崩溃的导火线。事后，部署此次作战计划的司令官居然还暴怒，含泪对司令部全体成员训话。说什么攻打英帕尔的军队居然因为没有食物而无法战斗，还擅自撤退。没有大炮、没有子弹，这些都不能成为不战的理由！没有子弹，不是还有刺刀吗？没有刺刀的话，还有拳头呢。没有拳头的话，可以用脚踢。就算这些都没了，不是还可以用牙齿咬么？

这才是拥有大和魂的皇军！"

"啊？！"

"那位司令官已经完全沉浸在自己的妄想世界里了。他丝毫不在自己身上找问题，而是一味地强调都是前线士兵的错。日军高层不管什么时候都是这样的论调。士兵们被利用完了便被抛弃，一个一个悲惨地死去。这在当时也激起了很多将儿子送上战场的母亲以及广大民众的愤怒。"

"哦？民众是不是组织起来去部队大本营请愿去了？"

御手洗君听我这样问，冷笑了一下，说道："要真是那样的话，倒还让人高看几分。民众还是老套作风：以强凌弱！那时，这附近住着几户朝鲜人家。愤怒的人们居然放火烧了这些人家的屋子。"

"啊？这又是为什么啊？"

"在战争开始阶段，殖民地的民众是不用应征入伍的。所以，被派到战场战死的都是日本人。因此，那些家里的小孩儿被征兵到部队的日本父母便迁怒于朝鲜人了。"

"原来如此啊，这座桥居然还见证了这么丑陋的事。"

"再接着说，日军高层的用兵之计极其愚蠢，所以到最后，日军士兵的数量越来越少，眼看着就要没人了。日军高层内部也开始出现担心的声音。他们担心什么呢？他们担心的居然是，照这样下去，全是日本人在牺牲，日本男子的数量就会越来越少，朝鲜男子在日本的人数比率便会上升，将来该如何是好？"

"这样啊？无论战争结果如何，日本的女性人数总量终归是不会发生太大变化的。日军高层是在担心日本男子数量减少后，女性数量又不变，这样一来就会有很多朝鲜男子和日本女性恋爱，是在担心这点……吗？"

"这样的担心表面上看好像也不失为一种先见之明，但实际上完全是本末倒置。如果他们真有这种担心，就不该让日本士兵白白去送死。他们最初就不该发动什么侵略战争。"

"你说得对。"

"出于这种顾虑，日本政府开始制定所谓的国家大计，他们和朝鲜总督府联合起来，对朝鲜殖民地的民众灌输彻底的'皇民化'教育。不仅如此，日本政府还对朝鲜殖民地实施紧急征兵令。其实这就意味着，他们开始主张朝鲜人也必须死。"

"啊……这也太……"

我听着，不由得疑惑起来，觉得政府下达这样的旨令是在颠倒黑白。

"在这之前，日本政府对朝鲜半岛就一直坚决执行'创氏改名'的政策，以此来弱化朝鲜人的民族性，最大程度地推进朝鲜人的日本化进程。经历了这次战争后，日本政府更是进一步强化该政策，在朝鲜半岛各地创建国民学校，禁止朝鲜学生在校园内使用朝鲜语，学生在学校一律只能用日语，还强迫他们背诵日本皇国臣民誓词和教育敕语。每天早会的时候，还要求学生面向遥远的日本皇宫行礼。他们不断地向朝鲜的年轻人灌输朝鲜人是天皇子民的意识。"

"皇国臣民的誓词？"

"是啊，那些誓词用的是连日本人自己也不明白的语言，有些早已是死语了。大概就是向天皇宣誓，自己是天皇的子民这样的内容。不仅如此，还从朝鲜派出许多士兵上战场。这些朝鲜士兵说白了就是在为一个外国人——日本的天皇——卖命，只要天皇一声令下，他们就必须毫不犹豫、组成敢死队奔赴前线。换句话说，日本政府是在用朝鲜人填补日本士兵的人数缺口。"

"居然命令朝鲜人背诵誓词,这也太夸张了。"

"是啊,政府明白,必须先对朝鲜人民施行彻底的思想改造,麻痹他们的精神。否则,朝鲜人民被压迫久了,是有可能拿着日本人给的枪炮,瞄准日本长官的后背的。因此,当务之急,除了对朝鲜人进行精神洗脑外,别无他法。可是时间相当仓促,所以施行教化的一方甚是焦灼,都有点歇斯底里了。"

"嗯。"

"不仅部队里人手不足,军需厂里的劳动力也一样不够。因为男人们大多奔赴前线了,留在内地工厂干活的男人少之又少。"

"对了,所谓的'教育敕语'①又是指什么?"

"明治时期,以天皇的名义颁布了一些思想修养、道德教育等规范条例。这些规范条例都是针对日本国民、以天皇语录的形式出现的。但在战时,针对朝鲜或台湾殖民地的学生教育,这些有关伦理道德的条条框框悉数印刷成了学习教材。

"'外地'②的国民学校的学生们必须将这些教材完整地背诵下来。这些教材的内容不外乎就是一些推崇对父母的孝道、朋友的友爱,以及夫妇和睦等的道德规范。最终目的还是为了提倡对天皇要忠贞不二,并利用这种所谓的道德心,麻醉士兵的思想,让他们全心全意地奔赴前线作战。

"所以,就算学生不能理解其正确意思也无大碍。其实,当时很多教师自己也不甚了解教育敕语的真实内涵,甚至连政府也一样迷

---

① 教育敕语为日本明治天皇颁布的教育文件,其宗旨成为第二次世界大战前日本教育的主轴。
② 第二次世界大战前,日本军国主义称它所侵占的殖民地为"外地"。

茫。只要学生拼命死记硬背，表现出恭敬服从的态度，那些一点都不自信的教师就会过来摸摸学生的脑袋说他背得好。

"什么朕唯我皇祖皇宗肇国宏远，树德深厚……尽是些莫名其妙的话。"

"你居然还会背诵啊！"

"有件事我迄今难以忘怀。站在这座桥上，看着这红艳的花朵，我又记起来了。我刚经历了一段漫长的世界流浪之旅回来，这话我告诉过你吧？"

"是的。"

"现在想来，这段旅行其实就是一场对战争的巡礼。在世界的任何一个角落，无论你身处何方，都可以发现战争的痕迹。"

"的确，这座桥又何尝不是如此呢？"

"归桥？这是一个颇具象征意义的名字。当我环游到美国西海岸的时候，在洛杉矶市中心，认识了一位姓张的韩国人。我们还在一起待了好几天。那几天，张先生一直用日语和我对话。张先生小时候在韩国一个名叫光州的城市上过日本政府创办的国民学校，是接受日语教育长大的。换句话说，他就是一个彻底接受皇民化教育的例子。"

"啊，这样啊。"

"他就是那一代人。后来他还被带到了日本，长期待在秩父，日语说得十分地道流利。在洛杉矶，张先生认识我后就说自己好久没讲日语了，还挺想说的。他用日语详细地向我述说了自己的成长经历。唉！那可真是一段苦难的人生啊！我听了他的述说，内心受到了很大的震撼，也更加深刻地感受到了战争本身的愚劣。

"我就是那时从他嘴里听到教育敕语的。他当时背诵了好长一段,因为挺无趣的,我后来都忘了。"

"哦。原来如此。"

"他告诉我说他姐姐背诵教育敕语背得比他熟练多了。他还告诉我他姐姐全名叫张淑英。在光州的国民学校时代,姐姐的日语成绩是全校最好的,还当过班长。姐姐一直是他的骄傲。他还有个哥哥,叫勇鑫,也是他的骄傲。总之,是一个很优秀的家庭。

"张先生是家里的老幺,名字叫勇宏。当时在位于洛杉矶市中心的日本人街上,一家日裔博物馆正好在办一个'曼扎那①日裔强制收容所'的展览。主要展出一些收容所的写真板,还有影像什么的。还再现了当时的军营内部。我挺感兴趣的,便进去看了。结果就在那里遇见了张先生。

"他也是来看展览的。起先,他以为我是洛杉矶的日裔,便过来向我打听一些有关展览的事,我告诉他我也不太清楚。当时他看起来好像不太懂英语的样子,我就看了一遍展览说明,然后将说明翻译成日语给他听。他高兴极了,就和我套起了近乎。

"当时他也是独自一人。于是我们俩从展馆出来后,并没有互相告别,而是一起走在日本人街的人行道上,进了一家日本人经营的咖啡屋,聊起了家常。在咖啡屋前的人行道上,随处可见用小字书写的广告牌,诸如'牛川医院'、'日本宾馆'这样的。我看着这些诡异的文字,和他走进了咖啡馆,听他聊起自己的从前。他的那些经历见闻真是听上一天一夜也不过瘾。那活生生就是一部围绕着日本的亚洲近代史啊。"

---

① 《别了,曼扎那》是珍妮·W.休斯登著的自传体回忆录。第二次世界大战期间,日裔美国人被从"曼扎那家园"大规模转移到内陆的"重新安置营"。该事件反映了当时美国社会所弥漫的战争歇斯底里和对日裔族群的种族歧视。

"这位张先生家里有三兄妹,没错吧?"

"是的,因为家里小孩比较多,他们从小就家境贫寒。兄妹三人都是土生土长的光州人,从来没有离开过家乡。最年长的哥哥,参加了朝鲜总督府举办的志愿者集训。这个集训是皇民化教育的成果之一。参加完集训后,他哥哥加入了教育飞行队。张先生说,当一名少年飞行兵一直是他哥哥的梦想。从小他哥哥就在朝着这个梦想不断努力,不断进取。

"张先生的姐姐也一样,她发誓不输给哥哥,在国民学校非常努力地学习。在那个年代,男子只要参了军,哪怕你是殖民地出身,也有可能出人头地。而女子就没那么容易了。朝鲜女子是不可以去女校学习的。不过,他姐姐成绩一直很好。她认为只要学习成绩保持在全校第一的位置上,说不定哪天就会有机会了。

"然后,果真遂了她姐姐的心愿,真的有个千载难逢的机会降临了。一天,日本校长领着一名宪兵来到他们的教室,对班上学生大声宣布说:'今天,我们要从本校挑选出一个优秀的女生,作为女子挺身队的队员!'。

"所谓'女子挺身队',就是给那些日语成绩出众的优秀学生一项光荣的工作任务。被选拔出来的女生可以奔赴日本国内,到国内的兵工厂,为了国家的荣誉工作。那名宪兵一再强调这是一份受人尊重的工作,其工作地点很有可能在东京。只要参加'女子挺身队',就能亲眼看到大家憧憬已久的东京了。

"不仅如此,只要进了挺身队,政府还会给予队员相应的劳动报酬。最主要的是,可以保证今后有机会让她们去女校上学。

"'以后上的可是日本国内的女校哦,在座诸位意下如何?可有人愿意去的?'宪兵说着,眼睛骨碌碌地环视了一圈教室。

"姐姐淑英听了宪兵的话,心潮澎湃。她的日语成绩可是十分满分,这简直就是为她而设的机会。这千载难逢的好机会终于降临到自己头上了。淑英实在是太激动了!光荣的女子挺身队、向往已久的内地女校,还有憧憬已久的东京,甚至还可以拿工资!这样一来,父亲的医药费就有了,也多少可以补贴家人的生活费用,尽尽孝心了……

"也就在这个时候,校长先生的目光突然落到了淑英的脸上,张淑英条件反射似的举起了手,说道:'我愿意去。'

"回到家后,淑英向躺在病床上的父亲谈起了自己的想法。父亲一听,便泪流满面,强烈反对:'那都是骗人的鬼话,你绝不能去日本!'

"第二天,淑英在学校又遇到了校长,她再次和校长确认:'校长先生,这是真的吗?到时真的能让我去女校读书吗?'校长一听,一下子挺直后背,大声地回答道:'这可是尊敬的天皇陛下亲自下达的谕旨,怎么可能是骗人的呢?!'

"这么一来,淑英就更加铁了心,一定要去日本。自那以后,不管父母如何反对,她都义无反顾地坚持自己的想法,完全不听劝。不过,当时父亲卧病在床,母亲出门打工,家里又债台高筑,整个家眼看着就要撑不下去了。

"淑英不断地游说父母说自己会从内地寄钱回家补贴家用,虽说大哥已经离开家里了,但根据现在家里的经济情况,有必要再减少一张嘴吃饭。外头的战争越来越白热化,家里连吃饭都成了问题。

"淑英还向校长先生提出申请,希望能带着弟弟一起到内地。她向校长保证说自己会负责管好弟弟,让弟弟和自己一起好好干活。

当时勇宏比淑英小两岁，日语成绩也很好。

"校长将这事作为特例批准了。毕竟淑英当时是那么优秀的学生。但最主要的是，日本国内干活的人手实在是太少了。那一年，姐姐淑英十四岁，弟弟勇宏十二岁。"

3

姐弟二人乘坐货船朝东京出发了。整艘货船上黑压压的一片，坐满了来自朝鲜全国各地的妇女，她们身上穿着黑色的劳动服。船上只有勇宏一个男生。

因为是货船，所以船室不多，并很快挤满了人。到了晚上，作为船上唯一的男生，勇宏不得不一个人蜷缩在甲板的角落里睡觉。这一夜对于勇宏来说非常难熬：第一次远离父母漂泊远方、货船的摇晃、后背的疼痛、再加上小孩天生对黑暗的恐惧，所有的一切都令勇宏迟迟难以入眠。最后他还晕船了。

货船停靠在横滨港。迎接大家的是一个穿着卡其色军装、表情有点狰狞的日本人。日本人介绍说自己名叫笹下。在笹下的带领下，所有的人一个接一个、有序地走上横滨的街头，赶往车站。

接着众人上了电车，朝有乐町方向疾驰。姐弟俩从车窗眺望沿途的街景，最后抵达银座，一路都如梦幻般美丽。看着这美景，姐弟俩高兴得心怦怦跳，不知不觉间，已对接下来的快乐生活充满了幻想和期待。毕竟姐弟俩都是在乡下长大的，第一次看到那么繁华的东京街头，肯定是万种期待在心头了。但是，后来发生的事彻底颠覆了他们的期待。

一群人被带到了有乐町的日剧院。兄妹俩从来没见过规模如此大的剧场,非常惊奇。进到剧院里,只见高高的天花板下是一排排整齐的观众席。宽敞的大厅地面上铺着好几张和纸,每张和纸都有一张榻榻米大小。地上还四处可见刷子和木桶。

当时的日剧院已经成为为"富号作战"[①]计划研发制作气球炸弹的临时兵工厂。第一天,日方只是做了一些简单的说明,就先让大家安顿下来了。次日,所有人就开始戴着白色缠头巾干活,从清晨一直劳作到夜晚。在笹下等教官的指挥下,他们每天要不间断地劳作十三个小时。这一年,是战况告急的昭和十九年的秋天。

那些一张榻榻米大小的和纸都是在地方工厂制作好后运来日剧院的。必须将五张普通大小的和纸用蒟蒻[②]糊黏合起来,才能变成那么大的。据说这些和纸是九州和信州等地的女学生们制造的。而日剧院里的勇宏他们需要做的是最后一道工序,就是用蒟蒻糊将这些和纸粘成气球状。

说点题外话,为了制造这种兵器,整个日本各个地区出产的蒟蒻都被收集到了兵工厂。可以说在那段时期,全日本的饭桌上都看不见蒟蒻这种食物了。

将和纸糊成气球后,还要对它进行干燥处理,然后再在气球的表面涂上苛性钠。涂好了苛性钠,一个直径十米的巨大气球才算完工。早期开始制作这种气球的时候,日本人还尝试在专门的房间里直接将起爆装置装在气球内部,即一步到位,直接把气球做成炸弹。

[①] 富号作战:二战末期,日本陆军为了空袭美国本土而研发的秘密武器——"富号兵器",即用薄和纸(约需要五层)和蒟蒻糊糊成直径约十米的气球,然后再在气球上绑上烧夷弹或炸药。将气球发射上天,依靠高空气流使之飘向目的地上空并引爆。
[②] 即魔芋。

但毕竟是在市区，比较危险，所以后来变更为到了发射台再给气球安装炸药。

之所以最后还要涂上苛性钠，是为了强化蒟蒻的黏着力，增加和纸的气密性。当时，全国范围内的军用物资都基本见底了，也就只剩下制作气球用的材料——和纸了。

巨大的和纸气球做成后，在装氢气之前，得先装入空气检查是否有裂缝。选择日剧院作为完成最后一道工序的场所，是因为这个巨大的气球膨胀起来直径达十米以上。不但如此，有时还要将气球吊起来检查是否漏气。当时只有剧院有足够高的天花板和足够大的空间来执行这些步骤。出于这个原因，当时除了日剧院以外，东京的宝塚剧院、浅草的国际剧院、两国国技馆等场所都曾被当作临时兵工厂。

往气球里装完空气后，还要有人进到气球里面检查是否有破洞或裂缝。这时候，年幼瘦小的勇宏便发挥了重要的作用，每次他都会被人从气球下方塞进气球内部。

这些孩子们最初很不适应整个操作过程，经常犯错。一开始，监管人员也只是责骂两声就算了。后来操作了好几次依旧失败，浪费了和纸，那惩罚可就不只是责骂了。身为男孩儿的勇宏自不必说，就连女孩儿也一样要被拳打脚踢，有时还会被扇耳光。打人的一方还口中念念有词："你们不知道这是多么宝贵的资源吗？怎么能这么浪费！快给我打起精神来！"

整个过程实际操作起来十分不容易。要先用糨糊将五张和纸粘成大型和纸，这五层和纸之间哪怕只跑进米粒般大小的空气，也有可能导致气球在一万米高的低压高空破裂，从而引发炸弹误爆。可以说责任重大。在监管人员的严厉要求下，女生们开始废寝忘食地加班加点。

每次被骂过之后,姐弟俩都会先自我反省一番:是不是自己做错了什么?然后就更加努力工作。然而,过了一阵子,姐弟俩都开始觉得不对劲了。因为只要有日本女生加入工作,笹下他们的态度就明显不一样,要客气许多。日本女生做错了,笹下他们也只是轻声地批评两句。就算是屡教不改,也绝不会对她们拳打脚踢。姐姐淑英好几次都因这点愤愤不平,因为明明她做的要比那些日本女生好得多。

在日剧院干活,早餐一直是不提供的。午餐一开始还有饭团和一点配菜什么的,后来就变成米粥或者半块橄榄形的面包和一碗味噌汤了。三点供应的日式小点心后来也不见了踪影。

可是那些日本女生的午餐却永远有饭团,下午也一定有点心吃。有几个胆大一点的朝鲜女生觉得很不甘心,便跑到监管面前质问为什么被区别对待。结果换来的却是监管咆哮如雷的责骂:"朝鲜鬼还敢这么狂妄!太不识时务了!"骂完还把几个朝鲜女生打倒在地。

从外地来的女子挺身队要么住在位于省道天桥下的一个阴暗潮湿、貌似仓库的地方,要么被分配到离日剧院步行约二十分钟的一幢简陋的木板房里。晚餐的时候,就在外面的马路边摆几个炭炉,会有一位年长一些的女性过来指导大家做饭。不过,由于分到手的食材少得可怜,所以每个人做饭的时候都不得不精打细算。

每天工作一结束,勇宏就跟随姐姐回到被安排的宿舍里,帮着姐姐做饭,然后和姐姐一起吃晚饭。起初,他们还同意勇宏晚上就在姐姐旁边睡,后来也不同意了,说是这样不好。于是,勇宏不得不一个人回到日剧院的仓库，在仓库地板上铺上凉席和棉被将就着睡。

深夜，勇宏经常被彻骨的寒冷冻醒。仓库严禁明火，所以绝对不可以在仓库里点火取暖，而防寒用品的补给又远远不够。每次被冻醒后，勇宏就很难再入睡了。

身边就是装满戏服和舞台装置的架子，脚底的道具堆积如山，好像随时都会倒下来。勇宏看着，感到有点害怕。天花板上挂着几个木偶，木偶的表情阴森，黑暗中看起来令人毛骨悚然。从仓库缝隙里吹进的风声不绝于耳，仿佛是那木偶发出的哀鸣。其实比起这些，更为危险的是制作炸药的原料和零件就在身边，随时都有爆炸的可能。不过勇宏当时还只是个孩子，小脑袋瓜没有反应到这一点，也不懂得害怕。

由于每天都得闻蒟蒻糊和苛性钠的刺激性味道，工人们渐渐开始患上头痛病，每日都被头痛折磨。强刺激性苛性钠腐蚀了手指的皮肤，有的人甚至连指纹都被腐蚀没了。过了一段时间，那些工作能力较强、动作比较利索的孩子被评为优秀，然后集中到一个特别工作室里，加入维持装置的组装小组。

淑英、勇宏姐弟俩也被选中，转移到了那里。这项新工作要和大人们一起操作，但可以坐在椅子上干活，倒是舒服了许多。最初他们只需帮一些简单的忙，将一些零部件递给大人就行。后来渐渐地开始帮着一起组装了。

在这个特殊房间里也进行过安装炸弹的实验。只是实验难度太大，只有专家才能触碰，勇宏他们是绝对不许靠近的。大概过完年后，勇宏他们已具备一定的熟练程度，便被调去帮忙安装炸弹和无数的沙袋金属环了。

勇宏他们有时候可以在触手可及的范围内看到真实的炸弹。他们被告知说炸弹的引信已被卸掉了，是相对安全的。

然而说是这么说，其实在千叶和茨城的发射台上，以及炸弹的搬运过程中，就发生过好几次意外爆炸事件，造成了不少伤亡。也因为这样，才将悬挂炸弹变为悬挂烧夷弹。

原本气球炸弹这种兵器可以说是日本人特有的独创武器。这种创意的原理是将炸弹通过喷气式气流喷射出去，使之搭乘冬天特强的偏西风，从日本飞往美国大陆。这种兵器的飞行距离可以说是第二次世界大战中的所有兵器中最长的，也是有史以来第一种实现横跨两个大陆的兵器。可以说是史无前例的，因此拥有很高的评价。

加上考虑到其使用材料的廉价性，是批量生产B29轰炸机所消耗的材料所无法比拟的。按当时的金额，这种炸弹大约一套只需一万日元。在性价比方面可以说是遥遥领先。

而且，那个喷气式气流是当时担任筑波的高层气象台台长大石和三郎等人首次发现的，美国人还不知道这种气流的存在。所以他们想破了头都想不通气球是如何从日本，千里迢迢又准确无误地飘到美国上空的。这种气球炸弹完全无须人为控制，更不需要安装什么操控装置。

看到飘来的气球炸弹，美国人都以为那便是日方发送的全部炸弹了，并且觉得非常不可思议：这些炸弹是如何这么准确地飘到这里的？殊不知，比他们所见到的数量多出好几倍的炸弹要么早已落入太平洋，要么就是飘到加拿大或者墨西哥方向去了。正因为这种炸弹的成本很低，才能制造出如此奇幻的攻击效果。

更重要的一点是，美国人无论如何努力，都不可能制作出同样的兵器来报复日本。因为偏西风只朝东边吹，而且日本列岛这个目标太小了，很难准确定位。像这样单方适用的兵器，历史上再也举不出第二个例子来了。

气球炸弹还有一个优于其他武器的地方，那就是"高度维持装置"这种机械装置。为了让气球顺利抵达美国，必须将其送上高达一万米的高空，搭上冬天的强气流。但是横渡太平洋的路途十分遥远，气球又是和纸材质，里面的气体会一点点地泄露。而且夜间没有阳光照射，热胀冷缩，气体的体积会缩小，气球就会慢慢地下降，最后可能会掉入海里。为了防止这一情况，便在气球里装了一个可以感知气压的空盒子作为感应器。

只要气球开始下降，这个空盒子就会缩小，产生电流和热量，烧掉气球下方吊着的沙袋的麻绳。沙袋坠落，气球由于沙袋的坠落又能继续上升一段距离。如此反复多次，气球至少也能维持在八千米以上的高度了。这样一来，就能顺利地抵达美洲大陆的上空。

理论上虽然说得通，但事实上，还是有很多气球无法如预期那样运转，纷纷掉入了海里。没有掉入海里的气球，只要过上两个昼夜，空盒就会自动点燃爆破用气体，气球随即变为炸弹下落、爆炸。我们可以猜到，勇宏姐弟俩制作的要么是那种高度维持装置，要么就是那种空盒。

从昭和十九年秋到昭和二十年四月，日军制作并放飞了约一万个这样的气球炸弹。当然，这一万个气球炸弹并没有全部抵达美国，真正飞到美国大陆的最多也就只有十分之一，或者更少也说不定。

气球炸弹这一创意是由日本陆军科学研究所的草场少将提出的，是登户研究所内所有优秀技术将校们勤劳和智慧的结晶。虽说如此，这些将校起初却根本没想到它会成为让日军起死回生的终极武器。相反，很多人内心对其效果是充满怀疑的，毕竟这种兵器有点不靠谱，只需放飞就行，其余的完全依靠风向和风力。

对于这件事，美国方面采取严格的报道管制策略，对外隐瞒此种炸弹的危害程度。这样一来，日方也对气球炸弹的作战成果一无所知，许多人开始疑神疑鬼，以为这种炸弹对美方完全没有威胁。

美方之所以采取报道管制，一方面是为了打击日本的士气，一方面也是为了不让美国国民陷入恐慌。过了一段时间，美方的计划果然奏效了。草场少将看气球炸弹杳无音信，便判断其没有明显作战效果，下令停止制造。当然，不得不停止气球作战计划也是由于调度氢气难度加大，以及敌方的空袭激化的原因。

其实，现在看来，这种作战应该再持续一段时间才对。因为实际上与日方预测的正相反，美方非常害怕气球炸弹。而且美军早期根本没想到气球是从日本飞来的，甚至还有人以为这是来自火星人的攻击，可以说是真正意义上的出奇制胜。美方确信气球是来自日本的时候，已经是在分析了垂吊在气球下面的沙袋之后的事了。

美军当时启动了最新的雷达来应对气球炸弹来袭，甚至派遣了迎击用的战斗机。但由于气球炸弹涉及的范围较广，最终还是拦截不尽。而且关键是，如果毫无空袭经验的美国国民知道有很多不知最终会落向何处的炸弹袭来，必然会陷入恐慌。

不仅如此，美军还十分警戒，担心气球是承载着细菌的化学武器，没穿好严实的防护衣都不敢靠近。假如当初日本真的往气球里装病菌的话，估计战后日美两国的邦交正常化要大幅度地延后了吧。

气球炸弹的危害到底有多大,至今依旧是个谜。据说在美国俄勒冈州的一个叫布莱的小村庄里,一对正在郊游的牧师夫妇,以及五个主日学校的学生,看到了挂在松树上的气球。有几个孩子觉得好奇爬到树上,触碰了气球,气球爆炸了,六人当场死亡。战后有几名当年制作过气球炸弹的日本女生还特地来到这个村庄,赠了十四株樱花树赔罪。

还有一起事故,是气球炸弹触碰到了华盛顿州里奇兰县的输电线,引发全县停电,导致当时在当地制造的钚型原子弹整整晚了三天才完工。后来这颗钚型原子弹被投放到了长崎。当然所有的这些事故美国政府也应负起相应的责任,毕竟是他们向国民隐瞒了气球炸弹袭来这一信息的。

气球炸弹实际造成的效果应该不止这些。事实上,我还知道了一件至今仍不为人知的秘密。

淑英、勇宏姐弟俩一直在为富号作战计划辛勤地工作着。直到翌年三月,空袭加剧,日军不得不停止生产,他们的工作才结束。那可是每天十三个小时的超强负荷劳作!虽然后来姐弟俩被调去制作高度维持装置了,但也并没有因此而变得轻松。

有一天,淑英忍不住问笹下:"他们真会让我去上之前说好的女校吗?"结果你猜笹下怎么回答的?笹下居然对淑英怒吼:"你也不看看现在的战况,你这个非国民!"

看到笹下气急败坏的样子,淑英有点害怕,不敢再多说什么。可是,隔了几天,她越想越气,她对弟弟说,这阶段父亲的病况肯定越来越严重了,家里估计连每天的医药费都支付不起了。如果买得起药,父亲说不定还有得救。父母亲现在肯定正眼巴巴地等着他们寄点钱回去吧。

又过了几天,一天下班后,淑英冒着惹笹下大发雷霆的风险,再次鼓起勇气来到笹下面前想问个究竟。为了增强说话的底气,勇宏也跟着一道去了。

淑英战战兢兢地对笹下说自己家里很穷,父亲卧病在床,父母亲都在等着自己寄钱回家,所以希望能支点钱让自己寄回家。女校的事不敢再想了,就是希望能多少给点钱,当初是这样和父母约定好,他们才让自己来这里工作的。

笹下一听,立刻气得满面通红,暴跳如雷地说:"想要钱,大家都想要钱!"说完就拉着淑英的手,一个劲儿地往走廊里拽,二人不一会儿就消失在走廊尽头。看他那气势汹汹的样子,勇宏心惊胆战,竟一句话也说不出来,傻傻地留在原地等姐姐。

过了相当长一段时间,淑英双眼红肿地回来了。她的脸上和身体上到处都是伤痕,显然是遭到了笹下的暴打。

姐弟俩回到天桥下的宿舍相拥而泣。姐姐说:"咱们被骗了。当初听阿伯几①的话不来就好了。"

结果,对于这对苦命的姐弟,军方不但没按约定让姐姐去上女校,而且直到战后,也没有支付过哪怕一日元的工资给姐弟二人。

4

那个阶段,淑英的身体和心理状况都比勇宏想象的还要糟糕很多。当时勇宏还只是个孩子,对事态没有足够的洞察能力。

---

①阿伯几:韩语中父亲的发音。

由于长期睡眠不足和营养失调，再加上精神高度紧张，笑容渐渐从淑英的脸上消失了，每天都愁眉不展，不良的心情让淑英的身体更弱了。其实勇宏也一样，只不过他是个男孩儿，好歹还有点体力，也没有那么多愁善感。

进入深秋后，东京时常是阴雨连绵的天气，朝鲜来的女生们很多染上了风寒。因为她们是三个人同盖一床被子睡觉的，所以有一人感冒，立刻就会交叉传染。淑英便是这么患上慢性感冒的。

有一天，勇宏听到淑英和朋友偷偷在说自己的例假停了，已经过时间好久了，还是一直没来。

不过这也没什么大不了的，过度劳累和睡眠不足，再加上体力下降，生理期是有可能暂停的。可后来这事好像被笹下知道了。有一天，勇宏看到笹下在走廊里询问姐姐是不是例假没来。

那阵子，由于工作效率下降，姐姐不得不又回到制作气球的大厅工作。勇宏好几次看到在偌大的剧场里，姐姐被笹下毒打。淑英已经不再向笹下要工资了，可由于身体不好，时常感到头晕，影响了工作效率，于是还经常被打。

笹下好像认定姐姐是眼中钉，勇宏好几次听到他在骂姐姐，说她是一个小屁孩，说话还敢那么冲。笹下好像总觉得自己作为一个成人，被一个小孩儿，尤其是一个女孩儿瞧不起，心里很不爽。

隔日，午饭分菜汤的时候，上头说是要给大家添加营养剂，便在每个人的碗里加了一点褐色的液体。还说喝了这种液体，脑袋就会清爽很多，身体也会更健康。他们催着大家赶快喝，说是喝完了给大家加茶水。大家一听，真的很快就喝下了药水。

说也怪，喝下那药水后，真的感觉身体明显变轻了，人也来了精神，瞌睡虫好像一下子就飞走了。接下来的工作大家都做得得心应手。直到屋外太阳落山了，大家还不觉得累。不知不觉间，已经在自愿加班了。

但是，到了晚上却还是怎么都睡不着，翻来覆去的，直到天亮才好不容易有点睡意。可没多久就是早晨，又该去上班了。每个人都困得眼皮打架，根本没法工作。可到午饭时间时一喝那个所谓的营养剂，大家马上就又头脑清醒、活力无限了。

姐姐淑英的身体每况愈下，后来连中午饭都基本不吃了，人眼见着越来越瘦，走起路来都轻飘飘的，像幽灵一样。即使这样，她依旧每天都干着繁重的体力活。

勇宏依旧在那个机械组装屋里干活。他经常被叫去各个房间取部件，所以有时候会有机会进宴会厅看看。宴会厅里有个房间是指挥官们待的，房间里有炭炉和大汤锅，汤锅里总是煮着蔬菜汤。屋里有餐桌、椅子，还有水槽、砧板、餐具，等等。这里应该就是大人们专用的厨房了。

勇宏看着这些，心想这些人吃的，比我们挺身队队员吃的量和料都要多得多。

勇宏正看着锅呢，门突然打开了。只见笹下推门走了进来。勇宏见状，拿了要取的零件，急急忙忙就想逃走。

"原来是你这小子，你怎么在这儿待着呢？"笹下问道。勇宏赶紧把手里的零件高高地举起来给他看。笹下看了，倒也没再多说什么。勇宏赶紧打开走廊的门准备出去。谁知笹下又把他叫住了："喂，我说明夫。"

日本人称呼勇宏都用他的日本名。由于所谓的"创世改名政策"，勇宏的日本名字就成了张本明夫。

勇宏只好无奈地停下脚步，回头看着笹下。

"你姐姐最近很没精神啊,你把她叫过来,我特别照顾她,让她吃点这里的饭菜。"笹下说道,并补充了一句,"还会让她喝点特效营养剂。"

笹下说出这句话的时候露出了笑容,这是勇宏第一次看到这个男人的笑脸。那是一张露出满口茶色的脏牙,猥琐下流的笑脸。勇宏看了,不禁打了个寒噤。

勇宏将大人们吩咐要的零件拿到机械制作间后,又回头来到剧院的观众厅,向姐姐转达了笹下的话。

不曾想姐姐一听,当即回答道:"我不去。"

"你要是不去,又会被暴打的。"

"去了也一样,还更惨。"姐姐回答道。

勇宏传完话就回到自己的工作间了,姐姐有没有去他并不清楚。

到了晚上,下班了,勇宏准备回宿舍,可是剧院里到处都找不到姐姐。他急忙到剧院外走了一圈,还是不见人影。勇宏这下急了,他飞快地跑回宿舍的房间一瞧,也不在那里。其他人都已经开始在路边做晚饭。这样下去恐怕要出事,勇宏又焦急万分地在宿舍附近找了一圈。后来,终于在天桥下的一个黑暗角落里,找到了蜷缩在石砖墙脚的姐姐。

"姐姐。"勇宏大声喊道。淑英抬起了头。勇宏走近一看,远处街灯昏黄的光打在姐姐的脸上,姐姐脸颊上的两道泪痕在灯光的照耀下闪闪发光。勇宏知道姐姐刚哭过了。他在姐姐身旁蹲了下来。

"你没事吧?该吃饭了。"勇宏说道。

"我不想吃。"淑英说,"我想回光州了。"

勇宏默默地点了点头。他也想家了。

"笹下应该去死。"姐姐突然冒出这么一句话。

"怎么了?你去找笹下了?他有让你吃那锅里炖的东西吗?"勇宏问道。

令他吃惊的是,淑英听他这么一问竟然仰天大笑起来。勇宏平生第一次看到姐姐这个样子,很是担心。

"没事吧,姐姐?"勇宏问道。

"那东西叫甲基苯丙胺①。那种营养剂的名字。"淑英突然说道。

"甲基苯丙胺?"勇宏平生第一次听到这个名词,当然,后来他就经常听到这个词了。

"刚才我被灌了一种特别的甲基苯丙胺。"淑英说,"是笹下逼我喝的。所以我们才会睡不着,那种药就是让人不犯困的。"

说到这里,淑英突然沉默不语了,任勇宏怎么问,她都不回答。勇宏无计可施,只能和姐姐一起闷坐着。

天色越来越晚,姐弟俩面前的人行道上已经基本看不到人影了。不像现在,是夜色越浓行人越多。

昭和十九年,有乐町就已经有模有样的了,在当时也算非常时新的地方。

"姐姐,你流血了。"勇宏突然发现了异常。

周围一片漆黑,姐姐的黑色工作裤裤脚前露出了白色的脚踝,只见脚踝四周有几道细细的黑线。勇宏伸出手,用力地擦了擦姐姐脚踝附近的皮肤。一擦就有一些黑色的东西簌簌地掉下来,好像是早已凝固的血迹。

"你受伤啦?"弟弟勇宏问道。

---

① 即冰毒。

姐姐神情迷茫，默默地发着呆。然后答非所问地说道："那个营养剂，他们并没有让日本的女生喝。"接着又说道，"笹下，我要把他杀了。"

"我被强暴了，笹下干的。他逼我喝了那种药，我一定要把那家伙杀了。"姐姐又一次控诉道。

第二天，勇宏意外受了重伤。当时他正在摆弄机械制作间里的炸弹引信，没想到引信突然引燃，爆炸了。勇宏的手指被炸碎，炸弹飞散开来的弹片又把他脸上的肉剜下了一块。勇宏又惊又怕，痛得号啕大哭。

勇宏的上司也大吃一惊，连忙拿来急救箱为勇宏消毒。敷上药和纱布，并缠上了急救绷带。之后，大家把勇宏抱起来，送到了他平时睡觉的仓库，让他躺着。临走前还叮嘱勇宏就那样待着，不要乱动。仓库里只剩下勇宏一个人了，疼痛愈演愈烈，勇宏觉得自己会被这无止境的疼痛折磨致死。疼痛令勇宏的脑袋昏昏沉沉的，泪水一个劲儿地往外流。

休养期间，和勇宏一起工作的一个名叫佐佐木的技师过来看过他，并为他画了张附近一家外科医院的地图，让他自己去这家医院治疗。佐佐木还交给勇宏一封介绍信，对他说只要有这封介绍信，就用不着担心医疗费了。勇宏以为佐佐木会陪自己去，但佐佐木并没有。

勇宏强忍着连脑袋都麻木了的疼痛，挣扎着爬了起来，跟跟跄跄地朝位于有乐町的外科医院走去。耳朵开始耳鸣。他想过要和姐姐说一声，但又担心姐姐知道了会想一起来，这样她就不得不擅自离开岗位,然后就又会被笹下欺负了。他知道告诉姐姐只会给姐姐添乱。想到这儿,勇宏虽然有些心里没底,但还是硬撑着一个人去了医院。

医生先帮勇宏消了毒,然后涂上药膏、缠了绷带。脸颊上的伤也做了相同的处理,还为他贴上了药用胶布。随后医生给了勇宏五日量的内服药,吩咐他每天餐后服用。在医院,医生还让勇宏当场服用了一种药,吃完药,勇宏感觉痛感一下子走远了,人舒服了许多。

或许是由于那天医院里没什么患者,医生比较有空的缘故吧,他让勇宏躺在病床上做检查,顺便问了勇宏好多话。诸如身世如何啦,在日剧院主要从事什么工作啦,等等。接着还让勇宏裸露上半身,用听诊器为他听诊。医生告诉勇宏他营养不良,以后要好好吃饭,最好能回家休息个两三天。后来还问勇宏在东京有没有亲戚。

经医生这样一问,勇宏突然想起来东京前,曾听父母亲说有个远房亲戚住在埼玉县一个叫高丽川的村子里,好像是母亲的表妹一家,但勇宏与他们从未谋过面。来东京之前,父母亲已事先写了信给他们,告知自己的一双儿女要去东京干活。好像马上就收到了他们的回信,说是让勇宏姐弟俩一定要找机会到他们家里玩一下。但由于那里离东京很远,勇宏和姐姐也不太有时间,渐渐的,他们就把这件事忘了。

那医生听勇宏这么说,居然让勇宏明天就去亲戚家。说是接下来的疼痛会更剧烈,身边没有亲人是不行的,还说他会写封信给日剧院的指导员说明情况。医生对勇宏说,如果他继续待在临时兵工厂,睡眠肯定得不到保证,无法消除疲劳,营养又跟不上,而他只是个孩子，伤口一旦化脓，抵抗力下降，一个不小心就有可能引发各种并发症。

勇宏回到日剧院，向机械组装部的佐佐木做了汇报。佐佐木刚听时脸色很不好看，但毕竟是医生交代的，他也没办法，只好对勇宏说明天早上就可以出发去高丽川村了。

之后勇宏又去找姐姐，把事情的来龙去脉说了一遍，并告诉姐姐自己明天一早就要去高丽川村了，问姐姐能不能把亲戚的名字和住址告诉自己。姐姐一听非常吃惊，随后马上想通了。她点了点头，说这样挺好的，还告诉勇宏，听说高丽川村是个空气特别新鲜的地方，很适合疗养身体，让勇宏到那里后好好吃饭、好好睡觉，别顾虑太多。最后，姐姐还有点担心地问勇宏："你的伤口真的没事了吗？"

"真的没事了，只是还有一点痛。"勇宏逞强地说道。但实际情况是，剧痛还在持续着。太可怕了，那可怕的爆炸声至今还残留在他的耳根，那种瞬间感到世界末日要来了的恐惧感也依旧在心里盘旋。

姐姐告诉勇宏，那对夫妇的名叫张村勋夫和仁美。他们对外都改用日本名字了。仁美是母亲的表妹。但是姐姐说具体地址现在记不得了，得回宿舍查一下才知道。

当天晚上，淑英让勇宏睡在自己的床上。她说如果勇宏这么冒昧前往，估计会吓对方一跳，所以明天会先发份电报给张村夫妇。而对方肯定会去车站迎接他，她还嘱咐勇宏到时要注意礼节，晚上好好休息，到了那里就好好养身体。勇宏听了，连口答应："嗯，会的。"

但是，整个晚上，勇宏都被强烈的疼痛折磨着，一直到天亮。

一点都睡不着。步入深夜，正如那个医生所说的那样，剧烈的疼痛反复来袭，头也跟着疼了起来，还发烧了。但勇宏整晚都默默地忍着，他不敢告诉姐姐，担心说了姐姐也会睡不着，这样就会影响第二天的工作。

姐姐躺在一旁，好像一直在哭。勇宏能清楚地听到姐姐擤鼻子的声音，但过了一会儿，擤鼻子的声音就变成鼾声了。到了后半夜，勇宏感到手指的疼痛越来越强烈，疼痛如潮水般向他涌来，有时甚至得咬紧牙关才能忍过去。就这样熬过了一晚上，勇宏完全没睡。

早上起来，姐姐帮勇宏发了封电报，还获得特别许可，将勇宏送到了车站。她坐在车站的长椅上，将到达高丽村这一路会用到的交通工具、转乘的车站名等，逐一写在纸上交给了勇宏。

勇宏将纸条捏在手里，上了电车。从电车里往外看，站在月台上的姐姐好像在这短短几天里一下子长大了。或许是瘦了的原因吧。不知为何，消瘦了的姐姐看起来就像个成年女子，一位瘦削的漂亮女子。

"路上小心！"姐姐嘴上说着，看起来很舍不得的样子。

勇宏不放心地问："我不在你身边，你真的可以吗？"姐姐听了，只是笑着点了点头。

勇宏感觉要是换作平常，姐姐肯定会回答："当然啦，傻孩子。"可今天姐姐的样子很反常，显得楚楚可怜，好像在向自己倾诉：我一个人很害怕，心里很没底。

姐姐会这样，或许是因为身处国外、无依无靠的缘故吧。勇宏在心里宽慰自己。同时，他体会到一种五味杂陈的心情：既有点依依不舍，又因为可以暂时离开这个鬼地方而高兴、自豪……

5

从池袋转乘武藏野铁道线,就可以一直坐到高丽车站。当时那里还不叫日高这个名字。在高丽站下车后,勇宏看到张村仁美果然站在检票口,等着迎接自己。张村仁美一眼就认出了从对面走来的勇宏,估计是通过脸上的创可贴和手上的绷带吧。不过话说回来,在这一站下车的,包括勇宏在内总共也就三个人。另两位分别是中年人和女子,所以也不可能搞错。

见勇宏表情夸张,好像很吃惊的样子,仁美便一边挥手,一边确认道:"是勇宏吗?"勇宏用力地点了一下头,对方立刻笑着一把抱住他,热情地欢迎道:"你总算来了。"

勇宏长时间在可怕的、充满暴力倾向的日本人中间生活,已经好久没被人如此热情地对待了,所以他也非常高兴。明明彼此都是第一次见面,却仿佛熟识已久。勇宏原本紧绷的神经一下子放松了下来。毕竟,对于一个年仅十二岁的孩子来说,只身漂泊在异乡,还当什么挺身队队员,要求未免太苛刻了。

仁美一路拉着勇宏的手出了车站。现在的高丽车站前已是非常开阔,但在当时,毕竟是个乡下车站,站前基本没什么建筑物,一眼望过去,到处都是植物。虽已是深秋,但到处都是常青树的绿叶,那种翠绿,以及绿叶所特有的清香和泥土的芬芳……在有乐町不可能看到的景物一下子涌入勇宏的五感,令他想起自己的故乡光州,内心瞬间变得无比温和、平静。

其实屈指算来,他来日本不过两个月不到的时间,但感觉好像已经离开家乡好几年了。而且是来到高丽村之后,勇宏才注意到这种感觉的。昨天之前，这个那个的事忙得他团团转，根本没有闲暇考虑任何事情。

勇宏和仁美在尘土飞扬的站前上了前往高丽村的公车。人坐稳后，车子就启动了。往前行驶，车窗外的建筑物越来越少，绿色植物越来越多。

仁美扶着勇宏缠着绷带的手，心疼地问道："疼吗？"勇宏这才缓过神来，随口应了声："啊。"他都忘了自己受伤了。或许是由于这是有生以来第一次只身一人在异乡短途旅行的缘故吧，勇宏的神经一直绷得紧紧的，不知不觉间，疼痛反而减少了几分。所以他又马上摇了摇头。

仁美问勇宏是怎么受伤的，勇宏便将炸弹引信管破裂的经过又说了一遍。仁美一听，脸色顿时黯淡了许多，说道："听说你家勇鑫加入日本陆军了，是吗？"可能是引信这个词让仁美联想到了战争。

"是教育飞行队……"勇宏回答道。

"是少年飞行兵啊？听起来还真威风呢。你母亲在信上说了，说他出人头地了。不过，这样好吗？加入外国的军队，你母亲应该很担心吧？"

听了仁美的话，勇宏心里咯噔一下，"外国的军队"这个词是不许乱说的。朝鲜就是日本，朝鲜人也是日本人。所以日本军怎么会是外国的军队呢？

"你们接受的是皇民化教育吧？也该为你们的母亲想想才是啊……"车子摇晃着，仁美继续说道。她说日语时带一点关西口音。

过了不久，好像进了高丽村了。仁美把嘴凑到勇宏耳边，小声地说道："咱们下一站下。"

公交停稳后勇宏下了车,一看,大吃一惊。这里还真是乡下啊!

"没想到这么乡下吧?吓你一跳啦?"仁美问道。

勇宏有些犹豫,不知该如何回答是好,就很用力地点了下头。仁美看了,开心地笑了。

公交车带着飞扬的尘土绝尘而去。剩下二人站在广袤的田园风光中央。风吹过平原,稍稍吹乱了二人的头发。

放眼四周,不见一户人家。附近什么都没有啊,为什么要在这种地方下车呢?勇宏正纳闷,仁美就解释道:"这个车站是离家最近的停靠站了。"

眼前一条白色发光的土路笔直地向前延伸。仁美拉着勇宏那只没有受伤的手,沐浴着秋日的暖阳,沿着这条土路向前走去。

这里感觉比故乡光州还像乡下。举目四望,不见一户人家,这情景哪怕是在朝鲜也十分罕见。再往远一点看,只见远方的群山早已装扮上了红叶。风停了,可以闻得到弥漫在空中的泥土、树木,还有阳光的味道。这便是浓郁的秋的气息了。过了一会儿,勇宏突然感觉空气中夹杂着水的气味,正奇怪呢,发现原来是走到了河岸边。

这是一条很宽的河,河面上架着一座小木桥。鞋子踩在木桥上,会发出咯噔咯噔的声音。勇宏停下脚步,伫立在桥上,放眼望向河面。脚下的河流很浅,河水晶莹剔透,清可见底,可以看到漂浮的水藻,也可以看到河底的泥土和沙石,时而还能看见倏地一下从石头上机灵游过的小鱼。

"这里就是高丽之乡了。"站在身旁的仁美介绍道。她的身子靠在木桥的扶手上,勇宏看了,也学着她的样子,将身子靠在了扶手上。

一阵微凉的河风拂面而来,夹杂着潮湿的水汽、秋的味道和植物散发的芬芳。这是一种还没被丑陋的人类污染过的、纯粹的大自然的味道。勇宏心潮澎湃,不知不觉间泪水蒙眬了双眼。

"怎么啦?累了吗?"仁美问道。

勇宏赶紧左右摇了摇脑袋,然后自言自语道:"高丽之乡。"

"你知道高句丽吗?"仁美又问。勇宏摇了摇头。

"如今学校连这也不教了吧?在光州应该也一样没教,因为都是皇民化教育了。高句丽是以前的朝鲜王朝,幅员辽阔,我们就是高句丽的后裔。后来为逃避祖国的战火才来到了这个国家。现在,大海对面的祖国已经灭亡。但其实,你也是高句丽的后裔,勇宏。"

"我也是?"

"光州,从地理位置上来说其实就是以前的百济。你也是高句丽人。"

"高句丽人……我?"

"据说很早以前,朝廷下令将日本国内所有来自高句丽的归化人集中起来,驱赶到这里生活。那是很早很早以前的事,大概八世纪的时候。"

"为什么呢?"

"是啊,是什么原因呢?或许是因为大和朝廷害怕归化人的影响力,他们以为,如果把所有归化人都集中在同一个地方,就能方便朝廷监视和管理了。你大概不知道吧?奈良就是由来自朝鲜的归化人建立起来的。听得懂吗?NARA①,在咱们朝鲜语中,这个发音是国家的意思吧?URINARA,朝鲜语就是'我的祖国'的意思,

---

① 奈良的日语发音。

没错吧?"

勇宏一听,再次沉默了。听到如此自由大胆的言论,他本能地感到危险。当然,这或许是由于他长期和笹下那样的人待在一起的缘故。还有就是姐姐的遭遇,也让他感到害怕。勇宏心想这话要是被日本人听到,可就惨了。

但这里没有日本人。这里简直就是世外桃源啊!

"这里就是我们的新国家。所以,生活在这里的每一个人,大家都是高句丽人,我们没有一天忘却自己的祖国。大家至今仍然保持着古代的祭祀活动和传统舞蹈。高句丽也叫高丽。"

"这样啊。"

"这里以前可是一片很糟糕的荒地哦,还有猛兽呢。所以,祖先们才改变眼前这条高丽川的流向,并将河水引到村庄里。我们的祖先就是这样,历尽千辛万苦,才开垦出了这样一片一眼望不到边的田地。"

勇宏听了,转过头去看身后的农田。眼前的水田里,水稻都已成熟,马上就可以收割了。

"如果从山那头看这条河的话,你就会发现,这条河像画了一个圆。是祖先们将河流改建成现在这个模样的。因为形状很像腰包,这块水田又正好处于整个腰包的正中央,四周有河水环绕,所以这里也被称为腰包田。"

"哦。"

"改建成这样子,更容易引水入田。而且,这块腰包田的外侧,也就是高丽川的外沿部分,有一片灌木林,那里开满了曼珠沙华。不仅如此,田地里、田埂边也长着曼珠沙华。那些花都是祖先们种下的,特别漂亮。

"不过现在已经过季了,枯萎了。只有每年的九月二十日,秋分季节,它们才会绽放。九月初,这种花的球根会先冒出嫩芽,接着只需十天的工夫,就可以长到这么长,我们称为梗。然后梗上就会开出红色的花朵。现在过季了,看不到了。下回,你等它开花的时候再来,和你姐姐一起来。那种花实在是太漂亮了,这里可是欣赏这种花的全国第一名所。"

"全国第一?"

"嗯,全国第一,保准没错。曼珠沙华原本就是从朝鲜传到这里的。可在朝鲜,却没有哪个地方的曼珠沙华能像这里的一样,开得这么茂盛、这么艳丽。这里,高丽之乡,绝对是全国第一。"

"哇。"

"大家这么拼命,就是想把这里建成故乡高句丽的样子,想把这个异乡之地建成一个新的高句丽。URINARA。因为,真正的高句丽已经不存在了,灭亡了。"

"啊。"

"大家一看到曼珠沙华,就会想起自己的祖国。但就算想回国,也回不去啊,毕竟朝鲜离这里太远了。也正因如此,大家都很重视培植这种来自高丽的红色的花,以此来寄托对祖国的哀思。"

"哦。"

"将思念寄托在这种花上,望乡之念。因为,高句丽是那么遥远的存在。"说到这里,仁美沉默了一阵子,任秋风拂面。然后,她突然大声地喊了起来:"啊,孩子他爹来了。"

勇宏一看,只见一个穿着长筒靴的男人出现在河岸上的草丛里。他走在河中央,蹚着水朝这边走来。手里握着一张渔网,腰上挂着一个竹笼子。

"孩子他爹想让你吃点河鱼，正在抓鱼呢。过一会儿，成群的香鱼就会游到这里来。这种鱼很好吃，就是骨头多了点。"

仁美向勇宏解释完后，又大声地喊道："孩子他爹——是勇宏。勇宏来了！"

那男人就是仁美的丈夫勋夫。勋夫听到仁美的呼唤，加快了脚步，长筒靴溅起四溢的水花。走到勇宏他们面前后，勋夫大声地喊了一声："哦，勇宏，欢迎你啊！"接着说道，"我捕到鱼了，待会儿让你尝尝鲜。"

说完，勋夫从桥下穿过，走上左边的石阶，拨开河边的杂草，和勇宏、仁美二人聚到了一块儿。嘴上还不停地说道："来得好，来得好，离这里很远吧？"他抱着勇宏，勇宏闻到了勋夫身上散发出的水汽和淡淡的鱼腥味。

仁美、勋夫二人的家就在这座桥旁边，附近没有别的人家了，他们好像和村落里的其他人孤立开了。仁美说这附近没有商店，会比较不方便。不过，院子的走廊正对着水田，很方便田间耕作。

一家人坐在屋外的走廊上喝了会儿茶，说了一阵子话，仁美还拿了些仙贝当点心。在这个物资匮乏的年代，这种点心在一般的家庭里可算是稀罕物了。就连制作气球炸弹这种从事国家事业的地方都没点心吃，没想到乡下种田的人家里还吃得上。

勋夫从屋里拿出一本厚厚的相册，勇宏一边吃着仙贝，一边欣赏相片。相册里的相片基本都是这个村里各处的风景。有山景、森林的景色，还有河流的。相片大多是在秋天或正月的时候拍的，里头也有各种祭祀活动的照片。勋夫告诉勇宏，当地人管这些祭祀活动叫社例祭和大祓式。

还有许多村里人的相片，他们的神情会让勇宏联想到祖国。每个人的长相都和日本人不太一样。

虽然仁美称勋夫为孩子他爹，但实际上他们俩并没有孩子，相册里只有仁美夫妇二人的相片。

相册翻到后面，出现了越来越多的曼珠沙华的相片。看来，夫妇俩所住的这座房子四周也栽种着很多这样的花。相册里还有拍摄于森林里、每棵树下都密密麻麻地开满了曼珠沙华的照片。

"这些相片都是黑白的，所以你看起来可能没啥感觉。其实这些花都是鲜艳的血红色，亲眼看到的话，你肯定会被惊艳到的。甚至有很多人特意带着便当，从东京来这里赏花呢。"勋夫说道。

"还有这个地方，待会儿我带你去看。我会喜欢上摄影，就是因为在这里看到了一大片这种花。看到一望无际盛开着的美丽花朵，我便萌发了摄影留念的念头。"勋夫边说边翻动着相册。

"古时候，这种花被称作死人花、地狱花、葬礼花，等等。那时的人都说这种花不吉利，令人不快什么的。总之，大家都不太喜欢这种花。现在就没这回事儿了。明治时期的文人墨客丝毫不理会古人对这种群生红花的诋毁，将它们作为一道美丽的风景加以咏颂。像斋藤茂吉、伊藤左千夫、正冈子规，都写过歌颂这种花的作品。这样一来，那些有关这种花不吉利的传言也就渐渐地消失殆尽了。它是如此美丽，你只要看一次就明白了。下回等到这种花开放的时候你再来看看。"

勋夫和仁美说出了一样的话。

说完，勋夫走下走廊，带着勇宏参观了一下房屋的四周。果然，虽然现在看不见花朵，但房屋四周确实长满了曼珠沙华。

"瞧，这些都是曼珠沙华，数量很多吧？曼珠沙华这种花，看起来弱不禁风，你会以为它很难培植，但其实它的繁殖力惊人地强呢。

这种花的球根会自己不断分裂，自行繁衍生长。"

勇宏好奇地"啊"了一声。

"我们这些离开了朝鲜的朝鲜人，就是因为有曼珠沙华情节，才齐聚在这里的。因为这种花来自朝鲜，所以，这种花盛开在哪里，我们就觉得故乡朝鲜在哪里。我们夫妇俩是从冈山来到这里的。当年关东大地震的时候，很多住在东京的朝鲜人都受到了无谓的迫害，于是大家一起逃到了这个村落，之后就定居在这里了。

"虽然这里非常偏僻，却绝对是个好地方。这里空气清新、风光旖旎，人也好。有很多蔬菜等吃的东西，还有高丽的传统祭祀活动。最主要的是，满山遍野都有这种红色的极乐之花。这里就是个极乐世界啊。"

勋夫说着笑了起来。

"这是……极乐之花？"勇宏试着问道。

"是的，据说它是极乐世界里盛开的四种花之一。"勋夫一边带着勇宏沿着通往山间的羊肠小道走着，一边解释给他听。

"是朝鲜人从祖国将这种花的球根带来这里的吗？"勇宏一直很在意这个问题，便忍不住问道。

"嗯，是的。至少我是这样认为的。虽然也有人说这种花的球根是从高丽川上游漂流而下，自然依附到了这里，并在这里生根发芽的。但是，我可不这样认为。因为这条河的上游根本没有成片生长着曼珠沙华，像这样成片地生长，如果不是人类种植的话，怎么可能这里一大片、那里一大片的呢？"

"是村里人种的吗？"

"是啊。把这里建成高句丽是大家共同的愿望。我们的祖先在这个村里积极地栽种这种花，目的同他们当年拼命守护并传承了高丽乐是同样的道理。我一直认为是祖先们带来花的球根,并栽种在这一片土地上、细心培育的。"

"原来如此。"

"嗯。早期,我们的祖先刚搬来这里的时候,高丽人去世了都是土葬。这是高丽人约定俗成的习惯。但没想到,由于这里位于深山老林之中,到处都是野狗和猛兽。所以会有野狗将埋着死人的坟墓刨开,使死者暴尸野外。后来,人们就在坟墓的四周种上了这种花。"

"为什么呢?"

"因为曼珠沙华的根部有毒,所以,种上这种花以后,野狗就不敢再靠近坟墓了。哪怕只是咬到球根,那野狗都必死无疑,而且是发狂致死。那些猛兽十分聪明,这种情况只要发生过一次,它们就会引以为戒,再也不会靠近第二次了。"

"啊,原来是这样啊。"

"农作物也是一个道理。粮食瓜果成熟的时候,经常会遭到野兽的祸害。还有鼹鼠,它们会跑到地里啃蔬菜。当然,也可能被老鼠咬掉。所以大家便在田地四周的田埂上种上这种花。沿着田埂密密麻麻地种上,这样就可以保护水田和旱田不受动物侵袭了。"

"哦,这样啊。"

"不仅如此,种了这种花的地方连杂草都很少生长了。哦,你也要小心,绝对不能吃它的球根。只是摄入一点点,便会上吐下泻,后果不堪设想。搞不好还会中枢神经麻痹致死呢。"

"哇,这么严重。"

"就是这么危险,不小心可不行哦。"

二人沿着小路又走了一会儿,已经有点气喘吁吁了。又走了一小会儿，勋夫说道："到了，这里就是极乐世界了。"

"极乐世界？"勇宏吃惊地打量了一下四周。

"是的，我们都这么叫。"勋夫说着，指了指眼前。

可勇宏觉得眼前就是一片极普通的森林，没有丝毫特别之处。无数树木笔挺地伫立着，阳光透过枝杈照到脚下。勇宏低头一看，才吃惊地发现每棵树的树根四周都密密麻麻地长着一种绿色植物。

"你脚边的这种植物，全部都是曼珠沙华。现在还没开花，可是到了九月，每一根花茎上都会长出红色的花朵。你想象一下，自己的脚边是一整片血红色的花朵。这是多么壮观的景象啊！所谓的极乐世界想来也不过如此吧。你明年九月再来看看，一定也会这样认为的。"

"啊！"勇宏突然叫出声来。因为他突然发现自己现在所处的地方就是刚才看到的那张群生曼珠沙华的相片拍摄的地方。

"到了花开时，你根本连泥土啊小草啊什么的都看不到，眼前就是一片绚烂的红。这种花盛开的时候，连叶片都会消失，只剩下花茎和花。"

"哇。"

"我第一次见到那种场面的时候，脑袋里就立刻萌生出必须把这里拍下来的念头。"

"极乐世界啊……"勇宏下意识地低语道。这里和自己与姐姐所待的那个世界简直是天壤之别啊。

"极乐世界大概就是这种地方吧。看到这里的景色，我心想故乡高句丽应该也是这样的地方吧。虽然我也没见过高句丽的模样。"勋夫说道。

"原来，血红色的曼珠沙华盛开的地方就是高句丽啊！"勇宏不由自主地说道。

6

那天晚上,勋夫将在高丽川捕获的香鱼做成盐烤口味的,晚饭时放在方盘上让勇宏吃。鱼虽小,刺也确实比较多,吃起来有些麻烦。但因为太久没吃到鱼了,在勇宏看来,这些缺点都可以忽略不计,丝毫没妨碍他享受美味。还有,碗里装着的米饭也是久违的佳肴。勇宏含了一口饭在嘴里,好像是第一次知道白米饭竟然如此地甜美。

那日之后,各种河鱼轮番登场,时常出现在晚饭的餐盘上。勇宏很吃惊,居然有那么多种自己连见都没见过的河鱼。看来,高丽川这一带有相当多的可食用鱼。

来这里之前,勇宏从没吃过河鱼。虽然河鱼会有些土腥味,但仁美做鱼的时候会在佐料里下工夫,所以勇宏每次都觉得很美味。

张村家的菜肴十分丰富,有充足的蔬菜、足够的大米,还有鸡蛋,有时甚至会有肉出现在餐桌上。可以说丰盛程度远远超过了东京的饮食水平。仁美告诉勇宏,经常有东京的人来这里向他们购买食物,但他们都不会卖。因为卖给了别人,万一没吃的了,家里又这么穷,到时候就哪儿都搞不到粮食了。

在高丽川村无忧无虑的生活,以及周围悠闲宁静的田园风光,这一切都令勇宏忘记了自己正身处战争年代。当然,这可能和仁美夫妇不喜欢听收音机,有关战争的消息完全听不到也有关系。其实,那个阶段日军在外地受到了严重的打击。不过这些消息日本军部大本营都没有向外发布,收音机里也没播送,所以听不听收音机倒也没什么大差别。

村里的老人偶尔会来院子里坐坐。每到这个时候，大家就会聚在院子里的走廊上闲谈。仁美夫妇会向大家介绍勇宏，大家很高兴地接受了这个新来的同伴。村里人的同胞意识很强，只要说是从朝鲜来的，大家便会欣然接受，把你视作同伴。

虽然勇宏的手受伤了，但是帮忙干点儿农活还是没什么大碍的。勇宏开始帮勋夫干些户外的农活，有时也会帮仁美做酱菜之类的腌制品。勇宏觉得，哪怕是到院子里喂喂鸡、喂喂猫，也比在东京制作炸弹要有意义得多。他甚至想着，干脆就在这里生活下去好了。

张村夫妇膝下没有孩子，也正有收养勇宏的意思。而且一有机会就和勇宏表达这个想法。尤其是仁美，特别热情，她和勇宏说这事的时候眼神特别诚恳。"如果你无法回到光州生活了，那就到这里生活吧。我们没有小孩，就夫妻两个人，年纪渐渐大了，没有依靠。如果有你在身边的话，就放心多了。"

这话仁美对勇宏说了好几次，有时候还提议说让勇宏姐弟俩一起来。勇宏对夫妇俩的建议并不反感，只是这样一来，他不免开始担心家里常年患病的双亲。"如果我父母也一起来，就可以。"勇宏说道。仁美听了，脸上虽然依旧笑容满面，嘴上却什么也不说了。

在高丽的生活充满了快乐。干农活、捕鱼、挖野菜……有一次，勇宏发现在一个走路就能到的地方有一所学校，他便随着仁美一道进去瞧了一眼。后来还在那里交到了一个新朋友。勇宏时常到这个新朋友家里玩，一起看漫画书。这个新朋友的名字叫权干春。

就这样，勇宏日复一日，天天过着自由舒适的田园生活。有时候无事可做了,他就会去爬爬山,到河边散散步,或是画点画。有时候他也会让仁美教自己弹弹家里的风琴,唱唱童谣什么的。仁美会唱很多歌。

勇宏真想把姐姐也叫来这里,永远这样无忧无虑地生活下去。不过他也担心,这种如梦般的生活过久了,会不会因为过于单调而腻烦。现在的自己之所以这么快乐,大概也是由于在日剧院的劳作过于艰辛。况且自己只是偶尔到这里玩玩,才会比较有新鲜感。勇宏无法想象今后如果无法回到朝鲜生活了会怎样。他从来没想过会有这么一天。

一转眼,两周时间很快就过去了。也不知从什么时候开始,绷带和胶布都可以取下来了,受伤的那只手也敢浸水了。那之后,勇宏更是经常跑去河边玩耍,再也不去想那些在日剧院度过的痛苦生活了。当然,之所以能这么放得开,也是由于姐姐那里完全没有消息的缘故吧。

由于营养跟上了,睡眠也够了,勇宏的身体得到了足够的休养,完全康复了。这下,他猛然记挂起还在有乐町受苦的姐姐。

看来人只有体力充沛了,才有余裕为他人着想。姐姐现在怎么样了?还在被笹下欺负吗?勇宏发现,待在这个清净悠闲的村落里久了,炸弹工厂的事已完全被自己抛到九霄云外去了。

但此刻,有关兵工厂的记忆一下子复苏了。勇宏顿时十分挂念姐姐的安危,满脑子想的都是这件事。说来也巧,勇宏正准备给姐姐写信呢,却先收到了姐姐发来的电报。内容是:"富号,三日决定,一日迄归还乞,姐。"

电报写得十分晦涩,主要是想告诉勇宏十一月一日之前务必返回日剧院。理由是富号作战计划已决定于十一月三日实施。

所谓实施作战计划，就是将做好的气球炸弹送上天。由于届时用卡车装运气球需要很多人手，担心人数不够，姐姐便催促勇宏回去帮忙。肯定也是被笹下等人命令，才发来电报的。

一号，那就是明天了。而十一月三日是明治节，也就是明治天皇的生日。日军是想在这个值得纪念的日子里，将第一颗气球炸弹发向美国。

之后的史料是这样记载的。但真实原因是，当时根据历年的气象统计，十一月上旬晴天的日子会比较多。天气晴朗的话，比较方便标定队跟踪气球升空之后的行踪，所以才特意选了这段时间。气球上天后，地面上跟踪其位置的标定所主要有三处，分别位于千叶县的一宫、宫城县的岩沼和青森县的古间木，由南到北呈一条线。另外，为了方便追踪气球，无线电探空仪也被放入气球中一起放飞。后来，仅靠地面上的这三个点还是无法充分追踪到气球的踪迹，日军便又增设了桦太标定所。

从哪个地点放飞？如何将气球放上天？这些勇宏均不得而知。勇宏心想，总不会是从日剧院的屋顶发送吧？不过富号这个暗号他倒是知道的。富号指的就是气球炸弹。至于实施计划的日子，军方害怕埋伏在国内的敌国间谍得知消息，便故意搞得很复杂。虽然勇宏当时还是个孩子，但这点他还是明白的，所以这件事他一点也没向仁美夫妇提起。

第二天早上，勇宏告诉仁美夫妇自己必须回有乐町了。仁美夫妇一听非常吃惊，神情也很悲伤。他们追问勇宏："你还只是个孩子，他们让你无论如何都必须回去吗？"勇宏回答说如果自己不回去，他们就不会让姐姐好过。仁美夫妇只好嘱咐勇宏，办完事，军方放了他们之后，一定要带姐姐一起再来这里。虽然勇宏也知道，除非战争结束,否则他和姐姐不可能出来。但为了不让仁美夫妇失望,他还是答应了他们。

第二天早上,勇宏和勋夫、仁美夫妇一起搭公车来到高丽车站。当天,仁美一大早就起床为勇宏做便当,还做了两份,说有一份是带给淑英的。仁美将两份便当装在木盒里,连同洗好晒干的勇宏来时穿的衣服一起包在布袋里,让勇宏带着。

在高丽站的站台上,勋夫拉起勇宏的手,往里头塞了个东西。勇宏打开手一看,原来是一个植物球根。

"这是曼珠沙华的球根。这花在哪里开放,哪里就是高丽。"勋夫说道。

勇宏和夫妇俩挥手告别。"我一定会回来的。"勇宏说完,只身搭上了前往池袋的车。汽车跑了一会儿,午饭时间时勇宏打开布袋,拿出了便当。车上乘客很多,他只吃了一半的盒饭。

他留下一半,想等晚上和姐姐一起吃。这两周,他有吃有喝的,姐姐却啥也没有。估计光看到米饭就觉得稀罕得不得了了吧。姐姐身体又不好,这回一定要让她多吃点,增加点营养。

到达有乐町时已是太阳快落山的时候了。这个时段市中心总是人满为患,到处都拥挤闷热、令人窒息,街上四处飘散着令人讨厌的臭味:体臭、口臭、烟臭味,还有一种和机油味很像的臭气。简单地说,就是战争的臭味。

出了检票口,勇宏突然想到东京粮食匮乏,如果被大家看到这便当,势必会被瓜分。这样一来,姐姐就什么也吃不到了。

这么一想,勇宏便改道先回到挺身队的宿舍,把便当放在姐姐床上叠好的垫褥上,又在上面盖上被子遮住,不让人发现。完事后,勇宏才朝日剧院走去。

在剧院的观众厅,大伙儿还在专心致志地制作气球。勇宏好不容易才在里头发现了姐姐的身影。看样子,姐姐还好。勇宏这才放心地往自己工作的高度维持装置制作工房走去。

可屋里空荡荡的,一个人也没有。勇宏正打算四处找找有没有人,一出走廊就和上司佐佐木撞了个正着。

"哎哟,明夫,你回来啦。"佐佐木说,他好像也正打算回工房。

佐佐木问勇宏手上的伤怎么样了,勇宏便把手举起来给他看。伤口处虽然还肿着,按下去也还有些痛,但基本已经长好了。

佐佐木把勇宏的手抓到面前,仔细地端详了一番,好像觉得恢复得差不多了,便对勇宏说了声:"行,你跟我来。"说着就转过身往前走。

勇宏紧跟在佐佐木身后来到后门,打开门一看,只见一辆军用大卡车已经停在那里了。四个男人正将叠好的气球搬到装着军用帐篷的车厢里。

笹下也在。他站在车厢里,和另外两个人一起接过那四个男人搬上来的气球。

"人手不够,现在连气球连队都不派人来这里了,所以,你也过来帮帮忙吧。"佐佐木站在堆积好的气球堆前向勇宏招手示意。于是,勇宏便一直忙到太阳快下山,这才将气球装运完。

然而,装运完了还不能回去。佐佐木和笹下并排站在车厢里,手里拿起几乎垂到勇宏眼前的布条,命令道:"你也上来。"

勇宏爬上卡车,背靠叠好的气球堆,坐在摇摇晃晃的车厢地板上。卡车启动了,勇宏心里有些不安。

"这是要去哪里啊?"

"到宝塚剧院。"佐佐木说道,好像看穿了他的心思。勇宏听了只得点点头。

卡车一路颠簸,原本堆得很整齐的气球随之摇晃散开,好几次眼看着就要倒塌了。佐佐木实在看不下去了,就命令勇宏:"喂,明夫,你站起来扶着。"

勇宏只得站了起来。这时笹下刚好抬起了头,他那不怀好意的视线险恶地瞟向勇宏,接着立刻扭过头去,面对着正前方,绷着脸一言不发。

在宝塚剧院,勇宏他们又花了好长时间重新整理气球。完事后才宣布休息时间到。每个人分到了一个橄榄形的面包作晚饭,另外还有一碗白开水一样索然无味的粗茶。这碗毫无滋味可言的茶令勇宏想起昨天自己还身处其中的高丽,真是如世外桃源般美好。

返回日剧院后,勇宏又和佐佐木两人单独干了些活,等到好不容易完工解散的时候,屋外早已暮色昏沉。

"好了,今天就到这儿。你回去吧。"佐佐木终于下令让勇宏回家了,临走时还不忘交代了一句,"明早你也和我们一起去千叶的基地。"

"啊?"勇宏吃了一惊,不禁喊出声来。千叶,这是他第一次听说这个地方。

"千叶的一宫有一个放球基地。明早十点出发,咱们把'富号'送到那里。这可是军事机密,不许告诉那些女孩儿。沙袋和炸弹等到了那以后再现场装。气球连队现在正在搬运炸弹。你至少要帮忙把'富号'卸到基地才行。明白了吗?"

"明白。"平宏口中回答着,敬了个礼之后,便朝着宿舍的方向拔腿就跑。

姐姐她们应该都回到宿舍了,现在应该是做晚饭和用餐的时间。勇宏很不放心藏在被子里的便当,必须赶紧见到姐姐才行。

走到省线的天桥附近,天上突然滴滴答答地下起雨来。勇宏心想,糟了,没带伞。虽然好歹还有换洗的衣服,但勇宏不愿意是因为被雨淋湿,而不是脏了或被汗湿了而换衣服。要知道,平时连洗个衣服的时间都很难挤出来。

勇宏跑进宿舍,发现大家都已做好饭,吃完晚饭了。因为炭炉什么的都收到屋檐下了。女子挺身队的队员们都在房间里,有的甚至已经铺上褥子,躺下休息了。但是勇宏看了一圈,就是没看见姐姐。

"我姐呢?"勇宏问道。

可是大家都回答说不知道。其中有几个好像还有点不知所措,含含糊糊地说:"去附近找找看吧……"

勇宏听了,转身就要往外面跑。这时,一个年长些的女队员叫住了勇宏。"明夫,你没带伞吧?那里有,在伞柜里。不过可一定记得还回来哦。"

勇宏拿过伞,有点粗鲁地打开,急急忙忙地往雨中冲去。他沿着高架铁路下面的红砖墙一路找过去。雨越来越密,打在地面上的雨滴在脚边弹开,发出清脆的响声。目视远方,黑夜笼罩着一片白茫茫的雨雾。

不一会儿,雨势越来越猛,已经演变为倾盆大雨了。雨声覆盖了整个有乐町。顷刻间,就连天桥下面也被雨水打湿了,到处都弥漫着雨水的气味。勇宏走在日剧院边的红砖墙边，一个人独自寻找着姐姐的身影。虽然撑着伞，但雨水太大了，眼看着全身都要湿透了。而且他有一种不祥的预感，内心一点都平静不下来。

勇宏突然停下脚步，他发现前方有些异样，一股恐惧感涌上心头。从红砖墙的墙壁边传来稀里哗啦的激烈的踩水声。勇宏看到一个浑身湿透的男人的背影。

勇宏非常纳闷：这男的在干什么呢？雨下得这么大，他还不撑伞，全身都被打湿了，他究竟在做什么？

只有这一带的砖墙往里凹陷，大概凹进去一步那么深。只能看到那男人黑色的后背和屁股，正激烈地晃动着。勇宏不知道这意味着什么，他战战兢兢地走上前去，靠近了那个男人。

就在这时，男人气势汹汹地转过头来。他那被雨水淋湿的头发紧贴着额头和脸颊，双眼瞪得有鸡蛋般大，正吃惊地望着勇宏。

男人张开嘴露出牙齿，白色的雾气从牙缝间飘了出来，慢慢地飘散在雨中。

或许是由于男人脸色大变，又被雨水打湿的缘故吧，勇宏一开始并没认出他是谁。

"明夫！"勇宏突然听到一声女子的尖叫。但那声尖叫很快就被磅礴的雨声淹没，只能听到细微的一点声音。勇宏不知声音来自何处，还在雨中东张西望地找着。

勇宏惊呆了。原来，声音的主人在男人所面对的墙坑里。是姐姐淑英！越过男人的肩膀，勇宏看到姐姐的双眼也睁得滚圆，正吃惊地看着站在雨中的自己。

那男人原来是笹下。笹下一看是勇宏，便慌忙放开淑英，往后退了几步，走进雨中。他狠狠地瞪了勇宏一眼，转身慢慢离开，悻悻地消失在雨幕中。

勇宏盯着笹下的背影看了好一会儿。突然耳边"扑通"一声巨响，勇宏这才收回了视线。只见姐姐淑英砰地一头栽倒在被雨水覆盖的柏油路上。

"啊——"勇宏失声高呼。但或许只是心里想喊，实际上并没有喊出声来。

眼前就是姐姐雪白的身体。在黑漆漆的夜里，那白花花的皮肤更显扎眼。此外还能看到一部分大腿。雨水无情地打在姐姐的身上，姐姐的工作裤已退到了膝盖下方。

"姐姐！"勇宏大叫着，把雨伞扔到雨中，蹲在了姐姐的旁边。

淑英一边拼命地撑起上半身，一边想要拉上工作裤。勇宏赶忙帮她提起裤子，遮住了那雪白的屁股。

勇宏抱起姐姐，拾起伞，扶着她，冒着大雨跟跟跄跄地回到了宿舍。勇宏终于知道自己去高丽村的这两周，姐姐过的是怎样的非人生活了。同时他也明白了为什么这阵子姐姐没来过一封信的原因。

"痛，好痛。"姐姐不断说着。勇宏一看，只见姐姐那被雨水打湿的左手上不断渗出红色的血液，并迅速扩散开来。显然是受伤了。

勇宏搀扶着姐姐走到了宿舍门口，女孩们见状都惊呆了，纷纷站起身来，飞快地跑到门口。一群人有的搀扶着淑英，帮她脱下湿透的衣服；有的用力将湿衣服拧干。衣服上的雨水稀里哗啦地滴了一地，还溅得到处都是。

几个人迅速跑到屋里，拿了几条布手巾过来，为赤裸着身体的淑英擦手脚、擦肩膀、脸，还有脖子。此时多亏偌大的宿舍只有两个电灯泡照明，灯光很暗，让大家能毫不犹豫地脱光淑英的湿衣服，帮她擦拭身体。

雪白的布手巾很快就被染成了淡红色。淑英全身都是擦伤的痕迹，膝盖、手、脸颊，到处伤痕累累。

帮淑英擦干身体后，几个腾出手来的女孩儿急忙将淑英的棉被拉下来，想帮她盖上。这下，便露出了那个包着布袋的便当盒。

"这是什么？"一个人问道。

"这是我从高丽带来的点心，大家一起吃吧。"勇宏回答道。

看这样子，姐姐也吃不下米饭、鱼什么的了。勇宏也一样，完全没有食欲。

光着身子的淑英被慢慢地扶上垫子，身后有人为她披上了夏天的单和服，接着有人让她平躺下来，并为她盖上了被子。

好不容易折腾完，房间里只剩下长时间的沉默。这是一个听得见外面狂风暴雨声的阴沉郁闷的夜。

勇宏失魂落魄地发着呆，一句话也说不出口。房间里每个人的心境大概都一样，谁也不出声，只听得见偶尔几个人的叹息声。这反复发出的叹息声好似雨夜里寂静的回声。

不久后，传来一阵抽泣的声音，是淑英。

"去把红药水拿来，我帮她涂上。"黑暗中有人说道。于是几双手又将棉被掀了起来，淑英雪白的手和脚再次暴露在昏暗的灯光下。红药水慢慢地涂在淑英那渗血的肌肤上。

"她被笹下盯上了。"围观的人群里，不知是谁说了这样一句话。

"已经有一段时间了。"黑暗中，又有一个人说道。

"明夫，你身子也湿了吧？"一位年长女性问道。

"我裤子湿了。"

"脱下来吧，我帮你放在这里晾干。你钻进被窝里去吧。"那女的说道。

"哇，太棒了，居然有白米饭，还有煎蛋！"众人的目光一下子被这句话吸引了过去，并立即往说话人身边围去。

"还有鱼。勇宏，可以吃吗？我们肚子都饿了。"拿着便当的人问。

"可以。"勇宏回答道。众人一听立刻站起来，各自去拿自己的筷子过来，迫不及待地动起了筷子。

"太好吃了，美味啊！"不时有人发出赞叹。

勇宏听着，默默地闭上了眼睛。他一直忍着不让自己哭出来，眼前浮现出雨中姐姐裸露的屁股那白嫩的肌肤。这种视觉残影反反复复、不断地在勇宏的眼前上演。他感受到了一股强烈的屈辱感——

就在这时，有人夹了一口米饭放进他的嘴里。"很好吃哦，你吃点儿。"一个声音在他耳边说道。

"给姐姐吃吧。"勇宏无奈地咀嚼着米饭说道。要知道，自己就是为了让姐姐吃上，才一路忍着舍不得吃带回来的。

勇宏觉得白米饭一点儿味道也没有，嘴里只有雨水的味道。

那人听勇宏这么说，真的挪到淑英的枕头边，也用筷子夹了一口米饭，放到淑英的嘴边让她吃。

"我不吃！"淑英当即拒绝，还激动地用力摇晃脑袋。

那天晚上，姐弟俩同盖一床被子，躺在一起。姐姐低声告诉弟弟说："笹下听我说生理期没来就开始欺负我。他心想例假没来就不会怀孕，便一而再、再而三地欺负我。"

勇宏听了，气得鼻子要喷火。这是一种民族尊严遭到玷污、充满屈辱感的愤怒。

"我只要反抗，就会受伤。他一个劲儿地打我，拽着我转圈。简直就是个畜生。这难道就是他们口口声声、引以为豪的皇民吗？"

黑夜中，勇宏的眼睛睁得大大的，他的脑海里突然浮现出一个复仇计划。被窝里，他的手一直紧握着那个曼珠沙华的球根。

勇宏原本想将这个球根种到某个自己中意的地方，浇浇水，偷偷将其培植起来。只要球根发芽，开出红色的花朵，那里便是高丽——这是勋夫告诉自己的。

但是，此时此刻，这些都不重要了。勇宏想的不是种花的事，种花什么的，他早已忘到九霄云外了。他现在一心想的是，这个球根有剧毒。

"我会为姐姐向笹下复仇的。"黑暗中，勇宏低声对姐姐说道，"我这里有毒药，我会想办法让他吃下。"

勋夫曾经说过，如果误食了曼珠沙华的球根，就会上吐下泻，弄不好还会中枢神经坏死而身亡。

那个人就算死了也死有余辜。不过很可能他不会死，因为勇宏只是想把球根切成碎片，放入日本人吃的那口大锅里而已。

这样一来，虽然势必会殃及笹下以外的其他日本人。但是勇宏觉得，这里所有的日本人，哪怕不像笹下那样过分，稍微老实点，也个个颐指气使、狐假虎威，想当然地瞧不起朝鲜人民。面对这样一群卑劣的人，让他们集体中毒又有什么大不了的？

想到这儿，勇宏慢慢地侧过身去，将脸靠近姐姐的耳朵，低声又说了一遍："姐姐，你这仇我帮你报定了。"

7

第二天早上,勇宏起床后,发现躺在旁边的姐姐也起来了,正慢吞吞地穿着衣服。"没事吗?"勇宏问道。"没事。"姐姐轻描淡写地回答道。

勇宏穿上依旧有些潮的裤子,就往外走。外面还下着雨,但不像昨天那么大了,已经变成雨雾,感觉没雨伞也能走。

勇宏和挺身队的女孩子们一起先去了日剧院。一路上勇宏边走边安慰姐姐。到了日剧院,勇宏和姐姐她们分开,只身走进制作维持高度装置的工房。

进了房间,屋里一个人也没有。勇宏将上司桌上放着的小刀拿了过来,装进上衣口袋里。另一个口袋里装着曼珠沙华的球根。

勇宏快速穿过走廊,闪进日本人专用食堂。兵工厂的监管早上不会给挺身队的女孩们供应早餐,却会一大早就做些菜粥或菜汤,来大致填饱一下自己的肚子。勇宏平时经常看到装着蔬菜或白米的锅放在燃着的炭炉上煮。

因为之前勇宏一直观察,所以他很清楚该怎么办。如果今天早上也和往常一样,食堂的炭炉和炖锅里煮着东西,且旁边又没人的话,他就可以赶紧把球根切了,放入锅里煮。只要切细一点儿,就会有一部分球根溶在汤汁里,消失得无影无踪。他们计划十点出发,如果现在锅煮开了,那么出发之前,这些菜汤肯定会被那些日本人吃下肚的。

等这些人用完早饭,一道前往千叶基地,路上就有好戏看了。卡车会停下来,一车人上吐下泻的,痛苦万分。

而且没人知道这是怎么回事儿。因为锅里的东西已经全入了他们的肚子。此时正是实施富号作战计划的紧要关头，即便有人关心谁死了，也绝不可能花时间去分析、检验锅里的菜汤有没有问题。最后，这件事肯定会被当作一般的食物中毒事件而不了了之。

不过症状肯定比普通的食物中毒要严重许多。至少有好几天，他们都会难受得生不如死。勇宏心想，谁让他们对姐姐做了那样的事，这点报应是理所当然的。

但是，实际情况和想象的不同。勇宏走进食堂一看，虽然炭炉上的锅照常烧着，可不巧的是佐佐木站在锅边，正拿着汤勺使劲儿地在锅里搅拌着。

"哦，明夫，你是来找我的吗？"佐佐木问道。

"是的。"勇宏答应道。他只能先这样随便答应一下。

"明夫，肚子饿了吧？"佐佐木又问道，"昨天和今天，这两天你得给我好好干活儿。你要不要也吃一点，好有力气干活？"

"不用了。"勇宏拒绝了，他太紧张了，完全没有食欲。

"哦？是吗？那你去一趟二号材料室，那里应该还有几个沙袋没搬，把它们搬到后门，待会儿我们要把所有的沙袋都运走。"

听佐佐木这么说，勇宏便行了个礼，沿着走廊朝材料室走去。他将手插入外衣的口袋里，紧紧地握着藏在口袋中的曼珠沙华球根。勇宏心想，搬完沙袋说不定还会有机会。

勇宏来到二号材料室门前，单手扭转门把手，打开大门。他踏入房间，正想打量一下四周，没想到突然一阵强风从身后袭来。

这是有人突然用力打开门而引来的风。勇宏扭头一看，只见笹下如孤魂野鬼一般站在门口。随后，他迈着重重的步伐，带着无形的威慑力，缓慢地向勇宏逼近。他目不转睛地紧盯着勇宏，那是一种极端憎恶的目光，如熊熊烈火般炽热燃烧。勇宏被这气势汹汹的架势吓住了，不由得倒退了几步。

勇宏还没来得及反应，就被一脚踹飞在地板上。他蒙了，没弄清楚是怎么回事就又被打倒在地，脸上还被扇了好几个巴掌，火辣辣地疼。

他看见沙袋就在鼻子跟前，不知为何，心里倒是牢牢地记住了沙袋。但是随后发生的事情，勇宏基本上全都不知道了，只能感觉到肚子及全身持续不断地传来剧痛，被打得几乎昏死过去。可笹下还不满意，对着勇宏，又是一阵雨点般的拳打脚踢。

勇宏的意识越来越不清楚，耳边断断续续传来笹下骂骂咧咧的声音。诸如什么"交出毒药"，"我叫你再想害死老子"，都是一些只言片语。

勇宏突然发现脸上黏黏糊糊的，嘴里也都是黏液，心想这会是什么呢？吐出来一看，全是血。同时他感觉到鼻子周围疼得要命，他知道，自己流了很多鼻血。

也不知昏迷了多久，勇宏觉得全身痛如火灼，丝毫动弹不得。他挣扎着蜷起身子，这才发现自己全身赤裸，身上的衣服都被笹下扒掉了。

勇宏勉强睁开一只眼睛。迷迷糊糊中，他看见笹下正慌里慌张地摸索着自己的衣服口袋。外套、裤子、衬衫，每一个口袋都被笹下翻了个遍。勇宏心想：这下全完了，真是万事皆休啊！被发现了，球根被发现了，自己肯定会被笹下杀了的。

这时，又见笹下手里握着把刀。那把刀被发现了！笹下凶神恶煞地握着刀向勇宏走来。"你想用这刀把老子杀了吗？啊？小鬼，这把刀是哪儿弄来的？"说话间，他又抬起脚，向勇宏裸露的腹部踢了过来。顿时，勇宏胃里的东西以翻山倒海之势喷薄而出。

笹下又慢慢地靠了过来，蹲在勇宏旁边。勇宏沉浸在剧烈的恐惧中，抱着头、蜷缩着身子，大声地哭喊起来。

"小鬼，你给我听好了，快把毒药给我拿出来！"笹下大喊一声，使劲儿地拽着勇宏的头发，逼他站了起来。勇宏能听到头发发出咯吱咯吱的声音，由于疼痛和恐惧，他紧闭双眼，咬紧了牙关。

"我让你再小瞧我！"笹下在勇宏耳边大声喊道，紧接着又给了勇宏一个大耳光。勇宏顿时鼻血四溅，完全丧失了知觉。

也不知昏迷了多久，勇宏才被一个女人的高声尖叫惊醒。

"你当着大家的面，说说你都对我做了什么！"那声音呐喊着，"我可以在大家面前脱光衣服，让大家看看我身上的伤，看你还有什么好说的，可以吗？"勇宏在迷迷糊糊中听着这个声音说着。

"你找到毒药了吗？这么小的孩子怎么可能有毒药？"那声音继续质问道。

"明夫。"那声音低声叫唤着勇宏的名字。勇宏睁开眼，一看，原来是姐姐淑英。淑英蹲在身旁，关切地望着自己的脸。

"姐姐。"勇宏好不容易才发出声来。他的声音沙哑，由于全身都在剧烈地疼痛，他早已泪流满面。

"可怜的孩子，能站起来吗？来，把衣服穿上。"姐姐说着。勇宏听姐姐这么说，心里寻思着：这能行吗？笹下能就这样饶了我吗？他拼命地睁开眼睛，四处寻找，发现不知什么时候笹下已离开了房间。勇宏不知道他为何会放了自己。

"笹下呢？"

"不在了。"

勇宏这才颤悠悠地站起身，忍着剧痛，在姐姐的帮助下好不容易穿好了衣服。他发现裤子和上衣的口袋全被翻出来了，寻遍所有地方都找不到球根。

"姐姐，你帮我藏起来了吗？"勇宏问道。

"没啊。"淑英吃惊地摇了摇头。

那球根到底去哪儿了呢——

勇宏连走路都很困难。全身上下，不间断的疼痛一直折磨着他，每迈出一小步，就仿佛有万千根针扎向身体，他的嘴里不禁发出了哀鸣。

淑英陪着勇宏来到他睡觉的仓库，帮他处理伤口。她将手巾弄湿后，认真地为他擦拭脸上的血液，冷却滚烫的额头。勇宏不知道是谁允许姐姐为自己做这些的。

剧痛引发了令人费解的睡意，这是一种不可思议的体验。或许是由于身体自身有强烈的自我修复功能吧，疼痛在这时反而发挥了急性麻醉的作用，勇宏陷入了短暂而又极深的睡眠之中。

也不知睡了多久，他再次被女人的惨叫声惊醒。

"明夫！"女子的声音叫道。

勇宏睁开眼，看到眼前出现了一个男人的背部，这男人不知正抓着谁的两只胳膊，使劲儿将那人推到外面。随后，男人一转身朝这边走来。勇宏定睛一看，原来是笹下！笹下还是那副气势汹汹的样子，迈着大步、来势凶猛地朝躺在地上的勇宏走了过来。因为害怕，勇宏嘴里发出惨叫，全身蜷缩在了一起。

笹下蹲在勇宏身边，猛烈的动作夹着一阵风送到了勇宏的鼻尖。他一把抓起勇宏的前襟，凶狠地恐吓道："小子，我送你上西天吧，怎么样啊？"

勇宏激烈地摇头。

"你不想死?"

勇宏又使劲儿地点头。

"老子一枪崩了你吧?"

"不要啊。"勇宏回道。

"饶了你也可以。老子有这个权利。"

"求您饶命了!"勇宏诚恳地请求着。

"好吧,那就饶你一命。你小子给我记住了,我和你姐的事你不许在外面乱说。听到没?"

"知道了。"

"只要泄露一个字,老子就用枪毙了你。明白啦?"

"嗯。"

"你给老子记牢了。现在给我站起来!"

笹下抓着勇宏的胸口,生生将他拽了起来。勇宏当时还只是个营养不良、瘦弱不堪的十二岁少年,在大人的暴力面前宛如一只毫无还手之力的小猫。

勇宏浑身如刀割一样疼,身体完全动不了。鼻孔里全是凝固的血,甚至无法用鼻子呼吸。他被笹下拽着,身子的一半以上拖在走廊上。从后门出来走到屋外,勇宏被扔上了卡车的货厢。

仅仅从后门到卡车这么一点距离,勇宏的脸上已全是冰凉的液体。那是雨水。又下雨了。

卡车启动了,往前方驶去。就在卡车启动的一瞬间,伴随着咣当一声巨响,笹下跳上了车。

之后发生的事情勇宏已经记不太清了。卡车一路颠簸,勇宏在车厢里再次昏迷不醒。

也不知过了多久,一句"喂!站起来!"让勇宏从昏迷中清醒了过来。他睁开眼睛,朝有光亮的地方看去。只见高高卷起的车尾外面正哗哗地下着大雨。

"把这个穿上!"一件雨衣扔在勇宏眼前的地板上。勇宏忍着痛,缓慢地穿上了雨衣。因为是大人的尺码,勇宏穿在身上显得太大了,两边的袖子不得不卷了好几层。勇宏从卡车上跳入雨中,和大家一起从卡车上卸气球,再搬到附近的一幢楼里。

下着雨的天灰蒙蒙的,看着像是黄昏时分,但实际时间还早。密集的雨点打在雨衣上,发出啪嗒啪嗒的声音。勇宏咬牙忍着剧痛,遵照命令梦游一般干着活儿。

好不容易搬完全部气球,勇宏没等别人下令,就摇摇晃晃地返回卡车边。他拼了命地爬上车,一头躺倒在货箱的地板上,闭上眼睛休息。

他的体能已经到了极限,心想再不休息自己恐怕就会死去。想到这里,勇宏很快就进入了梦乡。

不知过了多长时间,外面突然响起一阵由于兴奋而发出的激烈的欢呼声。勇宏终于恢复了意识。他挺起身来,沿着车厢慢慢地往尾部爬去,想看看外面究竟发生了什么。

勇宏靠在车厢后部的挡板上,用手掀开遮挡的帆布,打量着外头的情形。

只见无数辆卡车停在空地上。勇宏不知什么时候跑来这么多卡车的,数量竟如此之多。雨水猛烈地敲打着卡车。

一阵欢呼声哄然响起,勇宏也跟着他们的视线往天上望去,嘴里不由得发出"啊!"的声音。只见暴雨中,昏暗的天空中飘浮着数不尽的气球。每一个气球都在慢慢上升，勇宏也看傻眼了。

这是一幅奇妙的、令人感动的场景。这些可是这两个月以来，大家饱受欺凌和饥饿，拼了命做成的气球。现在，这些气球居然在倾盆大雨中、成群结队地朝着昏暗的天空飞去。勇宏也情不自禁地、痴痴地望着天空。

并排停靠的卡车四周挤满了穿着雨衣的男人们，他们嘴里发出热烈的欢呼声，还用力地鼓着掌。

这时耳边突然响起震耳欲聋的声响。原来是安装在旁边设备楼屋顶下的一个年代久远的高音喇叭发出的动静。虽夹杂着喳喳的噪音，勇宏仍能分辨出高音喇叭里播放的是军舰进行曲。

在这一片烟雨蒙蒙的灰色天空下，高音喇叭里传出军舰进行曲。由于音量开到了最大，那声音简直可以用歇斯底里来形容。勇宏环顾四周，周围是一片没有任何建筑物的丘陵地带。远处还可以看到在雨雾中显得朦朦胧胧的九十九里滨和大海。

倾盆而下的雨声罩住了视线范围内的整个世界，唯一能与之抗衡的，便是高音喇叭发出的声音了。

无数气球顶着暴风骤雨，在军舰进行曲的乐声中缓缓上升，飘向遥远的太平洋彼岸，目标是美洲大陆。

勇宏顾不得打在脸上的雨水，眯起眼睛，久久地仰望着天空。

8

还有一件事情没弄明白。那曼珠沙华的球根到底在哪里呢？

笹下又是如何得知复仇计划的？勇宏心中完全没有头绪。笹下只是说交出毒药，而不是交出球根。也就是说笹下只知道勇宏手里有毒药，准备放入锅里毒死自己，但并不清楚那毒药是曼珠沙华的球根。

勇宏记得前一天晚上，他和姐姐躺在同一个被窝里，他告诉姐姐说自己要毒死笹下，但并没说要让笹下吃下毒球根，更没让姐姐看到球根。这么说来，肯定是那时躺在他们附近的某个挺身队的女队员偷偷跑去向笹下告密了。

可在那性命攸关的紧要关头，球根却奇迹般地消失了。正因如此，笹下才饶了自己一命。或许是老天爷有眼，救了自己的性命吧。勇宏只能这么想了。

那之后的日子里，淑英她们依旧在日剧院的工厂里一味地制作气球炸弹。一直到过完新年，敌方B29轰炸机对东京的空袭越来越严重。有一天，突然有个人过来宣布说所有的义务劳动到此结束，还说随后会通知大家回光州的客船信息，让大家暂时先回宿舍等候消息。然而，谁都没想到，当晚发生了史无前例的猛烈空袭，宿舍也遭到了轰炸。

勇宏姐弟俩在轰炸声中逃出了宿舍，眼前已是一片火海。姐弟二人手牵着手，沿着大路逃到了护城河畔。再回头望，整个有乐町都已被火海笼罩。

姐弟俩回过神来，才发现身边已经一个伙伴都没有了。也就是在那个夜晚之后，姐弟俩再也没见到其他挺身队队员了。在B29的轰炸声中，姐弟二人往靖国神社的方向逃去。两人连夜奔波，直到天亮了才在附近的树下小憩了一会儿。

从短暂的睡眠中醒来后，勇宏对姐姐说："咱们去高丽川村吧。"但是电车和公车都停运了，他们唯有走路去。电话线也断了，所以两人也没法给仁美夫妇发电报联络，只能直接去了。

之后整整三个星期,姐弟二人一直步行向高丽川村前行。由于身上没钱,买不了什么食物,二人只能一路向人低头求援,或以帮忙干点儿活计来换得一点食物充饥。有时候实在没办法了,姐弟俩就学乞丐的样子向人家乞讨。勇宏还将自己从勋夫那里学来的辨别可食用野菜的方法教给了姐姐,姐弟俩一路找寻野菜填肚子。

两人捡了床棉被,背着一路走。到了晚上,就找个能避雨的屋檐,裹着棉被躲在屋檐下睡觉。姐弟俩找到了武藏野铁路线,便沿着铁轨一直往前走。但由于下雨天走不了,又迷路了几次,所以反复折腾了近一个月才好不容易到达高丽川村。那时已是临近樱花开放的季节了。

仁美见了二人当然是欣喜异常。但是迎接姐弟俩的除了仁美夫妇外,还有哥哥勇鑫的死讯。

勇鑫,日文名叫永作,十六岁,作为全队最年轻的飞行员参加了从鹿儿岛知览出发的突击敢死队。飞行经验谈不上丰富的他是否能驾驶飞机撞击敌人的舰队,这点谁也无法确定。但他最终为了别人的国家,战死在了冲绳边的海洋战场上,这却是一个不争的事实。

仁美家起居室的墙上挂着一张用匾额装裱起来的报纸,报纸上有用汉字书写的"半岛神鹰"四个大字,整篇新闻报道是夹杂着汉字和朝鲜文书写的。报道里还有父母亲面带笑容的相片。是姐弟俩的母亲将这份报纸和一封信一同寄给仁美的。新闻报道说勇鑫牺牲后,国家给他连升三级官阶,他已荣升为少尉。

但是,母亲也在来信中写明了此事的真实内幕。原来勇鑫在出发去日本的前一天晚上回家了一趟。当时父亲问他为何要参加敢死队,他说自己参加敢死队有一半是被逼的。当时勇鑫对组织说自己身为家里的长男,必须照顾贫穷的家人,所以没办法参加敢死队。结果长官对他说不用担心家人,军方会给他的家人提供补偿金的。勇鑫听信了长官的话。所以,哥哥勇鑫其实是为了家人的生计而牺牲了自己。

然而,正是这个所谓的"连升三级"的荣誉,后来让张家人受尽了苦难。最后甚至落到要背井离乡、流落街头。战争结束后,勇宏姐弟俩搭上了重新开通的客船,从九州经釜山港,回到了故乡光州。但出乎他们的意料,在故乡等着的,却是朝鲜同胞们对所谓的"亲日派"的责难。

祖国朝鲜正沉浸在从日本帝国主义的铁蹄下解放出来的兴奋喜悦之中,人们开始用日本人返还的刀和剑,向日本统治时期亲日派的叛徒们清算旧账。只要是战时听日本人的话、帮日本人做过事的,都被彻底地孤立了起来,处处遭受谴责。姐弟俩发现自己家是众矢之的,原因就是家里的长子。

张勇鑫,日本名张本永作,志愿加入日本军队。如果只是这样还好,可是他死后不是还被追封为陆军少尉吗?这可就是日军里的干部了,就是该死的日本军的代表!朝鲜同胞遭受了日本军官多少惨无人道的暴行,受到了多少践踏尊严的侮辱啊!

想起笹下的事,勇宏也对朝鲜同胞的这种主张颇为认同。但勇鑫是死后才被追封为少尉的,他生前从来没有以日军军官的身份接触过朝鲜同胞。尽管大家也都清楚这点,但还是故意以此说事。

不光长男如此,当初妹妹和弟弟二人也是主动参加日本挺身队的。这样一来,大家便一致认定,不管怎么看,张家都是不容饶恕的亲日派。不久后，张家的土地和房屋都被没收了，一家人被驱逐出了光州。

勇鑫在阵地战死，确实得到了一点补贴，不过也就只拿了四个月。因为随着日本战败，日本陆军部也解体了。

无奈之下，一家人只能流浪到了釜山，找了个便宜的公寓住下。不久后，久病缠身的父亲就在穷困潦倒中与世长辞了。母亲也紧随其后。先是卧床不起，经过两年与病魔的抗争，最终还是撒手人寰。长期过度劳累侵蚀了张家夫妇二人的身体。

贫困交加的生活令姐姐最终也没能回学校上课，只得出门找工作，养家糊口。但这里的人依旧给她打上"亲日派"的烙印，怎么也洗脱不清。甚至还有人诽谤她曾当过日军的从军慰安妇。这或许是因为姐姐当时已出落成了一个标致的美女，一些知道姐姐和笹下的事的挺身队队员出于嫉妒心理，便故意散播流言蜚语也未可知。那段时间，姐姐只能带着弟弟天天往返于打工的地方和居住的公寓之间。

勇宏感觉自己拖累了姐姐，便对姐姐说自己干脆回日本的高丽川村去找仁美夫妇算了。姐姐起先有点犹豫，后来还是同意了。勇宏看姐姐同意了，也劝姐姐和自己一同前往。这回姐姐却是说什么也不愿意。毕竟日本留给她的印象太差了，她说自己这辈子再也不想踏入日本的国土一步。

就这样，姐姐留在了朝鲜，弟弟去了高丽村。昭和十九年，仁美当时说的话真的成了现实。仁美当时是本能地预感到会有这样的结果的。

那之后，勇宏安稳地生活在高丽村的张村家里，当起了农夫，帮助仁美夫妇二人干农活，还上了学，慢慢地长大成人了。而留在祖国的淑英，只能背负着污名苟且偷生，终身未嫁，过了很多年的单身生活，后来成了汉城一名实业家的情人。

勇宏回到高丽村后，又和权干春重逢了，两人成了无话不谈的好朋友。后来勇宏和权的妹妹结了婚。如此一来，之前所担心的在日永久居住权的问题也解决了。

不过，勇宏结婚后，权和村里人闹了一次矛盾，和邻居们的关系都搞僵了。权一气之下，将父母留下的房子处理掉，决定远渡前往美国西海岸。当时权的父亲已经去世，家里只剩下母亲。所以走的时候，权把母亲也一起带去美国了。权有很多远房亲戚生活在美国，他便托他们把自己弄到美国去。权走后，勇宏有些担心。不过，权后来来信说自己在美国的西米谷这个地方开了一家韩式料理餐馆。

也就大概在那之后，悲剧一个个向勇宏袭来。那是战后三十年的时候，仁美夫妇俩相继因病去世了。勇宏正怅然若失的时候，妻子又病倒了。勇宏的妻子本来身体就弱，所以二人一直没有小孩。

屋漏偏逢连夜雨，意想不到的事又发生了。勇宏一家不得不搬离现在的住处，因为仁美夫妇住的房子是借来的，房主现在要求他们腾房子，说是很早以前就约好了的。但勇宏之前并没有听说过这件事。

当时虽然有了一些积蓄，但远远不够买新房的。而且妻子治病也要不少钱。如果权还在村里的话，说不定还能想想办法。

权在美国开餐馆倒是进展得十分顺利。他屡次邀请勇宏和勇宏的妻子——也就是自己的妹妹到美国帮忙打理餐馆。还说自己现在是赞助商，已经获得了美国的永住权和市民权。听说了妹妹的窘境后,权更加强烈地邀请勇宏他们到美国去。

勇宏的妻子很想去哥哥那边,和哥哥团聚。但美国是一个完全陌生的国度,环境与眼下的完全不同。勇宏对自己的英语十分没信心。况且妻子的身体是否真能经受得住这种环境的巨变,这些都令勇宏十分不安。

远在汉城的姐姐也叫勇宏过去,而勇宏心里也很想念家乡。但是毕竟姐姐现在是别人的情人,去投靠她终究不是个办法,而且妻子听了面露难色,很不情愿的样子。

勇宏内心里还是喜欢高丽村的生活,如果可能的话,他是不想搬家的。有关城市的回忆在勇宏看来都是苦涩的。第一次来这里时,受到仁美夫妇的精心照顾,那些快乐的日子,还有娶妻后的幸福时光,是他这一辈子里较为安稳的两段光阴。而这些幸福时光都是眼前的这片土地给予自己的。

勇宏请求房东再宽限自己一段时间,妻子的病还没好,眼下还需要更多的时间思考对策。房东答应了。

但事实上,留给勇宏思考的时间并不长,因为妻子很快就离开了人世。勇宏一下子又成了孤家寡人。妻子走了,朋友离开了,又没有孩子,身边一个亲人也没有。勇宏整个人都魂不守舍的,完全丧失了活下去的勇气。

他也想过要去汉城投奔姐姐,并且几乎下定了决心。但是一想到妻子生前的样子,他就觉得若去了汉城就是背叛妻子,所以一直举棋不定。最终勇宏还是决定按照妻子的遗愿,前往美国。

到达洛杉矶机场的时候,勇宏已是个四十岁的中年男子了。经历战争、战争结束、移居日本、获得特别永久居住权,然后结婚、又与妻子阴阳相隔、再到移居美国……人这辈子需要经历和不需要经历的事,这四十年来他算是全都经历了个遍。他觉得自己老了,感受到了一种一辈子就这么过完了的虚脱感。他也曾得到过和普通人一样的幸福,但现在这些都失去了。而且这回,是他第二次失去了祖国。

权到机场来接勇宏,他那位只会说英语的美籍韩裔的妻子也一起来了。权的妻子微笑着和勇宏握手寒暄,可惜她嘴里说的全是英语,勇宏啥话也答不上。

权开着一辆黑色的高级美国车,又娶了美貌的妻子。这些都说明权在这里是个人生赢家。但是勇宏总觉得这一切和权很不搭,有强烈的违和感。

出了机场大门,迎面就是强烈的西海岸的阳光。虽已是秋季,阳光却依旧非常刺眼。勇宏被阳光晃得连眼睛都睁不开,他感到一阵眩晕,不由得蹲了下来。他向曾经的好友道歉,说自己真的一步都走不动了。

"勇宏,你是累了吧?"权问道。

确实,累了也是一个原因,这阵子勇宏一直睡不着。但问题的关键不是这个。打从下飞机起,勇宏就觉得自己来错地方了,这种想法一直挥之不去。勇宏觉得这里根本不是自己该来的地方。

权看勇宏好像真的挺不舒服的,便让妻子先开车回家。权的妻子提着勇宏的行李箱就要走,勇宏看见赶忙恳请她先把行李箱放下。

总算剩下勇宏和权两个人了。权扶着勇宏站了起来,走到树荫下的长椅边。他让勇宏坐下,然后自己坐在他身边。权说道:"不急,你慢慢来,我等到你能说话为止。"二人一言不发地过了好长一段时间,勇宏才鼓起勇气,开口宣布道:"权,我想这就打道回府了。我要回汉城。这里不是我该来的地方。"

"你是觉得我变了吗?"权听了,问道,"我娶了美韩混血的老婆,又开着黑色的美产车。是吧?"

听权这么说,勇宏反而一句话都说不出来,因为事实就是如此。

权继续说道:"你觉得我就是那种人世间最常见的、最无聊的、自以为是的男人,对吗?那车不是我的,是我老婆的。"

勇宏听了,想了想,才开口说道:"我很怕美国,心里有一种强烈的不安。可能因为我是战中派①吧,我一直在担心来了美国会很糟……现在看来,果然如此。我得回去,去找姐姐,回祖国。我还是得回去。"

"你不顾我妹妹的遗愿了吗?"权说道。

勇宏赶紧摇头否定,说:"不,我就是为了实现她的遗愿,才来这里的。但是,现在,她已经死了。"

权叹了口气,又是长时间的沉默。过了好久,权才说道:"好吧,勇宏,如果你无论如何都要回去的话,我也不再强留你了。但是有件东西必须让你看,看完这个之后,如果你还坚持要回去的话,你自便。"

勇宏却一点心情都没有。心想:有件东西给我看?你是想继你那美貌的妻子之后,再让我看看你那搞得规模庞大且豪华的韩式料理店吗?我对这些可丝毫不感兴趣。"

而且勇宏实在太累了,一步都不想动了。所以,他很不耐烦地问道:"会很远吗?"

"咱们坐公交车去吧,像以前那样。可能会比到高丽站远一点。

---

①特指在第二次世界大战中度过青年时代的日本人。

这行李箱咱们先寄存在机场吧。"权说道。

9

一阵风吹来,吹动了坐在栏杆上的御手洗君额前的头发。御手洗君的目光遥望着远方,接着往下述说。

二人将行李箱寄存在机场后,先打车到了附近的汽车站,在那里等来公车,上了车,直奔西米谷而去。

在车里,权对勇宏说:"咱们现在要去的是我所居住的街道,但我并不打算将你强行留下,如果你还是要去汉城,今天之内我一定负责将你送回机场。但我想给你看的东西在西米谷城。"

路程还挺远的,勇宏从车窗看出去,感觉有些意外,因为这里没有高楼大厦,看起来好像还不如东京繁华。

终于到达目的地,下了车,权三步并作两步地快步走在人行道上。勇宏忍不住问他是不是要带自己去看他的餐馆,但权回答说餐馆看不看都无所谓。

两人来到一个黑漆漆、到处都是油污的汽车修理厂。权径直走到里间,对一个微胖的东方人说:"嗨!德克斯特,把你的摩托车借我用一下,一个小时之内就还给你。"权拿了那人的车钥匙,绕到车的内侧,跨上了那辆越野摩托,并用手指了指后座,示意勇宏坐上去。

"刚才那个人是韩国人吗?"勇宏问道。

权回答说:"不管是韩国人、中国人,还是日本人,在这里都不重要。"

摩托车发动了,飞速穿过西米谷的街道,行驶在一条山路上。

摩托车费力地在蜿蜒曲折的山路上爬行,风在耳边呼呼地吹着,两旁一排排的常青树和阔叶树在眼前一掠而过。不一会儿,摩托车便到达了山顶。

风一停,火辣辣的阳光便晒得勇宏的脖子发痛。他怎么也想不通,都已经是秋天了,这里的阳光怎么还这么毒?权把摩托车停在树荫下,放下车子的支撑架,拔出车钥匙。

从山顶往下看,阳光照耀下的洛杉矶街景尽收眼底。勇宏愣愣地站着,被眼前的美景惊呆了。

"夜景还要更漂亮。"权走到勇宏的身边说道,"这里是落基山的最高点,怎么样?景色很美吧?"

"嗯,视野特别好,从这里看过去,洛杉矶的确是个不错的城市,也没什么高楼。"

"啊,你说高楼啊,也不是没有,只是高楼都集中在少数几条繁华街道上,比如那里的市中心、比弗利山庄,还有世纪城……西米谷这个地方可是一座高楼也没有。"

"哦,这里和纽约很不一样呢。"

"和纽约完全不同,西海岸这边其实就是个大乡村。"

"明白了,原来如此啊。不过我讨厌的并非高楼——"勇宏刚要解释,权就打断了他的话。

"勇宏,你别误会,我带你来这里不是为了让你看这个的,是这边,你过来。"

权说着迈开步子继续爬山路。走了一阵,他拨开树枝,用手指了指前方,说道:"你看,勇宏。"

勇宏一看,不由得深深地吸了一口气,说不出话来,无言地呆站着。

原来,眼前竟然盛放着一大片浓密的曼珠沙华。就在小树林边,把整片林地染成红色。

"这是怎么回事?是曼珠沙华吗?"

"是的,曼珠沙华,你不感到吃惊吗?"

小树林周边都被红色的曼珠沙华覆盖了。

"不过,毕竟没法和高丽比,这里只有这片洼地有。"

"是你种的吗?"

权笑了,说道:"怎么可能,我不可能带这么多球根来,过海关的时候,对植物的检查是很严格的。"

"这样啊……"

"而且,只是长个一两年也不可能这么茂盛,这些曼珠沙华可是长了几十年的。"

"怎么会这样呢?洛杉矶也有曼珠沙华花群吗?"

权摇了摇头。"没有,都是来自日本的。"

"来自日本?怎么做到的?"

权默默地指了指天空。勇宏抬头仰望天空,只见湛蓝的晴空上一朵云彩也没有。

"是飞来的,降落到了这里。"

"降落?这花?"

佛经里似乎也是这么写的。

"球根,球根降落到了这里。"权说道。

勇宏听了这谜一般的话,吃惊得几乎说不出话来。

"球根?什么意思?球根从天而降?从日本来?"

"是的。"

"球根如何飞上天空?"

"搭乘气球来的。"

"你说什么？"

话刚出口，勇宏脑海里便如电光闪过一般，过去的情景历历在目。

大雨瓢泼的午后，从高音喇叭里传来声音尖锐的军舰进行曲，灰暗阴郁的天空中飘着无数的气球——

"是气球炸弹吗？"

权点了点头。

"是的，大战中，从日本飘来很多气球炸弹，引燃了这里的森林。不过火很快就被浇灭了，因为当时正值雨季。"

"雨季？"

"对。LA 这里，只有在冬季才下雨。十二月、一月、二月下雨，其余时间一整年都是晴天。其实本该是春天之后放飞气球炸弹的。那时这里比较干燥，到处是沙漠，很容易引起火灾。"

"但是，怎么可能……"

"不过，对于花来说这个时期却刚刚好，因为恰逢雨季。可以说日军无意中选了一个最适合球根扎根繁殖的时期。这个地方从十一月起就断断续续地开始下雨，到了十二月，下雨的日子越来越多，一月、二月可就是大暴雨了。"

"难以置信！"

"气球炸弹作战在四月结束。而且，你看，这里，就在前面，有一个小蓄水池，位置也恰到好处，水池附近的泥土相对比较湿润，曼珠沙华更容易在这里生根发芽。"

勇宏再次说不出话来，因为从刚才开始，一个他难以忘怀的情景便不断出现在他眼前。

在日剧院的二号材料室，在那里，自己被笹下一拳打倒在地。之后不知为何，勇宏一直记得，他倒下的那个位置前面就是个麻布沙袋，这一情景到底意味着什么？勇宏有好长一段时间不能理解。为何自己唯独记得那个麻袋呢？然而，就在此时此刻，他突然恍然大悟。

不过，如果真是那样也太巧了吧，巧到令人难以相信。勇宏一直无言地站着，就是因为他不相信，如此巧的事情真有可能发生吗？

"勇宏，你不是说过吗？有这种花生根发芽的地方就是高句丽。你还记得吗？"

当然记得。正因为如此，勇宏当时才会从勋夫手里接过球根，想着有可能的话，就在日本市中心找个喜欢的地方，不为人知地将球根埋下，偷偷去浇水，将它培育好。等球根发芽了，开出红色的花，那个地方就是高丽之乡。因为勇宏一直记得勋夫告诉自己的这句话。

然而，回到东京，目睹了笹下对姐姐做的一切，他又改变了想法。开始预谋将球根切碎，放入为笹下他们煮饭的锅里，让他们集体中毒。但不幸的是，事情最终还是败露了。

所以后来他才会被笹下在材料室里暴打。可是作为证据的球根自始至终都没被笹下发现，这才捡了一条命。但同时也留下了一个谜。那球根究竟藏到哪里了？

现在勇宏明白了，是沙袋，就是那个麻布沙袋！

那一天，勇宏一边一手紧握着口袋里的球根一边进了材料室，不曾想，一进门还没闹清怎么回事就被笹下踢飞了。

一切来得太突然，勇宏握着球根的手早已不由自主地从口袋里伸出来了,紧接着他便受到笹下迎面而来的攻击,球根便脱手而出。刚好地板上放着几个沙袋,球根就势滚到了其中的某个沙袋里了。

勇宏睁大眼睛,久久地伫立在西海岸山顶——这处二十八年前气球炸弹的攻击目标。

如今近三十年的时光过去了,真相才水落石出,勇宏心中实在是百感交集,一句话也说不出来。

"你怎么啦?"权问道。

勇宏这才从恍惚中缓过神来,他看了一眼朋友的脸,好不容易才冒出一句话:"太吃惊,这曼珠沙华是我让它飞到这里的……"

如果说一切推测都成立的话,就可以说这球根是被勇宏送到了一个连他自己都完全没料想到的地方。他本想把有乐町的某个角落变成高丽之村,没想到实际上却阴差阳错地将球根送到了一个与有乐町相隔一万公里的地方。

那天笹下突如其来的暴行对当时还是个孩子的勇宏的心灵造成了很大的创伤,所以有关那天的大部分记忆他都选择遗忘了。但真实情况应该就是这么回事儿。

装着球根的沙袋,被某个人装上了卡车,然后运到了千叶的一宫放球基地。在基地,沙袋被吊在气球下方的金属环上,升上了天空。

而最为巧合的是,它既没有因为空盒操作而掉入大海,也没有飘到加拿大或墨西哥,而是准确无误地飘到了这里——美国西海岸的山顶上。这枚由勇宏从高丽之乡带来的球根,和炸弹一起落在了这块土地上。

"太令人难以置信了,居然是那颗球根……那时,就只有那么唯一的……"勇宏无限感慨地说道，"昭和十九年的那个富号作战计划，现在看来就好像完全是为了让曼珠沙华依附到这块土地而实施的。"

那天，如果不是挨了笹下的打，球根也不可能飞到这片土地来。估计当时就被切成碎片放入锅中了吧。

而在那之前，那个下雨的夜晚，如果笹下没有强暴姐姐，或许那颗球根就被自己悄悄地种到有乐町的某个地方了吧。

"对啊，勇宏，这不是挺好的吗？对于眼前的这片土地来说，那个气球不是炸弹，而是将花朵从日本运到这里的亲善大使。所以，我把这里当作妹妹的坟墓，一有时间就来合掌拜祭。是气球炸弹成就了这个地方。你跟我来，我还有更想给你看的东西。"

权说着，原路返回到停摩托车的地方。

二人跨上摩托车，回到了山脚下的街道。摩托车经过了德克斯特的修理厂，权却没有停下来。勇宏坐在车后头非常纳闷地问："这又是要去哪儿呢？"

拐过大马路，便到了住宅区。勇宏看到好几户雅致的美式房屋并排排列着。这些屋子都喷着白漆，装有外凸的窗户。权用手指了指其中的一座房子，说道："你看，勇宏。"

只见权所指的那座白色屋子前面，有一个用低矮的木栅栏围起来的花坛，花坛里盛开着一丛红艳的花。

"是曼珠沙华。"权说道，"那里也有。"

原来白色屋子的隔壁家花坛里也种了红色的曼珠沙华。还有对面，也有一处住宅种着。

"曼珠沙华特别扎眼，很合美国人的喜好。大家都是从那座山里移植过来种的。就这样子，这条街上慢慢地出现了越来越多的曼珠沙华——这种憧憬着故乡高句丽的悲愿花。所以说，这里俨然已是高丽之乡了。"权说道。

此时二人前方出现了一处比其他花坛里栽的曼珠沙华开得都要繁茂、也更漂亮的花坛。那就是权的家。

御手洗君述说到这里就没再讲下去了。我叹了口气，看着插在桥边牛奶瓶里的曼珠沙华。

"他，张勇宏，下定决心不回汉城了，决定住在这新的高丽之乡。"御手洗又说道。

我点了点头，过了好一会儿，才好不容易说了一句："啊，这样啊，这、这可真是个了不起的故事啊……"

由于太惊讶了，我几乎说不出话来。

"悲愿花啊……还有，原来气球炸弹是在冬天放飞的，真是没想到呢……"

"嗯，日本上空的喷气式气流到了冬天就会变强。但同样是冬天，LA 却是雨季。"

我几乎想得走神了。日本人是不知道这点的，所以才会选择在那时将炸弹放飞到美国。这样一来，就好像真的是专门为了将花运到美国才放飞气球的。

御手洗君接着往下述说。

日本人不知道加利福尼亚那时是雨季，美国人则不知道喷气式气流。所谓的战争，其实就是双方无知的别名罢了。

在市中心日本人街上的咖啡屋里，勇宏对我说："外面的人行道上，靠近店铺的地方写着诸如牛川医院啦，Dr.W.月富士·牙医这样的文字，指的并不是现在的店铺。那意味着在太平洋战争之前，这里曾是日本人经营的店。"

我点了点头，说道："这是想提醒人们别忘了它们曾经存在过吧？"

"不过，由于后来发生了珍珠港事件，当时很多媒体表示，该把不公然宣战而采取偷袭这种下三滥手法的日本人全都关进收容所。而美国州政府真的出动了士兵，在某一天，突然将所有日裔赶出了这条街，并强行将他们关进了收容所。"勇宏说道。

"根据当时的法律，日裔居民是不允许在美国买房子的，所以，要把他们赶出去很简单。"我说道。

"当时每户日本人家只允许带走一卡车的财产。"勇宏告诉我，"而另一方面，对于德裔或意大利裔居民，当时的美国社会却丝毫没有是否也需要把他们关起来的议论。"

我们刚才看到的日裔博物馆展上也是这样描述的，展览会上还写着，在偷袭珍珠港事件发生之前，日本人在美国是犯罪率最低的一个民族。

"这可真是太过分了，完全是种族歧视嘛。而且，战后从收容所里放出来的日本人们回到这条街，原本想回到自己的家中，却发现那里住的全是素昧平生的陌生白种人。那些白种人也不愿意把房子还给他们，是这么回事吧？"

"好像是的。那些日本人只能再次存钱，将原来的房子又买下来。只是，住在这里的已经不是以前那些人了。"勇宏说道，"大战中，我们一家人都受到了日本人的凌辱……还不得不背诵什么皇国臣民的誓词啦、教育敕语之类的。甚至连名字都被剥夺了，有的加入了敢死队，战死沙场；有的被殴打；有的被强暴，最后，还被他们随手抛弃了。所以我一直都很恨日本人，没想到，在敌对国这边，日本人也一样受到了如此不公的对待。知道了这些，我的想法也变了。这就是战争吧。"

勇宏说的没错,的确如此,我点头表示赞同。

"这是一场愚蠢的战争,但正是这场愚蠢的战争让曼珠沙华的球根长上了翅膀,如鸟儿一般展翅翱翔、漂洋过海,来到了这里。"

我听了,再次点头同意。

"日本人保留了那条步行街上的文字,而我则让曼珠沙华在这片土地上扎了根,我想这就够了。我想这样,大家,还有我,也可以放下对那场战争的仇恨了。"勇宏说着。

我也急忙加了一句:"没错,你说的对。应该放下了。这条步行街上的文字我肯定记不住。但是,是你让曼珠沙华扎根于这片土地的,这件事我永远不会忘。"

勇宏听了,欣慰地冲我笑。我感觉对于他来说,此时,那场讨厌的战争才算真正意义上的结束了。

说到这里,御手洗君的脸上再次露出了淡淡的笑容。

追忆中的喀什

1

那是一个春日的上午，我和御手洗君两个人搭上了市电京福电铁。电车里空荡荡的，只有我和御手洗君两位乘客。

电车前往岚山，此时从车窗往外看，可以看到沿途开放的樱花。起先以为只是一小片白色的樱花丛，没想到那樱花连绵蔓延了好长一段路。我们就这样看着窗外一株株白色的樱花，从左向右缓慢移动着。

"你别看樱花这样，其实它的生命力还挺顽强的。"御手洗君说道。

"是这样的吗？"我问道。

"你别看它的花瓣轻薄如纸，仿佛瞬间便会消失，其实樱花树本身是极富生命力的。从亚热带到飘雪地带，它都能生根发芽。只要扎根于泥土，很快，它便能开出一树繁花。也正因如此，整个日本才会有那么多的樱花。"

"我一直觉得很不可思议，它是靠自身繁殖的吗？全日本各个角落都能繁殖？"

"当然不是，靠的是人力。"

"啊？是吗？"

"对，樱花有个惊人的秘密。"

"什么秘密？"

御手洗君将视线从窗外收回，抱着胳膊，重新面向正前方。他没有直接回答我的问题,而是说:"没有哪种树像樱花一样,有那么多的传奇故事。而且,它还是战争的牺牲品。"

"战争的牺牲品?"

"因为它绽放的时间短暂,却开得热烈,凋落时又干净不染,俨然是武士道精神的象征,便常常被战争所利用。据说战时甚至有敢死队的飞行员在头上插根樱花的小树枝去作战的。"

"真的?"

"嗯,所以战争刚结束不久,曾有一段时间,公园和人行道两旁的樱花树被大肆砍伐。"

"这又是为何?"

"因为激起民愤了。这对于樱花来说简直就是无妄之灾,它们其实什么也没做。还有些韩国人说樱花是严重的过敏源。韩国曾是日本的殖民地,他们对日本人的胜者意识,以及这种象征着军国主义的淡粉色花朵极其反感。但也有一种说法认为日本樱花最早的品种原产于济州岛,所以只要有人说这种花是日本自古就有的,韩国人就会特别抵触。"

"不过,樱花好像确实从远古时候就存在于日本了。"

"《日本书纪》和《古事记》里都有关于樱花的记载。"

"古今和歌集里也记载了很多有关樱花的和歌,我在学校学过。"我说道。

"嗯,我好像也读到过。但是,最初最受欢迎的其实是梅花。"

"啊?是吗?"

"嗯,在《万叶集》里,咏梅的诗共有一百一十八首,而樱花的只有四十四首。"

"啊?真的吗?原来古时候人们更喜欢梅花啊。"

"好像是这样的。不过到了平安时代，樱花的人气逆转。一说到花，必提樱花，歌颂樱花的诗歌也大幅增加。"

"我听人家说，那时的樱花好像和现在的樱花很不一样。"

"截然不同。那时的樱花要比现在的朴素得多。花朵的数量比较少，大小也比现在的小。所以在《万叶集》那个时代，它并不是很有人气，就和路边普通的花木没什么两样。如今的樱花却很异常，花开得那么多，你不觉得吗？灿烂得就像是突然炸开来似的。"

"啊！"

"而且所有树都看不到叶子，枝头都压满浓密的白色花朵，是那种纯白的颜色。无论哪棵树都是这样，全部相同。而不像其他树那样，有的开满花，有的只开一小部分。它们好像统一盖过了章似的，满树繁花。太奇怪了！你说还有什么别的花像这样吗？这里头就藏着这种花独有的秘密。"

"啊？是那样的吗？不过，正因为它开得如此灿烂，才会那么受欢迎的吧？"

"你说的没错，如果整个日本都种上这么异常的花，肯定会很受欢迎。但这种花有一个大问题，它必须在长出叶子之前，就开出这么多的花……"

"原来是这样啊，不长叶子……难怪，赏花的时候没被枝叶干扰过。"

"就是这样的，它会开很多的花，却不会结出樱桃果。"

"啊？真是这样的？"

"开出数目如此繁多的花朵，却无法结果。这就好比没有生育能力的绝世美女一般。这种树为了获得美貌，不惜拿生育能力去换。所以这种树是无法留下子孙后代的。"

"它没有子孙后代？那、那么，怎么可能长出这么多的樱花？数量如何增加？全日本到处都有赏樱花的名所，这些樱花都从哪儿来的？"

"这点正是关键。很不符合生物学上的理论，对吧？其实这是一个非常怪诞的推理故事，而这就是樱花的秘密。虽然平安时代的樱花也很受欢迎，但当时的樱花树完全不是现在这样子的，不像现在，可以开这么多花，而是那种随处可见的普通花木。江户时期之前的樱花，基本上都是像现在吉野山上开的那种山樱。"

"那么，那些樱花呢？"我指了指车窗外随处可见的樱花，问道。

"那是染井吉野樱。"

"啊，染井吉野樱，我似乎听说过。"

"日本的樱花，百分之八十是这种吉野樱。"

"这种樱花以前在哪里？"

"在东京的驹迂个地方，驹迂的染井村。"

"染井村？这花开在那里吗？"

"对，而且只有一株。"

"只有一株？什么意思？"

"江户末期，很流行让花与花之间进行杂交、移植，以此制作出各种漂亮的园艺品种。比如让一棵树开出上百种不同种类的菊花。而这个染井村，就聚集了许多位干这一行的花匠，这里头有一个杂交树种的达人，他特意挑战了大家之前都没做成功的樱花杂交来做。"

"让樱花杂交的目的是什么？"

"为了把它打造成满树开花的樱花树。"

"啊，这样啊？"

"他让各种樱花人工授粉,再人为地将不同的花粉组合、交配成各种樱花种,然后将种子种入同一块土地。等时间到了,看哪一种开的花更多。就在十年后的某个春天,他来到地里一看,被眼前的情形惊呆了。只见那么多樱花树中,唯有一株,开出了数目多如繁星的花朵,而且全是雪白色的。繁茂的花朵压着枝头,遮住了所有的枝干。"

"哇!"

"那满树樱花烂漫,花团锦簇的气势让人倾倒。于是,堪称奇迹的樱花树就诞生了。这种树是由'江户彼岸樱'与'大岛樱'这两种樱花树杂交而成的。其中,'江户彼岸樱'的特点是在长出叶子前就开花,'大岛樱'在江户时期广为种植,花朵特别大。而这种由两个品种杂交而成的新树,同时具备了这两个特点。可以说正如此人所期望的新品种樱花横空出世,完美登场了。"

"想必此人非常高兴吧?"

"当然是欣喜若狂。他为自己创造出来的这个新品种取名为'染井吉野樱'。但这里有个大问题。虽然他期待已久的樱花品种算是杂交成功了,但这种花结不了种子。因为如果将染井吉野樱和其他品种的樱花授粉杂交,那么它那满树繁花的特点必定会失去。因为除了染井吉野樱,其他任何一种樱花都不可能如它一般开出花团锦簇的样子。"

"啊,这样啊。"

"而由于这一树繁花实在太超凡脱俗了,染井吉野樱受到了极大的好评。人们对之趋之若鹜,花匠们都想方设法想让自己的作品成为传世之作,纷纷开始尝试移花接木之术。"

"移花接木?"

"嗯，和动物不同，在杂交植物的时候，没有那些复杂的免疫体系。人类的器官移植手术，只要做过一次，就不得不终身持续用药抑制其免疫能力。所谓的器官移植，即便是亲兄弟之间都是不行的，必须是同卵双生之间的移植才具备可行性。所谓的免疫机能简单说就是排异能力。因为对于免疫机能来说，他人的器官和细菌一样，都是异物。它无法判断该器官是居于何种意图进入体内的，对自身是否有利。"

"啊。"

"花匠们先将作为种樱的大岛樱培育到一定程度，然后在其根部附近的枝干切一道口子，再将事先切得很薄的染井吉野樱的小枝插入那道口子里，并用绳子捆绑起来，将其固定。如此一来，染井吉野樱的小枝就会以大岛樱这个母体为根基，茁壮成长，所有的枝头都长满密密麻麻的花朵。按照这种方法，即便染井吉野樱做不了母树，也一样能长出为数众多的子子孙孙。嫁接实验获得了巨大的成功。"

"那种插枝是任何部位都可以的吗？我说的是染井吉野樱的小枝。"

"是的，任何部位都行。只需将一根小枝每二十厘米切一段，其中的任何一个断片都行，全部都能用。这也就意味着一株染井吉野樱可以化身为千百株染井吉野樱。"

"哦……啊，这么说，难不成眼前的这些樱花……全都是江户时期的？"我意识到了这个不合情理的推测有可能是真的。

"没错，所有这些都是。江户时期通过嫁接培育而成的染井吉野樱后来被带到了京都的各条街道，进行培植，不断生长。京都所有的樱花其实都是复制品。"

"复制品?"

"嗯。因为这种树并不是母树的子树,也没有与不同品种的樱花混合。而是将同一株树的性质完全复制出来,种植于各个街头。"

"啊?"

"像这种情况,其实就叫克隆。"

"克隆?"

"是与原型具有完全相同的遗传基因的生物。"

"所有的这些樱花,其实都来源于同一棵树?是这个意思吗?"

"就是这样的。整个日本种植的染井吉野樱,追根溯源其实都是同一株树。是江户时期的染井村等花匠偶尔摸索得到的,唯一一株不合时宜的樱花。再通过人工手段将其复制成好几十万株,同样通过人工手段将其扩散到日本全国各地,大量地繁殖生长。这就是樱花的秘密。"

"啊……"我惊讶得说不出话来,陷入一阵沉默。花匠们居然通过嫁接的手段,将一株病树传遍全日本!

"那么,这种树在平安时期是没有的吗?"

"没有,江户以前这种树根本不存在。"

"这么畸形的樱花,几乎开疯了……那是不是就好比我发狂了,却有人将发狂的我不断复制,复制到了几十万个?"

御手洗君笑着点了点头。

"然后这些发狂的我就变成一部分日本人?嗯,貌似就是这样的道理。"

"或许所有的樱花都是这样想的。多如繁星的樱花,其实合起来就是一个整体。"

"树会思考吗?没准儿会。"

"用我的右胳膊就可以复制出好几个一模一样的我……"

"这点倒是做不到。人类有一种叫作万能细胞的东西，这种细胞既可以变成大脑，也可以变成骨头或者神经，抑或是筋肉。但就是无法构成一个完整的人。树木则不同，它可以从一小块断片就衍生成一个完整的个体。"

"哇，反正眼前的这些樱花都不是自然生长的。"

"完全是非自然的。像这样的例子很难再举出第二个了。一棵树被无限多地分割开，遍布全国，疯狂地开花。这就好比满脑袋都是'前进，全体燃烧的国民'、'万世一系'、'不灭仇敌，誓不罢休'等口号的日本人一样。在那样的时代背景下，他们怀着同样的信念，并确信这信念是符合道德规范的。因此不但丝毫不觉得奇怪，反而习以为常。"

"嗯。"我不禁想，我们不就生活在由一群疯狂的树木包围着的环境里吗？

"不过，由于它无法成为母树，所以这种树是无法进一步增加的，这或许也是大自然的一种暗号吧？"我说。

御手洗君听了摇了摇头，说道："不，这倒不一定。只能说也有这种可能。但事到如今，已经不得而知了。不过染井吉野樱的四周都是自己的分身，也全是染井吉野樱，所以无论飞来多少花粉，它都不可能受粉。所谓的花粉受精，就是和不同的遗传基因相碰撞，原本的基因被打乱，从而探寻进一步进化的可能性的一种体系。同一种遗传基因是无法受精的。"

"啊，是这么回事啊。"

"这对于樱花来说是非常不幸的。因为它们只是一群空虚怒放的花朵，周围一个异性也没有。可以说这是自然界中原本不可能发生的事情,但就是发生了。"

"就这样,染井吉野樱还能……"

"嗯,所以才堪称杰作。也正因如此,才会自然而然地被大量复制,广为种植。其实,现在种植于市里的树木花草,几乎没有几种是大自然野生的。都是五十年或一百年前,我们的祖先有意图地栽种的。樱花树也一样。虽然它是人工交配或者嫁接而成的,生命力却出科意料地旺盛,所以才会在各地广泛种植。"

"一定是因为它开疯了的缘故。"

御手洗君又笑了。

"或许吧。总之,按照国家的政策,这些发狂了的树就被栽种到了全国各地。"

"为什么会种这么多?纯粹是因为它开得漂亮吗?"

"不,这是因为他们把樱花定为国花的缘故。这好像不是通过法律规定的。是外国要求日本政府要定一下本国的国花。起初他们很犹豫要不要选梅花,后来还是选了樱花。也就是染井吉野樱了。接着,政府便决定尽可能多地在全国各地种植染井吉野樱。那是明治时期的事。"

"将一种疯了的花当作国花?"

"想来是为了一种象征寓意吧。而且,靖国神社里面也种植了很多这种樱花。有一种说法是,政府有意从靖国神社里截取染井吉野樱,分送到全国各地在战争中牺牲的士兵的灵牌旁。这才是这种花广为分布的真正原因。"

"啊,有可能。"

"或者,两种原因都存在也未可知。不管怎么说,那是明治时期的事了。但染井吉野樱的历史实际上并没有那么长,从电车车窗看出去的这些，大部分都是战后才种植的。"

"啊？真的吗？"

"对，从战争结束不久到昭和三十年，人们在被战火烧光的校园、公园里种植了好多染井吉野樱。这种树只要在地上扎根，便能迅速开出花来。"

"哦，这样啊？"

"它们开花的能量很大，并且是以一种疯狂的势头盛开。深受战争之害的人们从这种花里得到了心灵的慰藉。"

"而且樱花的寿命都挺长的。"我看着车窗外，目送着再次出现在眼前、从左向右移动的白色花群说道。

"不，也不全是这样。的确，有江户时代，有这个品种是'千年樱花'的说法，但据说染井吉野樱最多也就有六十年的寿命。你看，现在这种樱花已经逐渐出现枯萎的迹象了，毕竟它是人工嫁接的。"

"真的？"

"是。据说人们在枯朽的大岛樱的枝干中，发现与染井吉野樱嫁接的地方冒出了新的根，但现在想再将它重新移植，已是很难的事了。"

"是吗？不过这种花还真算得上是只有日本才有的花了。"

眼前的樱花群暂时中断了，我又把目光移到了正前方。

"染井吉野樱的确是日本人自己创造出来的，但樱花却并非如此。欧洲各地都有樱花，当然，都是会结樱桃的樱花树。"

"啊，在变为人工樱花树之前，樱花其实是会结果子的。"

"是的，在美国，很流行一种果实偏黑色的樱桃树。"

"原来如此啊，我一直以为樱花是日本独有的，因为大家都这么说来着。"

"那说的是染井吉野樱。日本人总喜欢偏执地给樱花冠以各种思想内涵。很多人都以为是这样的。但其实，樱花的同伴遍及全世界。"

"其实，现在种植的樱花并非自古就有的，而且它不是野生的，也并不长寿，还并非日本独有的花……日本人赋予樱花的伪命题还真多啊！"

"但有一点是千真万确的，那就是它开放不久就会很快地凋谢。"御手洗君面向正前方说道。

2

之后，我们两人谁也没说话，就那样随着电车摇晃。我们的目的地是岚山。御手洗君说想先到岚山赏樱，再去尝尝渡月桥边的樱花饼。

京都的春天，市电的车窗总是开着一道缝。应该是曾在车上短暂逗留的乘客打开的。

车窗开着，一阵风吹进来，车里充满了樱花淡淡的清香，还有其他植物的香气。我仿佛可以看到这些气流在空荡荡的车厢里打着旋儿，优哉游哉地浮动着。

啊，这便是春天的气息了！我思量着。到处都春意盎然，就连这电车，都被春意填满了。

车内既不冷也不热，虽然车外还有点寒意，电车里却十分温暖，一点都感觉不到寒冷的气息，气温特别舒适。

闭上眼睛，眼前浮现出一片樱花般的洁白。我想象着渡月桥下流淌着的浅浅水流。水底的沙子弄乱了水面,较浅的地方水流湍急,而有一定深度的地方则流得非常缓慢,慢悠悠的,反射着清晨的阳光,感觉特别清澈。

"那是在干什么呢?"御手洗君在我耳边说道。我这才缓过神来。

我往一旁看去,御手洗君正用手指着窗外。

往那个方向看去,只见停在路边的一辆轻型四轮车的后门开着,一位妇女和像她儿子模样的少年正向过往行人兜售面包。

"他们在挨家挨户地配送牛奶,顺便往车上放了点面包,卖给路上来往的行人。"

"哦。"

御手洗君说着,目光还跟着由于电车前行而越来越向后退去的那对母子。这时,一个流浪汉模样的男子向母子俩靠了过去,母子俩急忙将面包藏到了身后。

"怎么回事?"我问道。

御手洗君看着那对母子,说了句:"他们不想给流浪汉。"然后,他嘴角稍微上扬,露出颇具讽刺意味的笑容,接着说道,"我想起了一件发生在喀什这个地方的事。"

"喀什?丝绸之路的那个?西域那个喀什?"我问道。

御手洗君听了,慢慢地、深深地点了点头。

"啊,是的。那是伟大文明的十字路口。从这儿看,那可是遥远的天边。"

这个城市的名字我以前也听过。是丝绸之路上著名的两条路的交汇点。我这么一说,御手洗君就点了点头,说道:"没错,这两条路就是天山南路和西域南道。即便是现在,依旧有好多市民在那个四处黄尘飞扬的街镇谋生。有在露天市场大声吆喝着兜售杂货的小贩，有卖点心给孩子的老人，有边走边卖烧饼的少年，有摆弄乐器的艺人，还有跳舞的姑娘。即便是此时此刻，在那遥远的地方，应该仍然有这样的人在为了生计叫卖、吆喝。是不是有些难以置信？"

我一直呆望着御手洗君的侧脸。过了好一会儿，御手洗君才转过脸来，冲我笑了。

"身处这个樱花盛开、春风微醺的整洁街道，想象一下在世界的另一端，有个泥沙漫天，一半已被黄土掩埋的街道，你就会觉得那里像是开辟在另一个行星上的镇子。"

"有那么大的差别吗？"我问道。

"是的。"御手洗君轻轻地摇了摇头，然后像是在叹气一般，深深地吐出了一口气，接着说道，"和这里完全不一样。那里的人浑身都是灰尘，眼前白茫茫一片。在日本人看来，他们就像是些无家可归的流浪汉。但那里的确是民族变迁的十字路口，从古至今都水源丰富，是块绿洲。"

"绿洲之镇？"

"嗯。距离长安差不多三千七百公里。古时候，来自中国的旅人必须越过塔克拉玛干沙漠，持续走一年以上，才能千里迢迢地到达这个小镇。要知道，这里可是位于辽阔的中国大陆最西边的边陲小镇。出了小镇再一路向西，便是东西方的分水岭，有帕米尔高原。假如再辛苦一点，穿过帕米尔高原，便到了阿富汗和波斯，再往前就是巴格达，更进一步则是罗马、欧洲。

"这个小镇不仅有来自东部的客人，还有很多来自西部的客人。这个自古以来就让维吾尔族人民引以为豪的小镇喀什，其实也是东方文明和西欧文明的交汇点。不仅如此，它还是来自南边的英国、北边的俄罗斯上演战争与和平、友谊与猜忌的场所。再没有哪个小镇能让人有那么多的联想了。"

说着说着,御手洗君的心情好像越来越沉重了。

"维吾尔族,是骑马的民族吗?"

"从前啊,那个小镇里不仅住着维吾尔族人,还有乌孜别克族、塔吉克族、柯尔克孜族、达斡尔族、回族,甚至还有哥萨克族人。不过以维吾尔族人居多,大概占百分之九十。可以说这个交汇点是民族的大熔炉,这里甚至有雅利安族系的人。"

"雅利安族系?"

"就是使用印欧语系语言的民族,是自认为种族特别优秀的白种人幻想出来的产物。在希特勒时代,扭曲性地宣扬日耳曼民族精神是雅利安人的典型特征,他们说自己是最优秀的民族,并将犹太人从这个集团中驱逐出去。当然,所有这一切,现在皆已成为毫无根据的妄言。概括地说,其实这就是白种人的故事。"

"御手洗君,你去过那个地方?喀什?"我问道。

"当然去过。还在那里待过一阵子。"

御手洗君边说边重新朝路边看去。那对卖面包的母子已经看不见了。

"那是个好地方,难以忘怀的好地方。"

"是不是那里也有一对卖面包的母子?"

"是有一个卖一种叫作'馕'的面包的少年。每天早上天还没亮,他就会在路边摆一张小木桌,将面包卖给早起出门务工的人。"

"哦。"

"第一次见到他是在一个清晨的街头,少年将一个装满馕的大盘子重重地放在木桌上,我看了非常好奇,寻思着那是什么东西。

"天还暗着,又寒气逼人,卖东西的少年一直蜷缩在墙脚的空隙里,冻得浑身发抖。直到有客人过来打招呼,他才起身。"

"哦。"

"刚才那对母子卖的那种面包大概多少钱呢?少年卖的那种馕,一个卖人民币四角,大概相当于五日元。"

"好吃吗?"

"不错。在那里的那段时间里,我每天早上都买。我就住在胡同里一个便宜的饭店里。房东是个胖太太,她每天都忙着照看孩子,顾不上给我做早餐。所以每天早上天还没亮,我就得从被窝里爬起来,挣扎着到少年那里买面包。"

"每天早上?"

"对。"

"天还没亮?为什么这么早起来?"

"喀什是个很美丽的小镇,有很多漂亮的地方。西域最大的艾提尕尔清真寺礼拜堂就在喀什市中心。它的前面是一个雄伟壮观的半圆形广场,都铺着石板。

"高耸于寺院左右两边的尖塔如同看守卫兵,守护着寺院。那用瓷砖砌成的正面玄关,宛如画框般威严地耸立着。后面则是一片森林。瓷砖的颜色是柠檬黄,与湛蓝的天空交相辉映,非常的美丽。

"做早拜的人们安静而有序地走在黎明前昏暗的街道上,渐渐汇集到礼拜堂前。庄严的祷告声四起,此时朝阳恰好从东方慢慢升起,绚烂的朝霞染红天边。此情此景,再加上当地清新洁净的空气,真是无法用语言譬喻的美。

"我每天都想看到此番美景,所以会在天亮前起床,到处闲逛。

喀什有三个大型露天集市，但在清晨略带黄色的光线中，这三个市场还处于昏睡之中。一家名叫'彩依哈尼'的咖啡厅还没开，西餐馆和有拱廊的商品街上也都大门紧闭。既没有行商的男子在叫卖，也听不见卖面包的少年的吆喝声。穆斯林区早上倒是醒得挺早的，但是商贩们一般也都是在早上的朝拜结束后才开始营业。

"喀什市郊的美景也颇多。弯弯的小河流淌着，葡萄园星罗棋布地散布在四周，还有一个小有规模的广场和葡萄架。白天，葡萄架下特别阴凉，经常有一些女孩子聚集在那里谈天说地。女孩子们五颜六色的衣服在葡萄叶的掩映下若隐若现，此情此景十分符合'绿洲'这一称谓。

"分布在镇中心的民宅，房檐都压得很低，感觉像是到处都蒙着一层灰。久经日晒的瓦片墙探出头，在胡同里勾勒出如迷宫般参差交错的线条，竟与马可波罗当年来时的样子毫无差别，依旧狭窄、破败，仿佛是一幢接一幢从泥土中冒出来的似的，还带着点土腥味儿。唯有在这朝阳初照的清晨，那些破败的民宅才有不一般的美丽。

"镇上有些地方也铺着石板路，上面稍微泼点水就会闪闪发光。周围一片静寂，鸦雀无声，然后，也就在这时，不知从哪里传来了有人弹奏乐器的声音，有时还能听到姑娘们的歌声。"

"哇。"

"那里是丝绸之路的路标，不是那种搭乘巴士就可以走马观花欣赏的观光地。那里没有派对，没有迪斯科，也没有名牌商品的商店。那里是个什么都没有的城镇，除了生活必需品以外，一无所有。"

我一边想象着御手洗君嘴里描述的景象，一边慢慢地点了点头。

"跟一千年前没有丝毫改变。虽然曾有段时间，那里多了很多没用的东西。不过，在我到访的时候，那些无用的东西倒也都消失殆尽了。所以说，像那样平平常常的黎明前的风景，是这个街镇最有魅力的地方。我经常在那里一边咬着馕，一边散步，一个人欣赏清晨的太阳慢慢升起，看着阳光轻柔地洒在这条千年老街的每个角落。"

"馕是一种什么样的面包呢？是不是那种扁平状的、像木板一样平的东西？印度经常拿来沾咖喱吃的那种？"

"不，不是。有点像耶稣的百吉饼。对于日本人来说，可能说它像面包圈能更好理解一些。"

"啊，面包圈啊。"

"嗯，不过从远处看，它更像豆沙饼，因为中间没有孔。"

"哦？原来是这样的面包啊。"

"因为我每天早上都去买，就逐渐和那名少年熟络起来了。"

"每天早上？"

"是，我每天早上都会在喀什的街心漫步。卖馕的少年他住在师傅家的屋顶阁楼，每天早上四点，他的师傅就得起床去烤馕。但对于还是个孩子的他来说，别说烤馕了，连和面的方法师傅都没教他。只是一味地让他挑水、劈柴，有时也让他给师兄们打打下手。但他的主要任务还是在路边摆摊卖馕。"

"为什么一定要天没亮就出来卖呢？"

"因为天亮了的话，馕就卖不动了。那里住的都是穆斯林，也就是伊斯兰教徒，早上要做早拜。维吾尔族人有很多需要早起。"

"嗯，镇里的人都是伊斯兰教教徒吗？"

"听说占七成左右。但在公元十世纪之前，那里满街都是虔诚的佛教徒。"

"啊？"

"因为那里位于印度的正北面啊。"

"这样啊……"

"后来，大部分市民都改变宗教信仰了。因为这里是丝绸之路上最早实行伊斯兰教化的地方。对于穆斯林来说，馕就是他们的早餐。等到太阳升起，要收摊的时候，少年必定会拿一块卖剩下的馕送给睡在路边的白须老人吃，然后回到师傅家。他自己的早饭也是一块馕，放入大碗里，浇上开水就着吃。"

"你怎么知道得这么多？你一路跟着他吗？"

"不是，是他告诉我的。因为我经常向他买馕。他告诉我维吾尔族人通常拿馕当早餐。后来，我们的关系走得很近，经常一起聊天，知道了彼此的很多事情。而且，他和我一样都不是当地人，我们都比较孤独。"

"这样啊。"

"维吾尔族是个不可思议的民族。他们总是面带微笑，看起来很友好，特别阳光，容易亲近。表面上看起来，他们对于作为旅人的我是相当友好的。但这种友好可以说点到为止，绝对不会超过一个度，在某些时候他们甚至还会拒绝你、疏远你。"

"原来如此啊。"

"所谓的文明的交汇点，其实就是街上随处可见各民族的人的身影，就连意大利的马可波罗也会突然出现在街头。"

"是啊。"

"马可波罗的《东方见闻录》里，是这样记录的：喀什噶尔（即喀什）的土地肥沃，各种生活必需品一应俱全。居民主要从事手工业和商业，当地的历代商贾会远赴世界各地贸易行商。由于土地富饶，资源充裕，这片土地先后受到了中东、蒙古、白人等各个民族的轮流统治和肆意虐待。

"由于这个原因，我在这个城市里不得不忍受难熬的孤独。能和我亲近到可以邀请我去他们家玩的，只有那名少年和白须老人。只不过，少年和老人都没有像样的家。他们也是这个城镇的外来人口，我们三个也因此感到同病相怜，气味相投。

"遭受过西欧强大军事力量蹂躏的民族都有一个共同的特点，那就是人情世故比较复杂。这个镇子上的人也是这样，他们总是笑容满面，表面上很友好，但其实心里完全不是那样的。就好比女人们嘴里的好其实大抵都是不好的意思一样。

"但是，这两个人在这个镇子里没有亲密的朋友或伙伴，所以不用担心遭到同伴的责难和诘问。而且艾克莎戈林……这是那位白须老人的名字，不知为何，他知道日本。他很有修养。像他那样的人物，至少在那个镇子里，我只见过他一位。虽然他不是大学教授之类的知识分子阶层的人，却博学得不可思议。

"老人家能说一口漂亮的英语，这点同样令我震惊。因为他的英语是纯英式发音，完全没有维吾尔语的口音。这是我在丝绸之路上第一次遇到英语说得那么漂亮的人。

"而且他是那种特别干净的流浪者。这种说法有点滑稽，该怎么形容呢？……他的脸上，总是荡漾着深沉的忧郁，但又气质高贵。他那带着淡淡的忧伤、又像在深刻地思索着什么、显得有些寂寞的笑容，深深地打动了我的心。

"而且，他和那名少年不同，是在这个城镇里土生土长的人。在伊斯兰教的世界里，老人本该很受大家的爱戴和尊敬。可为什么大家偏偏对他如此的疏远？这点着实令人费解。他露宿街头，却无人在意。谁也不给他食物吃，倒是一个外来的少年总是拿食物给他。老人的身体看起来非常不好。

"每次看到躺在面包店旁边的他，我总会这样想：他是一个谜。有着极好的修养和执着的信仰，也看不出对旁人有任何恶意。可为什么偏偏靠乞讨生活呢？当时已不再是有很多流浪汉露宿街头的时代了。我越来越好奇，想探个究竟。"

"在日本也没有流浪汉了。"

"还是得先说说那位少年。因为最初和我关系最亲近的人是他。少年出生在一个离喀什很远的小村庄里。父母都是农民，家境贫寒，兄弟又多。他和父亲两个人连车都没坐，整整走了三天，才到达喀什。"

"为什么没有乘车呢？"

"因为买不起票啊。"

"这样啊？"

"他们背了个小小的薄毯子，夜晚就躺在草地上。二人风餐露宿，啃一些从家里带来的肉干之类的粗糙食物，再沿途从农家讨点烂菜叶啊水果什么的糊口。"

"这么辛苦的旅途啊……"

"和一千年以前一样。一方面是因为贫穷，另一方面，他们也只知道这种旅行的方法，而且一点都不认为这样有什么不妥。就这样，二人好不容易辗转到达喀什这个小镇。少年和父亲二人在镇上到处打听，见人就问有没有能干的活计，这才找到了那家做馕的店铺，让少年当了学徒。

"这家濒临倒塌、堆积着日晒瓦的烤面包店在一条巷子里，厂房的屋顶上,有一个用废弃材料搭起来的、已开始老化的临时小屋。由于小屋是之后才补建上去的,所以没有楼梯,每天只能靠搭在墙边的梯子上上下下。

"围起小屋的材料很薄,少年睡觉的地方真可以说是暴露在风吹日晒之中。我也上去看过,真佩服他,居然能在这种地方安然入睡。这和睡在路面上根本没区别嘛。小屋里没有电,吊着一盏昏暗的煤油灯。太阳下山后,小屋里便是漆黑一片。少年说晚上常会被冻醒。不过,在这个小屋里倒是可以很清楚地看到满天的星星。"

"啊?没有屋顶吗?"

"也不是没有,但就只有一半。可不管怎么说,总算是有了份工作,还算幸运。他父亲看他有了着落,就又背着毛毯,步行回到有家人等候的故乡了。他父亲是农民。少年上面还有三个哥哥,最小的他没有工作,父亲便希望他能到城里去上班。"

"他一个月能拿多少工资?"

"一个月大概能有九百日元吧。他说自己不会花掉这些钱,会存起来。我问他存钱想买什么?他说要带回村里,交给母亲。"

"真是孝顺的孩子啊。"

"在那一带,这算是很正常的了。孩子们都要为了一家人的生计、为了父母而工作。这种情况在那种没有高考竞争压力的地方是极为普遍的。"

"是吗?应考学习啊……父母亲也要求他们这样做吗?"

"是他们自己决定的,为了父母,心甘情愿。我问他工作不辛苦吗?他想了好一会儿,回答我说不知道。但他说比起工作,不会写字、不认得字,更辛苦。"

"因为他们没去上过学的缘故吧。肯定是这样的,没上过学,认字当然会辛苦。"

"在那种风大日毒的地方睡觉,半夜还常常被惊醒,也很辛苦啊。"

"像这样子,就算是睡觉时间也没法得到真正的休息吧。"

"关于这一点,少年倒是说,作为整个小镇最早醒来的人,他还蛮开心的。"

"可真是积极向上的想法啊。"

"我在那里待了挺长一段时间,每天早上都去找他聊天。他的名字好像叫阿拉杰特,抑或是阿拉吉特……啊,太久了,我都忘了。唉,曾经和他那么亲近过,现在居然连他的名字都不记得了,真是太不够朋友了。"

"他的名字是用什么语言读的?"

"是听不懂的维吾尔语。"

"御手洗君你会说吗?"

"当然不会。不过,通过一些肢体语言的帮助,大概还是听得懂的。"

"哦,这样啊。"

"全世界,无论在哪个地方,都能通过手势之类的肢体语言进行对话。只有这里,在这个国家,是行不通的。"御手洗君说着,用手指了指地面。

"因为日本人是个害羞的民族。"我说道。

"嗯,日本人不擅长比画动作,而且理解不了还会生气。"

"那位少年,将来他想做什么呢?"

"他说他想成为镇里最会烤面包的师傅,成为一个烤面包达人。还希望全喀什的人都能吃上自己烤的面包。"

"哦。"

"然后，少年说等存下钱后，便要回家乡，在那里也开一家面包店。想来少年现在肯定还在卖面包吧，还是天没亮就起床，帮帮忙、打打下手。或许现在师傅已经开始传授他烤面包的绝技了。要是他成了一顶一的好手就太好了。"说着，御手洗君又看向车窗外，望了望岚山方向。"岚山站越来越近了。"他说道。

3

岚山到了，我们下了电车，出了车站，朝渡月桥的方向走去。舒适的春日吸引了很多游人，一路上都熙熙攘攘的。

沿路随处可见满树灿烂的樱花，我们俩也不由得停下了脚步，看得入迷。

"果然，是挺异常的。"我说道，"在这之前，我从来都没想过这个问题。现在确实觉得蛮奇怪的，这花也太多了，一般来说，一棵树是不可能开出这么多花的。"

"嗯。"御手洗君说着也停了下来，默默地望着眼前的樱花。

听了御手洗君刚才的话，现在的我觉得用"开疯了"来形容眼前的樱花是最贴切不过的。眼前的樱花发疯般地怒放着，就像在发狂。

随后，我和御手洗君又迈开了步子，继续往前，来到了那家我们欲找寻的樱花糕点店前，但我们并没有停下来，而是继续往前走。因为我们想先到桥上看看。

上了桥，感觉起风了。沿着河流的方向，一阵春风袭来。桥上也一样有很多人，大家都自顾自地往前走着。偶尔也会有几个人停下来，靠着栏杆，瞧一瞧远方的樱花，再看看脚下的流水。我们俩也找了块空地，并排靠在桥栏杆上。

从我们站定的地方，可以看到沿着河流零星地散布着几株盛开的樱花。满树雪白花朵的樱花树，掩映在河边的绿色树木中，形成不可思议的斑驳的模样。那些开着白色花朵的樱花树，全是一团一簇的克隆樱。所有的克隆樱全都如爆炸般盛放。

古时候的文人骚客们都很喜欢站在这里赏樱，还给这座木桥取了个十分风雅的名字，叫渡月桥。但古时候的他们无法看到这种疯狂盛开的白色樱花，如果他们能够看到的话，会说些什么呢？会因此而欣喜吗？抑或是靠着自己敏锐的感知能力，虽然觉得美，却也意识到它的异常也未可知。假如他们真的看到了这种花，又会做出怎样的诗赋呢？

日本军国主义时期那种异乎寻常的感性，和这种异常的花，两者有一个共通的特征。那就是虽然这种花的盛开方式很不寻常，但它是美丽的。那种于静谧中肆虐开放的激情，对于赏樱者来说，未尝不是一种美。

我们并排站在桥上，好长一段时间沐浴在和煦的春风中。我突然很想听御手洗君继续往下说。于是便对御手洗君说道："你和那无家可归的老人又是怎么熟悉起来的呢？"

"这个啊。"御手洗君说了一句后，慢慢地抱起胳膊，好像在回忆。他抬起头，望了望天空。

"有一天早上，大批的早拜客们一起涌到少年的桌前，面包被抢了个精光。少年很抱歉地望向街对面，躺在墙边箱子里的那个老人还丝毫没有醒来的迹象。

"少年还有工作要做，不得不回到师傅家里。但不知为何，我不想就这样离去,而是留在了原地。平时老人也会到清真寺参拜,却没办法参加早拜,可能是由于身体不好的原因吧。这些我都是从少年那儿听说的。我学过医,很想为老人诊断一下,但很快就放弃了这种想法,因为我不敢期望老人能听得懂我说的话。

"时间一分一秒地过去,还不见老人醒来。我开始觉得这样傻站着也不是办法。正打算离开的时候,老人突然在箱子里头蠕动起来,看来是睡醒了。不一会儿,箱子上面半掩着的箱盖滑落了下来,老人费力地想要坐起来。我想过去帮帮他,于是就走上前去。

"我向老人伸出手,就在老人握住我手的那一瞬间,他那望着我的眼睛突然睁得滚圆,而且全身好像都冻僵了。"

"他冻着了吗?"

"是的,他冻住了,一点儿都动弹不得。他就那样直直地望着我的脸,目光丝毫未离开,带着仿佛大吃一惊的表情。

"我也吃了一惊,不知道到底发生了什么事。所以就试探性地问候了一句:'Good morning!'

"但老人的表情没有丝毫变化,于是我又用英语问了一句:'肚子饿了吗?'往常少年都会给他一块馕当早餐,但今天没有。因为早上罕见地来了一大批游客,把馕全部买走了。

"然而,老人脸上的表情依旧没有变化。我以为这是因为老人没听懂。没想到,接下来,他居然用英语回问我说:'你是谁?'

"看来他总算缓过神来了。而且他的英语发音非常标准。

"'我是观光客。'我回答道。我对他说我很喜欢这个城镇,所以想在这里逗留一段时间。我还告诉老人,每天早上我都会来这里,向少年买点馕,看看清真寺,或者在胡同里走走。

"老人听了立刻甩掉我的手,问道:'你是在调查小镇吗?'他的英文发音还是那么令人惊讶,感觉像我曾在剑桥大学校园里听过的那种英语。

"'你在查电线杆的数量吗?还是警察署的位置和警察的人数?'

"我觉得很奇怪,就回答道:'不是。'老人说话的语气听起来有点严厉,他继续质问我:'你是军人吗?'

"我再次摇摇头,于是他又问道:'现在是公元哪一年?'

"'一九七三年。'我回答他,继续说道,'现在是一九七三年的喀什,您醒过来了吗?'

"接着我拿出用纸包着的馕,是刚才多买的一个,递给老人,说道:'今天不凑巧,馕都卖光了,您吃这个吧。'我拉着老人的手,扶着他的背,让他慢慢地站了起来。

"因为天已经亮了,老人不能再睡了,必须起床。在伊斯兰教社会里,穷人可以在路边睡,肚子饿了还可以到有钱人家里的厨房里要点东西吃,完全没必要因此而感到羞耻。这是伊斯兰教教义所在。但如果白天也躺在路边睡觉的话,就会被认定为懒惰的人,会被人挖苦,甚至还可能会有人加害于他。

"我放开扶着他的那只手,一边走一边问他:'您的英语是在哪里学的?'

"老人听了,慢慢地回过头看了我一眼,我本以为他会嫌我太多管闲事了,没想到他听了我的话后,严厉的表情立刻消失了,一下子和善了许多,变得非常温柔,甚至连眼睛和嘴角都露出了淡淡的微笑。他表情灿烂地看着我。

"老人好像走不快,感觉他的右脚好像有点拖着。他就这样一边拖着走,一边对我说道:'以前,英国人教我的。'

"我听了,吃了一惊。

"'英国人?你去英国留过学吗?'

"可是,他摇了摇头。

"他说道:'我从来没离开过这个镇子。但以前,这里有很多英国人。'

"'英国人?'我吃惊地问道。

"'也不全是英国人,还有俄罗斯人和美国人。当然,还有印度人、德国人,和意大利人。那时这条街的样子和现在的完全不一样。'

"老人好像要朝集贸市场走去。

"'阿克撒卡尔,您要去哪里呢?'我问道。在伊斯兰教世界,要敬称满头白发的老人为阿克撒卡尔。我知道这点,于是这样称呼他。但没想到老人回头看了看我,慢悠悠地说了一声:'别这样叫我。'

"'为什么呢?'我问道,'您品格高尚,又很有教养,适合这样的称谓。'

"'不是的。'老人说道,'我不是在客气,而是讨厌这个词。'

"我吃了一惊,在穆斯林社会里,我还是第一次遇见有人说讨厌这个称谓的。

"'那我该如何称呼您呢?'我问。于是老人说出了自己的名字。但那名字的发音好像不太顺嘴,而且特别长,感觉完全记不住。我没把老人的话当一回事儿,还是称呼他阿克撒卡尔。

"'你要去哪里?'老人问道。新的一天开始了,老人却好像没什么地方可以去。我对他说:'如果可以的话,能不能为我当一下向导?为我介绍一下这个城镇的历史。我会付您导游费的。'

"老人什么也没说,好像不是很感兴趣的样子。我赶紧接着说:

'我还会帮你付饭钱和咖啡钱。'我感觉自己的语气就像个暴发户一样令人讨厌。老人听了,回答我说:'我不需要那些,只要有馕吃就行,要不,你再帮我付烟钱吧。'

"'你想参观集市吗?'他问我。

"那天刚好是星期日。我们到了集市广场,只见到处是排成一列列的帐篷,还有熙熙攘攘的人群,整个广场显得凌乱不堪,人声鼎沸。我第一次周日来这个广场,空气中卷着热浪。以前也听人说过周末的集市很乱,但真没想到会是这样一番景象,我着实被吓了一跳。

"那么多店家现身广场,经营着自己的店铺,吆喝声此起彼伏,在广场中飘荡。有卖茶叶的、卖香料的、卖蔬菜的、卖水果的、卖衣服的、卖帽子的,还有卖绸缎和服饰品的。

"甚至还有卖羊、卖山羊、卖鸟、卖小猫的;也有卖锅、卖鼎、卖菜刀的,还有修理店;甚至有那种通过脚踏自行车,回转来研磨刀具的。就是《汉书西域传》及各种书籍中出现的西域集市的景象。集市广场的历史悠久,早在千年以前就已存在。这里的东西琳琅满目,除了人不能买,其他的东西应有尽有。

"摊位密密麻麻,边走边卖的小贩更是多如牛毛。整个露天集市脏乱无序、拥挤不堪。再加上老人家的腿脚不灵便,每前进一步都显得特别吃力。老人好几次差点儿被人挤回去,我不得不在他后面顶着他,帮他支撑。

"集市里也有卖一些还算不错的装饰品的,比如相框、小盒子什么的。此外,还有耳环、手镯之类的首饰,以及明信片之类的旅游纪念品。但我并没有什么朋友需要买礼物带回去赠送的,所以只给老人买了点香烟,便早早地逃离了集市。我们后来好不容易才在集市旁的咖啡店外面找了个位置坐下来。咖啡店内早已客满，就连屋外的座椅上也是座无虚席。而且几乎没有像我这样远道而来的旅人，多数是住在附近的当地人。

"我点了咖啡，老人迫不及待地取出香烟抽了起来。我看了，便婉转地告诉他毕竟年纪大了，抽太多烟对身体不好。老人听我这样说，居然笑了起来，告诉我战争时期也有人这样对他说过，但他还是活到了现在。老人告诉我，他从战前就开始抽烟了。

"'您是土生土长的本地人吗？'我问。

"'是的。'老人回答，'我住在前面一点的一个叫查萨的地方。那里的居民比较穷，但这个镇里的许多顶梁柱都住在那里。'

"我很想问问他为何会沦落到露宿街头的下场，但又害怕这样问会有点太唐突、太尖锐了。对于那些身体不好的高龄者来说，是需要有个安定的住所。老人家每晚都该有个温暖的睡床。因为没有充足的睡眠时间，免疫力是会下降的。

"'您以前有家的吧？'

"'当然有。也有过很美好的生活。'

"'您做过什么工作？'

"'年轻的时候我住在老城的集体宿舍里。经营过杂货店，也和那个少年一样卖过馕，在路上兜售过香烟，在建筑公司当过民工。每一天都很认真地工作着。我不会像别人那样偷懒或溜号，但现在身体不行了，没法继续劳作了。'

"那怎么会变成无家可归的流浪汉呢？我更加疑惑了，却还是没问出口。

"'从事那些工作需要用英语吗？'我问。老人的目光在我脸上一扫，接着视线向下躲闪，说道：'不用。'之后，便什么都不再说了。

"'您睡在箱子里很长时间了吗？'我赶忙转换了话题。老人开始思索起来。

"'应该说挺久的了。我年轻的时候就常常这么睡。当年经常付不起房租，时常流浪街头，躺在树荫下或马路边睡觉。如果是夏天的话，箱子里头就更舒服一些。睡在路边其实一点都不痛苦。'

"'但是，您上了年纪了，可不能老这样子哦。'

"'你学过医吗？'老人问我，声音带有一种独特的沙哑。他说话的时候，常会突然停下来狂咳一阵。感觉身体不太好的样子。

"'多少懂一点。'我回答道。这么说并非想显示自己特别谦逊，而是事实。我虽然学过医学，但毕竟只停留在研究层面，没什么临床经验。他听了，问我：'你是军医？'

"我笑了笑，说道：'不是。'

"于是，老人一边吐着烟圈，一边用十分尖锐的目光望向我，说道：'不要让历史重演。'

"说完，老人又重复了好几遍：'历史在重演，不要让历史再重演！'

"我非常奇怪，便问他：'这是什么意思？'

"老人接着又说了一句很微妙的话：'你是第一次来这个城镇吗？'

"我告诉他说没错。他就又问：'那你打算在这里做什么？'

"我已经有点厌烦说自己是来观光的了，便改口道：'我想学习，学习有关维吾尔族的各种知识。'

"'维吾尔族，那是在蒙古高原兴起的一个民族。'老人听了，立刻就开始给我上课，'比成吉思汗登上历史舞台还要早。那是在公元九世纪，维吾尔族受到了周围骑马民族的攻击，被赶出了安居乐业的草原。之后他们便开始在丝绸之路中摸索。他们兵分三路，沿途分别建立了三个国家。

"'其中有一支流窜到了最西边的这片土地，在喀什建都，成立了卡拉汉王朝。这便是我们的祖先。自那以后，他们统治了这片土地一段时间。但是这个地方自古便是战争频发之地。所以，可想而知，那之后便是一段侵略和反抗反复上演的历史。这点你应该也懂，我看你挺有学问的样子。'

"虽然这方面的知识我多少了解一些，但是说实话，很多都忘了。

"老人继续说道：'他们首先遭遇了其他的游牧民族——黑色契丹族的袭击，喀什沦陷了，成为契丹族的天下。落马的维吾尔族完全被弱化了。

"'到了十三世纪，则是蒙古族的天下。蒙古帝国的西征吞并了喀什，使喀什成为蒙古的附属国。

"'十五世纪时又反过来了，从西边来了大军。他们是来自撒马尔罕的帖木儿族。这个帝国的东征使得喀什沦为帖木儿族的囊中之物。后来帖木儿族将领土向东一直扩张到了恒河流域。'

"'西北到伏尔加流域。'我补充道。老人又说道：'这个帖木儿帝国在之前的蒙古帝国西南部称霸一方。其实，帖木儿族以前也是蒙古贵族的一个分支。帖木儿这个名字就是由"铁"这个字派生而来的，非常适合形容军人。

"'到了公元十七世纪，中国的皇室王朝开始崛起，清朝兴起，开始向西征战。所以，在这一时期，喀什纳入了清王朝的麾下。就这样，这个位于中国最西边的小国家成了不同时期兴起的各种军事力量来回交锋的最前线。也就是说,这里成了展现各个民族兴亡的大舞台。'"

我一边听御手洗说着一边点头。心想老人家说得对,真是这样的。

"'喀什一直保持这一地位到之前的那场战争。不,或许应该说现在依然持续着。'老人说着,吐了口烟,然后端起服务员送来的咖啡啜了一小口,接着往下说道,'本世纪末,俄罗斯和北上的英国这两个国家夹着帕米尔高原互相对峙。第一次世界大战是这个城镇最糟的一段时期,Mess。'

"老人的话中夹杂了句英语。所谓的'Mess'就是乱七八糟的意思。

"老人看了看四周,我也一样向四周望了望。我们都注意到了一个意想不到的现象。周围原本嘈杂的餐桌,现在居然鸦雀无声了。老人看了,说了句:'阿拉在考验。'

"老人说着,对在一旁发呆的我说了一声:'快,走吧。'

"'去哪里呢?'我愣了一下。

"'你不是想参观这个镇吗?我带你去看。'老人说道。"

4

喀什有三个大型露天市场,小的集市则随处可见。据说城里有几条街就有几个集贸市场。

穆斯林信徒们的早拜一结束,街道便立刻陷入混乱不堪的局面。周日的商品街和集市广场没有太大的差别,到处人声鼎沸,全是叫卖声和讨价还价的声音。街道拥挤不堪,市中心更是处于噪音的中心。老人的声音本就不大,混迹其中,我都听不见他在说什么。

这时从一个地方飘来了一阵诱人的烤羊肉串的香味,我走不动了,很想尝尝那羊肉串的味道。但老人看起来好像完全不感兴趣。老人的双眼凹陷,全身枯瘦。估计他每天就靠少年早上给他的那一个馕打发一整天的伙食。

老人穿着一件很像在大学医务室上班的医生们穿的那种白大褂。白大褂很长,几乎垂到了脚踝。大褂的下摆上居然还有一些刺绣点缀。

白大褂下面是一件和西装衬衫很相似的带领子的白色衬衫。但是因为这些衣服都几乎没有机会得到清洗,所以每一件都有些发黑。与其说是白色的,不如说更接近灰色。我本以为它们原本就是这种质地的,没想到并非如此,它们之前是纯白色的。

有趣的是,老人身上真正纯白的,居然只剩下他的长胡须了。胡须应该也好久没洗过了,却如银丝一般发亮,在阳光的照耀下熠熠生辉。

老人的头上戴了一顶黑色的帽子,是没有帽檐的款式,就是那种伊斯兰教信徒常常佩戴的帽子。帽子的四周有彩丝刺绣,但毕竟不是女人穿的那种衣服,所以帽子上的刺绣并没有用鲜艳华丽的彩丝,而是相对朴素的颜色。

老人就是以这样的打扮和我一起走街串巷的。他那件白大褂的下摆微微鼓起,有时被风一吹,下摆便迎风飘起,看起来十分威严。令人觉得穆斯林口中那个充满敬意的称呼"阿克撒卡尔",就应该用来形容老人这种外貌的长者。

在中亚的穆斯林社会里,街面或胡同里总会有一个被尊称为阿克撒卡尔的长者。这些长者的社会经验十分丰富,有知识,有涵养,经常是附近居民商量事务的咨询对象,更是街市里说了算的人物。我印象中的阿克撒卡尔就应该是老人这副模样的。感觉就连老人的眼睑及嘴巴四周浮现的皱纹都显得那么优雅成熟,他的神采间自然而然地带有一股威严,我对他的敬意油然而生。我和老人就这样并排走在商品街上。

而这又是一次奇妙的经历。我们走的那条街和别处一样,四处都是琳琅满目的商品,但种类都大同小异。当然也有一些集市上没有的。比如有很多茶壶、陶瓷茶具和绸缎。街上还有店面狭窄的西餐馆和点心铺,每家小店都只有一小间,十分狭窄。这么多店铺,将街道挤得水泄不通。而那些没有店面的商贩,则会在屋檐下支起一个棚子,在棚子下面摆上商品出售。

我们在一家集聚了很多人的陶瓷店前驻足,逗留了片刻,仔细地端详那里摆放着的陶瓷工艺品。有茶壶、茶具,以绿色居多。老人手指着那些茶具告诉我,这个城镇里绿色的陶器多,生产陶器是这个城镇的特色。从古时候起,这里就居住着很多制陶的匠人。老人解释说,他所生长的地方就在前面一点,是一个叫查萨的老城。那是一个古老的小镇,在维吾尔语中,查萨就是"制陶匠人之街"的意思。

就在这时,我突然感觉不对劲,因为就在刚才,我们的身边还围着那么多人,可就这一会儿工夫,那些人就全都不知道跑到哪儿去了。我莫名其妙地望了望四周,发现了更为奇怪的事。原来那些人并没有消失,而是躲远了。也有很多人留下,但他们就那样远远地站着,偷偷地瞄着我们。

那种眼神,是我在喀什的这段时间里从来没遇到过的,是那么的歹毒和刻薄!维吾尔族人的眼神一向是充满阳光和热情的,但此时,我从他们那邪恶的目光里感受到了一种深深的厌恶感,或者说是一种猜忌心。

老人心里清楚我已经注意到了周围的异常,所以急急忙忙地催我继续往前走。我总觉得这种局面对于老人而言好像已是司空见惯的现象,又或者老人对此习以为常了。

类似的情况后来不断地出现。无论我们是站在干货店的店前,还是在糕点屋的屋檐下,只要多待那么一会儿,周围的人就会马上消失。无论原本多么喧嚣杂乱的人群,只要我们一靠近,不用多长时间,人群就会自然而然地疏散开来。再一留神,就会发现街头只剩下我们两个人了。无论多么繁华的街头,无论在哪里,都是如此,反反复复。

还有一次,从一家卖扫帚的店里跑出了一个微胖的男子,一头往老人身上撞过来,老人踉跄了一大步,差点儿就一屁股坐在石头上。我急忙跑过去扶住老人。那是一个头发掉光了的中年男子,看起来也不像是个不明事理的人。我不由地大喊了一声:"嘿!"正想责备他怎么走路那么不小心,那男人却满不在乎地要走人。临走时还回头看了我们一眼,但那目光明显不是针对我,而是针对我身边弯着腰、弓着背的老人。他的眼神里没有一丝歉意,甚至可以说是刻薄歹毒的。也不知那男人是在用眼睛观察老人,还是表达蔑视,他很粗暴地扔下一句:"对不起!"便扬长而去。其实我当时并没听清楚那句话是不是"对不起",只是凭感觉应该是。

我扶老人重新站起来,思量着。虽说那名中年男子有可能真是不小心撞上的,但总感觉好像哪里不太对劲。即使还没到故意的份上,但总觉得他那样子像是在说:"我就是撞上了,你又能把我怎样?"至少他完全没觉得自己的行为对老人来说是很不礼貌的,可以说完全没有歉意。

我们后来又绕到了一家自行车租车店，这是老人的主意。他说想让我看的地方分散在市内的各个角落，走路花的时间太多了。

老人没有进店，他让我去租两辆车，自己在店外候着。

之后我们俩并排骑着自行车，朝郊外而去。老人一边骑车，一边问我："你不是想参观整个喀什吗？想把整个城镇的结构完全装入脑子里？"

被老人这么一问，我瞬间有些不知所措。老人说得也对，但我其实并没有那么强的探知欲。应该说我仅仅是被眼前这混合着东方情调和西欧气息的西域氛围所深深吸引了。

"不是吗？"老人又确认了一遍。

"这个街镇真的拥有与众不同的构造吗？"我询问道。

"如今已经没什么了。但若从历史角度来看，它确实是与众不同的。现在剩下的一切都是历史的遗迹，历史好比叠加的宽广丝绸，一层一层，在我们的脚下沉睡着。"

老人这谜一般的、充满诗意韵味的语言深深地打动了我，感觉那就是乘风而来的远古的呼唤。

"那已经是很早以前的事了。有一个男子，也和你一样，一踏入这片土地就满怀激情地在城里闲逛。记得那应该是在战前，不，还要更早之前。那时的我也和现在一样，带着他到处走。咱们今天就走走那条老路吧，当然有些地方和当年相比已是面目全非了，现在很多地方都成古迹了。所有古迹都在这沙尘之下，静静地沉睡着。"老人如此说道。

穿过民宅群，柏油马路就消失了，紧接着出现的，是两旁树木夹道的土路。零零星星的几辆堆着柴火的驴车迎面而来。走近一看，驴车大都是由老人牵引，十分悠闲自在地走着。

我们还和一个赶着羊群的男子擦肩而过。那羊群里的羊有黑色的、白色的、茶色的、斑点的……各种颜色。

在我们的身后，是一片宽广的葡萄田。这附近不会出现机动车，展现在我们眼前的是一片纯粹的、悠闲自在的、充满西域特色的田园风光。只有干燥的风在耳边悄无声息地吹着。这千年不变的风景迎接着我的到来。

老人骑着自行车缓慢地前行，他拐入了一条狭窄的小路，不久就带着我进入了一片沙地。我们进入了沙漠地带。自行车轮胎卡在沙子里，动弹不得，老人下来，推着自行车走。

一阵风吹来，可以闻到被太阳晒得滚烫的沙子的气味。一堵淡茶色的沙墙挡在了我们眼前。那应该就是砂岩吧。由于地层上浮，使沙堆变硬，成为沙墙。老人将自行车停靠在沙墙前，我也学老人的样子，停好了自行车。

突然，老人双膝跪在沙地里。我还以为他的脚受伤了，其实并非如此。

"你等一下，现在是祈祷的时间。"

老人说着，向着麦加的方向，弓起身子跪拜在沙地上，开始虔诚地祈祷。我远远地站在一旁，静静地等着他。

过了一会儿，他站了起来，拂去膝盖上的沙子，默默地继续往前走。老人沿着干裂的土墙往前走着，不一会儿，他停了下来，用手指了指上方。

"这就是举世闻名的三仙洞，是公元前二世纪到三世纪左右的佛教遗址。比敦煌的莫高窟和坎达拉石窟都要古老，是中亚最古老也是最靠西的佛教洞窟。"

我抬头望去，只见在峭壁的最上方开着三个洞口，是三个相距很近、并排而列的方形洞穴。这是古人在砂岩中开凿出来的，用于祈福祭拜的特别场所。

从洞口可以看到内部的窟顶，里面依稀可见少许色彩，坑坑洼洼的到处都是小洞坑。涂着颜料的表层大部分剥落了，显然这个洞窟被盗掘过。

老人指了指沙墙的对面，说道："在那个方向，有个唐代的佛塔。距今已经有一千三百多年的历史了。玄奘法师在归国途中从阿富汗越过帕米尔高原，曾在这个街镇停留。根据当时的记录，这个城镇曾有超过一万名僧人，镇上的佛教寺院也有几百家之多。市民们对佛教的信仰十分虔诚。"

我点了点头，说道："以前这个镇上的一切现在都已逝去了，是吧？"

"没错，都已逝去了，归为尘土。"老人说道。

在西域这样的地方听到这句话，体会尤为真切。千年的佛教便是消失在眼前这片尘土中的。

"这里曾是西域最大的佛教都市。然而，它终究还是释迦牟尼午睡时做的一场梦而已。市民们逐渐改变了信仰，成为伊斯兰教信徒。到了十世纪左右，当地的伊斯兰教信仰基本建立。现在的喀什，有七成以上的住民是穆斯林。这个镇上的居民每天固定祈祷五次，一次都不能少。"

"市中心的清真寺异常壮观啊。"

"那是艾提尕尔寺。是西域最大的清真寺。它不仅是新疆维吾尔自治区，也是中国现存的最大、最古老，同时也是最靠西的一座伊斯兰寺院。"

我点了点头。

"总是处在最前线。喀什,就是这样一座城市。"

老人说着,背过身去,三步两步就回到自行车停靠的地方。

老人接下来带我来到了一个贴有绿色瓷砖、比艾提尕尔寺要小一点儿,却非常整洁的清真寺前。

"这里是霍加一族的墓。"老人边从自行车下来,边说道,"对于西域的穆斯林来说,这里也是一处圣地。"

这是一幢非常美丽的建筑。虽然它的样式在中亚经常能见到,但与艾提尕尔寺不同的是,这座清真寺的外部由色调沉稳的绿色瓷砖覆盖。从这里再往西,是撒马尔罕,那里的清真寺多以蓝色瓷砖装饰,在西域这里,却是深绿色的瓷砖点缀。

它有个巨大的、像画框一样的正面玄关,整个玄关也都覆盖着深绿色的瓷砖。建筑物的四个角落有四座尖塔,这四座尖塔一样也由绿色的瓷砖点缀。其实不仅有绿色的瓷砖,还有天蓝色和柠檬黄色的混迹其中,形成点点斑驳。不过从整体来看,整个建筑物还是给人以暗绿色的印象。

在建筑物的顶部中央,有个圆形的天棚。靠近去看,天棚就会躲进眼前墙壁的影子里。四面墙上,每一面都被分为四到七个白色空间,每个空间的上部装有一个小窗。

尖塔上部也有窗。窗户也就这些了,整个建筑物的窗户并不多。

"这个清真寺的绿色砖瓦还真是漂亮啊。"我说。

老人解释说:"喀什这个词的意思就是绿色屋顶的建筑物。"

"哦?原来如此。"我回答道。这我还真不知道呢。

我突然想起刚才在商品街看到的陶制小茶壶和水壶,它们大都是富有光泽的绿色。而且不是那种明快的淡绿,毫无例外,全是深沉的绿色。这种绿色发出的光泽十分温润，像是瓷器浸了水之后散发出的自然之光。可以说那种绿色是色彩和光泽充分调和形成的颜色，既不奢华又不过分朴实，给人一种非常知性的印象。

或许在千年以前，这个小镇就开始制造这种绿色瓷砖、陶器和水壶了。

"据说这里是穆罕穆德的直系子孙，霍加一族的坟墓所在地。喀什完成从佛教向伊斯兰教的信仰转变，是在十世纪左右。他们从十七世纪开始统治这片土地。这片墓地有个传说。"

老人边说边绕到建筑物旁边。我跟着他沿着墙壁绕到建筑物的拐角处，看到了一个金属栅栏。

"是什么样的传说？"我跟在老人后头，问道。

"那是十八世纪的事了。清朝的乾隆皇帝有一天晚上做了一个梦，他梦见在西部的宫廷里住着一位绝世美女。乾隆皇帝无论如何都忘不了那美女的容貌和身姿，于是便命令身旁的亲信去找寻这位美女。他让亲信一路向西前行，务必找出该美女，并将其带回宫来。

"乾隆皇帝的亲信们真的找遍了整个丝绸之路，最终来到这个城。并在霍加一族的宫廷里发现了皇帝所言的美女，那就是香妃。"

"香妃？"

"因为香妃遍体生香，便有了这个名字。当时，她还在莎车的离宫里住着。乾隆皇帝的亲信们也不管香妃同意不同意，就将其召进宫去，好比强行绑架一般，将香妃带到了东方。当时喀什是清朝的附属国，是不可抗旨的。

"香妃在紫禁城里被引荐给乾隆皇帝，乾隆皇帝一眼就迷上了她，是一见钟情的那种。因为香妃正如皇帝梦中所见的那样美丽，拥有世间罕见的倾国倾城之貌。

"皇宫上下开始张罗皇帝和香妃的婚宴。乾隆皇帝为了香妃,甚至在紫禁城里仿建了一座伊斯兰教的离宫。当月,香妃就成了乾隆皇帝的嫔妃。然而,香妃无论如何都不愿意入乾隆皇帝的寝宫,不愿意接受这位大清皇帝,将其拒之于千里之外。

"香妃天天凭靠在离宫的西窗边,日复一日地望着西边的天空,思念着故乡西域。她有时候一整天都愁眉苦脸,有时候终日以泪洗面,在为数不多的几天心情稍好的日子里,她会取出西域的弦乐器弹唱一首故乡的歌曲。乾隆皇帝进到她的房间来,她便背过身去,绝不回头与皇帝碰面。

"为了博得香妃的欢心,乾隆皇帝从天下网罗各色华贵的服饰赠予香妃。甚至找来技艺高超的乐队到宫殿里为香妃演奏,并寻来能歌善舞的女子,和着乐队的演奏翩翩起舞。不仅如此,皇帝还从全国各地买来各种名贵点心,有时也让宫里的御厨亲自制作点心献给香妃。可没想到,香妃丝毫不为所动,连碰都不碰一下。

"乾隆皇帝最后无计可施了,无奈之下,选择伤心地远征出战。之后,香妃独自留守离宫好长一段时间。有一次,乾隆皇帝的母亲,也就是皇太后,来到了香妃的离宫。香妃依旧如往常一样,坐在躺椅上遥望着西边的天空。

"皇太后见状,强压住内心的怒火,用很冷静的声音问道:'你当真那么留恋西部?'香妃低下头,什么也没答。皇太后接着用更加冷静的声音问道:'你知道继续拒绝皇帝是极端无礼的举动吧?你不可能再回西域了,这就是你的宿命,是你前世注定的命运。你是我大清王朝的皇帝嫔妃。皇帝是雄霸天下的大清王朝的天子!天下没人敢对我大清王朝说一个不字。你不觉得你本应引以为豪

的吗?'

"然而,香妃依旧一言不发。

"'你已经不是孩子了,该好好地学一学了,早点醒醒吧!'说着,皇太后从怀里拿出了一把小刀,放在香妃面前的地上,说了以下这番话:'如果你真那么想回西域,便化为魂魄飞上天,就可回你们西域了。现在马上用这把刀了结了你自己吧!'

"香妃泪流满面地听完皇太后的话,俯下身去,一直看着那把小刀,就这样过了好长一段时间。接着香妃不慌不忙地从地上拾起那把小刀,拔去刀鞘,毫不犹豫地将刀尖刺入了自己的心脏。

"一代佳人就这样香消玉殒了,那时她才刚刚二十出头。她的魂魄一定如鹰隼一般在丝绸之路的上空盘旋,并如愿回到西域了吧。这里的人们都相信肯定是这样的。

"香妃死后不久,其尸骸追随着她的魂魄被送回了这片土地,并被埋在了眼前的这座清真寺里。这座清真寺里有一个贴满了绿色瓷砖的小棺材,香妃便长眠在里头。"

我们步行来到了金属栅栏前,老人牢牢地抓住栅栏,指了指里头。顺着老人手指的方向,我发现里面有许多呈现出干燥泥土颜色的墓碑。

"里头这些数目众多的墓碑,都是以前维吾尔族战死的士兵的。他们英勇地和侵入这片土地的侵略者们浴血奋战,是视死如归的勇士。无论敌人有多么强大,他们都绝不会卑躬屈膝。

"这就是维吾尔族的民族魂。他们是草原上真正的勇者!这个城镇的人们做梦都想回到过去,和这些战士并肩作战,一起被埋葬。因为他们是我们这个民族已然丧失的荣光。维吾尔族曾是特别自豪的马背上的民族。后来却从战马上摔落,失去了战斗的力量,不得不过上被其他民族所占领、被其他民族所奴役的悲惨生活。曾几何时，他们已失去了曾经的勇气和自豪。

"也正因如此，大家愈发憧憬先祖们的荣光。都希望能够恢复内心激荡翻滚的自豪与勇气。每个人都希望能长眠于此，至少在死后能达成愿望。"

"您也希望这样吗，阿克撒卡尔？"我问道。

他很失落地笑了笑，摇了摇脑袋。

"我是不可能的。他们是不会让我长眠于此的。我没有这样的资格。"他这样说道。

"这又是为何呢？"我把身子转向老人，一本正经地问道。这是一种希望他能正面回答的肢体语言。我很想问问他，刚才那个卖扫帚的怎么敢那样对他？周围的人，还有他自己，怎么就能眼睁睁地容忍对方的行为呢？

在虔诚的伊斯兰教世界里，这样对老人的不敬行为本该是绝对不容许出现的。至少我是这样理解的。

然而，他对我的问题置之不理，只是轻描淡写地说了一句："走吧，下一站！"

5

我跟着老人回到了喀什的市中心，他带我来到一扇气派的大门前。大门左右两旁围着金属栅栏，将中间的场地围成一圈。正对着大门的是一条石板路，一直延伸到里头的一幢石造建筑的玄关。

建筑物本身并不大，但是感觉十分庄严。多看几眼甚至有种压迫感。

"现在,这里已改为大学了,里面还有专科学校。但是在战时,这里对于我们来说却是比阴间还要恐怖的场所。特别是后门。以前这里是英国领事馆,这个门直到深夜都有卫兵站岗。另外在里面有个小的通用门,建筑物的背面还连通着一个秘密警察署。"

我点了点头,看了看老人。老人此时的表情是从未有过的复杂,既说不上悲伤也说不上是害怕。

"这里是个恐怖的地方。那时沿着围墙边的小路走,经常可以听到从围墙里传出被严刑拷打的犯人的惨叫声和呻吟声。那声音太悲惨了,我们听了都吓得急忙逃走。邻街有俄罗斯领事馆,再过去一条街还有德国领事馆,那些地方我就不得而知了。不过,我猜应该也大同小异,每个领事馆的后门附近应该都有那样的设施。"

老人说着,又骑上了自行车。他默默地在小巷里穿梭着,拐进了一个萧条的角落。我一言不发地跟在他后面。

老人骑着自行车穿过墙上挂满竹篓的竹艺店、屋檐下悬挂着许多铜锅的铜制品店,以及出售各种干货、店头摆着装满水果干的篮子的小店……这是一条喀什常见的后街,有些寒酸破败。

我们来到了一条稍显宽敞的石子路上。路面上铺满了六角形的石子,右首边是一面柠檬黄色的非常雅致的墙,在齐腰位置整齐地贴着一排清秀的瓷砖,长长的一溜。这条石子路显得那么清新,罕有人迹,偏远静寂。

或许是由于石子路的左侧有一片空地的原因。空地和石子路之间隔着一张铁丝网,空地里杂草丛生,已成为堆放各种工业材料的场所了。空地上有堆积如山的水泥块、木材和铁管。

老人停下自行车,对我说:"别看现在这里已是破败的内街,以前可是镇上所有人都憧憬的、市内数一数二的繁华之地。当然,现在已经完全没有了当年的繁华景象，会到这里来的城里人也就那么一小撮。但以前，这里到处都是外国人的商店。

"在那场战争发生之前，这里有家西餐馆，是街上最为热闹的一个，有三层楼高，名字却叫作'梅芙芭蕾剧院'。因为它不仅是一家西餐馆，一楼的大厅还设有一个豪华的舞台，兼有剧院的功能。我进去过几次，里面可真是极致的奢华。

"首先设计十分精美，据说是模仿巴黎歌剧院建的。墙上的金色装饰一直延伸至天花板，还有从北京、上海等地收集来的画盘，装饰着整面墙。舞台的左右两侧各摆放着一个大花瓶，里面有各种鲜花。看着都令人精神一振。

"贴墙摆放着富丽堂皇的沙发。在宽敞的大堂里排列着洛可可式素雅的餐桌，地上则铺着黑白格纹样的地砖。这里随处可见身着白色麻布西装、戴白色软帽的时髦白人。餐桌旁都是他们的身影。这些白人都是出名的外交官，有一些是带妻子一起来的。那段时期，挺多有身份的人物聚集在西域的这个小镇里，皆因这里是当时的战略重镇。这些人几乎夜夜笙歌，每晚都享受着豪华的晚宴和红酒。那里的晚餐和香榭丽舍大街上的西餐厅里烹制出的一样美味。

"这个街角就像是装点着绚烂霓虹灯的古罗马的欢乐街。不仅有梅芙芭蕾剧院，这一带还有好多欧洲风情的酒吧和舞厅、夜总会，以及专喝啤酒的小酒吧。其间也夹杂着几家风格拘谨的伊斯兰风茶室。不过，当地的居民很少来这种地方。虽然并没有明文规定禁止当地人出入，但本地人就是鲜有入内。

"再往里头走一条街，便净是些古怪的商店和卖春的窑子了。每家店都故意把光线弄得昏暗朦胧，那里才是当地居民的领地。梅芙芭蕾剧院则不同，一到晚上便灯火通明，看起来就好比黑夜中点亮的一盏巨大的街灯。但璀璨的光明后面势必藏着寒酸的黑影。果然，贫困的当地人也被这灿烂的灯光所吸引，纷纷聚集而来，就在这最耀眼的地方的背面，不为人知地集结成一个影子。那时，我每次来这里，都感觉这个地方就像一个民族的光影缩写，而这正是人类的历史。

"在梅芙芭蕾剧院里，有个名叫凯瑟琳·霍加的舞女。她是个维吾尔族姑娘，很有舞蹈天赋，从民族舞蹈到中式舞、西洋舞，甚至波斯舞蹈，她都样样拿手。而且是个大美女，身材也好，还是个放荡不羁的交际花。所以，每次只要有她登台表演，店里的餐桌就要多加好几张，而且提前好几个小时就宾客云集。大家喝着红酒，气氛活跃，望眼欲穿地等待着演出的开始。

"她的舞蹈绝对不下流，可也毫不吝惜展现着自己的身体。她的身材真的好美。我有一次坐在英国领事馆的那张桌边，等着看她的演出。偌大的厅堂，遍观其中，居然一个维吾尔族人都没有。当然服务生有当地人。她用薄如蝉翼的绢纱将自己包住，登场了，各种民族舞蹈于她而言都是那么的驾轻就熟、信手拈来。她在舞台上翩翩起舞，整个舞台得到了最大的利用。

"英国人称她的舞蹈为'NEWS SHOW'，'NEWS'在这里指的是北、东、西、南四个方位的首字母①。寓意为她能博采东西南北各个民族的舞蹈动作，并配以地方音乐，创新改编，风格可谓独树一帜。那可真是一件了不起的事！舞蹈结束的时候，她会将那薄如蝉翼的绢纱一件件地扔在舞台上，最后只剩下小小的一套内衣似的

---

① 北、东、西、南分别为 North、East、West、South。

服装。每到这个时候,看客们便个个如痴如狂,发出一阵阵热烈的喝彩。

"每个白人都对她极度痴迷。她成了整个镇上的大明星。每次舞蹈表演结束后,她都会走下舞台,直奔某一国外交官的桌子。无论她走向哪张桌子,都会引起在场所有人的关注。有时候,也会有当地政府的高官们来现场观看她的表演。这种时候,她便会毫无悬念地出现在那些大人物的餐桌旁。而周围其他桌子的人,看到她不是来自己这边的,便会用一种羡慕嫉妒恨的眼神看着那一桌的客人们。餐后有个舞蹈派对,那时她总会和已经混熟的那张桌子上的某个人一起翩翩起舞。

"她的名字里有霍加二字,这其实是暗指我刚才带你去看的、传说中在霍加一族之墓里长眠的香妃。有些人故意奉承她,说她如香妃一般美艳,所以大家才给她取了那样的名字。可以说她自觉或不自觉地就成了香妃的化身。

"实际上她的人品也不坏,至少对我挺好的。也给我留下了难以忘怀的回忆。有一天,英国领事馆的官员命令我去当凯瑟琳·霍加的护卫。说是护卫,其实也不是什么大事。凯瑟琳·霍加住在市中心一处名为'英国大使'的宾馆的顶层套房里,那是旅居当地的英国人的专用宾馆,她在那里享受着特别的待遇。

"我的任务就是等她从梅芙芭蕾剧院下班,一路跟在她后面,暗中保护她。每天深夜,西餐厅快打烊的时候,我就要提前待在旁边的一家咖啡馆消磨时间,等她出现。她一出现在马路边,我就要马上跟在她后头,和她拉开一段距离,偷偷护送她回酒店。

"只要她进了酒店,看到位于最顶层的她的房间的灯亮起,我的任务就算完成了,可以回自己的公寓睡了。

"然而,与世界各国政要关系亲密的她,在她自己都毫无察觉的情况下,卷入了一场列强间的情报大战。据说闻名于世的玛塔·哈丽①也是如此。在那个火药味十足的战乱年代,即使她本人完全不想卷入任何纷争,但因为是个美人,又身处那样的环境,便自然难逃一劫。玛塔·哈丽最后是被枪决的,她本人可能也并非完全无辜,甚至从某种意义上来看有可能是十分危险的人物。但凯瑟琳·霍加对这件事究竟了解多少?至少在我看来,答案是她一无所知。

"从西餐厅到宾馆的距离并不远,她有时也会搭乘外国领事馆的车回来。有英国、俄罗斯或德国的,总之就是各个列强国家。这样其实是很危险的。但只要有人邀约,她就会上人家的车。她一直单纯地以为那些人只是自己的粉丝而已。每当这种时候,就不需要我了,我就会直接回自己的房间。只有当凯瑟琳一个人走路回家的时候才有我的用武之地。

"其实她很少一个人回酒店。总会有个白人陪她一起走夜路,护送她回酒店。这种时候,我也会远远地跟在他们后面。如果那个白人的身份够高,他们身边就还会有保镖保护其人身安全。这种情况下,我就会跟在白人保镖的身后。

"白人们有的和她在酒店前分手告别,有的会直接和她进酒店。总之,她的生活大概就是如此。当然她也有可能在情人的枕边获得某些重要信息,不过真相如何我就不得而知了。反正周围的人都这样看她。可能她的存在对于某个国家来说是非常宝贵的,但对于其他国家来说就是十分棘手的麻烦了。这就是她当时的处境。

"终于,一天晚上,真的出事了。那天晚上她一个人走夜路回

---

① 原名玛格雷萨·杰拉,是历史上著名的美女间谍。

酒店,但我发现凯瑟琳后面还跟着个女人。那个女人比凯瑟琳矮小,看起来和我一样都是维吾尔族人。凯瑟琳根本没注意到那个女人的存在。

"拐进一条黑暗小巷的时候,跟在凯瑟琳后面的女人突然蹑手蹑脚地跑了起来,手中还挥舞着一把刀。我见状急忙赶过去,抓住了那个女人的手,并将她绊倒在地,夺去了她手里的刀。

"借着远方暗淡的灯光,我依稀分辨出了那名女子的样貌。女子发现我是她的同胞,气得暴跳如雷、大喊大叫,情绪十分激动。

"我待那女人的情绪平复下来之后才对她说:'安静点儿对你比较好。马上就会有人过来。我装作什么都没看见,你赶快走!'

"那女人听我这样说好像受到了更大的刺激,她似乎无论如何都无法理解我如此冷静的态度。她看着我的脸说道:'咱们是同胞,你为什么要这样做?'

"'凯瑟琳也是维吾尔族人。'我回答道。

"'这个女人不同!'她激动地说道。我吃了一惊,难不成凯瑟琳身上混有异邦人的血?但看来她指的不是这个。

"'我们家祖祖辈辈传下来的土地被英国人夺走了。我父亲为了保卫土地,惨遭杀害。这可是维吾尔族人祖传的土地啊!这女人是个叛徒!她是英国人的爪牙,出卖了整个喀什。这个小镇再也不是从前的喀什小镇了。大家都在说要剁碎她那白得惹人厌的大腿,不许她将我们的领土卖给异邦人。还给我!把那把穆斯林的刀还给我!如果你也是维吾尔族人的话!如果你也是骄傲自豪的维吾尔族人的话!'

"我摇了摇脑袋,然后将那女人的刀插到自己的腰间。女人的眼里好像燃起了熊熊的火焰,在黑暗中愤怒地燃烧着。

"她愤怒地问我：'你明明是个维吾尔族人，为什么要这样保护一个卖国奴呢？'她的眼睛死死地盯着我，依旧充满仇恨，燃烧着怒火。

"我畏缩了，什么都答不上来。因为我也知道现在的喀什不再是从前的喀什了，原本穆斯林们绝不容许出现的卖春妇现在也能招摇过市了。

"'娼妇！'那女的突然冲着凯瑟琳吐了口痰，虽然没有吐到凯瑟琳身上，但她的唾沫沾到了我的手背上。

"'而且……'女人只说了个开头就停下来了，我牢牢地抓住她的手，想听她继续往下说。可她没再继续说下去，于是我追问道：'而且什么？'

"'她夺走了我的未婚夫。'

"我听了，不由得望向凯瑟琳。凯瑟琳站在黑暗中，吃惊地望着我们这边。然后，她瞪大眼睛问道：'谁？你说的是谁？'

"但是蹲在地面上的女人由于深深的屈辱感而浑身发抖，什么也不愿多说。我见状，赶紧催促她：'你快走吧。如果被英国人发现了，他们会杀了你的。身为同胞，我现在能为你做的就只有让你赶快逃走了。'

"那女人这才如被弹开来一般站了起来。但我还抓着女子的手腕不放，叮嘱道：'下不为例！下次要是再被我发现，我就将你交给英国人。'

"女人拔腿就跑，消失在黑暗中。

"'谢谢你！'黑暗中响起凯瑟琳的声音。这句话太出乎我的意料，我完全没期待过她会谢我。要知道凯瑟琳可是大明星，我都不敢奢望她会和我说话，更别说还是一句致谢的话了。

"说实话,她的这句话简直让我心花怒放。我,本人,此时此刻,居然救了眼前的这位大明星。我自己都有些不敢相信这是真的。

"凯瑟琳依旧心有余悸。我按她的要求,陪着她一起走到了宾馆。将她送到酒店玄关的时候,没想到她居然邀我进她的房间。她让我坐在沙发上,不用拘束。凯瑟琳屋里的摆设和壁纸都十分精致,对于我这样一个只在喀什待过的乡巴佬来说,这里简直就是天堂。

"我看着她从一个雕满花纹的橱柜里拿出一瓶葡萄酒,然后倒了一杯递给我。

"我盯着酒瓶的标签看了一会儿,凯瑟琳见状,告诉我说:'是玛歌酒庄的,法国的葡萄酒。'

"说着,她牵起我的手,让我从沙发上站起来,带我走到了窗边。我们俩并排站在窗边,看着外面黑暗的世界。

"从窗边可以俯瞰整个破落的沙漠之镇。这里依旧是老样子,和千年以前一模一样,还是那么的贫瘠落后。从那么多户由日晒砖瓦堆起来的屋子里,透出昏暗的橘红色灯光,并一直照到大街上。那个时候的居民住宅区比现在的要暗得多。实际上,当时还有大半的家庭用的是煤油灯和蜡烛照明。

"在这些人家对面,是如大海一般广的黑暗之地。那便是一望无际的沙漠,也是中国最西部、最后的一片沙漠。再往前是帕米尔高原,群山完全被黑夜的帷幕笼罩住,看不见山的样子。

"我还是第一次像这样子从高处鸟瞰自己的家乡。现在想来,那里也不算特别高,但在当时,我真的是看傻了眼,完全迷失了自己。

"猛然间,我扭过头往屋内一看,这才发现凯瑟琳香喷喷的雪白肌肤就在我的鼻子尖前。她就在我身边,也专注地注视着自己的家乡。她那高贵的下巴和笔挺的鼻梁都离我那么近。

"这时我又注意到屋里正流淌着低低的音乐声。原来不知何时,她已将蓄电留声机的指针放了下来。

"我仿佛置身于梦境,对于当时自己所在的时间、所处的世界,都感到难以置信。我自问没有积累到如此大的功德,也没有行过什么善,为何能得来如此的善报?

"这时,她那如坎达拉佛像般棱角分明的脸慢慢地转过来,对着我。她将惯于低垂的双眸慢慢地抬起,如画般的嘴唇张开来,问我道:'你是在这个镇上出生的吗?'

"'是的。'我很紧张地回答。她紧接着又问我:'你离开过这个小镇吗?'

"'没有。'我回答道。凯瑟琳听了,说了句:'我也是。'然后又将目光投向那黑漆漆的如海一般的沙漠。'我在那片沙漠里出生。从小就开始跳舞,在砂地上、在岩石上,和山羊一起舞蹈,没有一天间断。'她抬起下巴继续说道,那样子让我感受到了倔强和坚强。我仿佛在倾听她的某种决心。

"'河流边,鲜花盛开的草原上,是我小时候最美的舞台。虽然那时候并没有观众,但是我很确定,总有一天我能站在更漂亮的舞台上跳舞。我一直这么相信。所以……'她说着,点了点头,'所以我一定要离开这个小镇。'说完,她飞快地看了我一眼,'我一定要在巴黎、伦敦和维也纳的舞台上跳舞。'

"'你肯定能行。'我感受到了她的坚定意志,急忙附和道。

"突然,她如风中摇曳的芦苇般跳了起来,身躯柔软,又温柔地抱住了我的身体。我还在错愕不已,她的双足已经移动起来,很自然地和着屋里流淌着的柔和的音乐节奏踩着舞步。

"我有些不知所措,也只能用笨拙的舞步勉强回应。不,我很想回应,却做不到。我无论如何都没办法像西洋人那样跳得那么流畅自然。

"对她而言,那可能只是每晚都会跳的很自然的舞蹈动作,但对我来说却是件丈二和尚摸不着头脑的难事。且不说西欧的舞蹈于我而言是完全未知的领域,连如此的体验我都是有生以来第一次。

"她将额头靠在我的肩上,在我耳边低声道:'所以,今天晚上真的要谢谢你!在那之前……在站上巴黎或维也纳的舞台之前,我没有死,也没有受伤。如果刚才那个女人的刀插入了我的大腿,我必定会很长时间跳不了舞。现在的我一定浑身是血地在地上呻吟,内心充满对未来的强烈绝望,泪流满面。而且,说不定以后再也不能跳舞了……'

"说完,她在我耳边重重地吐了一口气,然后我感觉到她那纤细的胳膊和肩膀都在颤动。

"'我本已选择了死亡,如那香妃一般。所以……真的很感谢你,非常非常感谢。'

"'英国领事馆的官员让我保护你,所以这是我的职责。'说完,我本想再添上一句每个虔诚的穆斯林都会说的话——这也是真主阿拉的指示……

"没想到凯瑟琳突然用她的食指堵住了我的唇,不让我把那句话说出来。与此同时,我明白了,原来凯瑟琳不是穆斯林。

"'那我还是要感谢你。如果没有你,我一辈子的梦想、自孩提时便有的梦想,都将在今夜结束。我都不知道该如何感谢你

才好。'

"说着,她的身体离开了我,她望着我好一会儿。我看到了同样燃烧着火焰,却和刚才在黑暗中见到的那名刺客女子不同的双眼。我激动地僵住了,一句话也说不出口。

"然后,她轻轻地握住我的右手,拉着我,将我引入隔壁的房间。那是一间卧室——"

6

我和御手洗君一起走到对面的岸边,在樱花树下赏花。

今天人特别多,周围的气氛比较浮躁。但御手洗君一张嘴,我便仿佛一下被拉到了西域,也不再介意周围的气氛如何了。御手洗君用双手拨开两边的人群,继续给走在身边的我讲故事。

"后来我和老人来到梅芙芭蕾剧院还在的时代就存在的一个伊斯兰风的咖啡店里坐了下来。老人说他年轻的时候,就经常坐在这个位子上等候凯瑟琳出现在街上。

"梅芙芭蕾剧院有个后门,非常简陋。出了后门,必须穿过一片杂草丛生的空地才能走到街上。所以凯瑟琳是绝对不会走那里的,她只会从正门的玄关出来,走回宾馆。如果看到有小车开过来停在她身边,她又上了车的话,我就知道没有自己的事,可以回房间了。

"'她是个大明星,粉丝们都是白种人,但是白种人是不会在街上等候凯瑟琳出现的。这点在现在看来依旧令人无法想象。'老人如是说。

"这时,周围的餐桌开始有人站起来。这些人都是一副终于等到了的表情,逐一朝收银台走去。这些人好像都是当地人。他们在转过身去的时候,都会偷偷地瞄一眼老人。

"就这样,我们的身边又出现了怪异的寂静。也没人过来点餐。这种气氛与丝绸之路上本该具有的无拘无束感有着一种说不上来的不协调。

"看着那些背过身子的男人,老人对我说:'这条街变样了。'

"我想当然地以为老人指的是人情方面的事,便问他是不是指人情冷暖?没想到他却回答说不是。然后继续向我述说凯瑟琳的事。

"'自那夜以后,我便完全迷上了凯瑟琳。她居然让我陪了她一个晚上,我高兴得仿佛登上了天。那时候的我真是太年轻了。在凯瑟琳之前,我只见过那种浑身砂土、脸颊上有高原红的女孩儿。

"凯瑟琳满脑子只想着如何提升自己的舞艺,想着有机会去欧洲,登上华丽的舞台跳舞。那个晚上,她在宾馆自己的房间里,一边望着黑暗无边的沙漠,一边对我诉说。那就是她当时所想的。列强之间的短兵相接,自己身边激烈的情报争夺战,她完全不放在眼里,也从来都漠不关心。

"我觉得她这样子是很危险的。对当时的国际情况多少有些了解的我暗下决心,一定要保护她。无论她怎么想,她都已陷入旋涡之中,不仅如此,实际上她当时正身处整个谍报战的风口浪尖,只是不自知而已。

"我不由得发问:'你为什么这么做?'

"'你是想问我为何当时要从事这种类似间谍的事吗?'老人反问我。我点了点头。

"老人说:'这是时代的要求。在那样的年代,做间谍是极普通的事。我二十岁刚出头的时候,有一个我很敬重的阿克撒卡尔就在偷偷地为英国人收集情报。他总会打听新来镇上的外国人长什么样样、所用的语言、带的东西、从哪里来、在镇上做什么，等等，查探出来以后再逐一向英国领事馆报告。'

"说着，老人看了我一眼。又说道：'这个阿克撒卡尔让我和他合作。我起先不置可否，也没想过要拒绝他。之后，我就这样成了以这个阿克撒卡尔为中心的镇关系网中的一部分。'

"原来如此，我点了点头。

"'从最初战争打响时开始，喀什就一直在从北南下的俄罗斯、从南北上的印度，以及英国的国际情报战的最前线。在我还是小孩子的时候，整个镇上的白种人都是间谍。

"'所以，有相当一部分市民，也或多或少的不得不做些间谍会做的事。因为他们听命于阿克撒卡尔，只要是阿克撒卡尔提出的要求，镇上没人敢拒绝。到后来，甚至连女人和小孩儿也被动员来当间谍。但是大家表面上都默不作声，谁也不想当卖国奴。英国人看清了这个镇的局势，便收买了那些克撒卡尔，利用他们为自己卖力。'老人解释完突然质问我，'你是日本人吧？'

"我大吃一惊，点头称是。

"'我果然没猜错。'老人说道。当时他的表情很难用语言来形容。有些难过、有些失望，但又有些怀念和喜悦。总之是那种无法用语言来形容的表情。老人被突然而至的各种情感冲击着，他的表情就犹如煤油灯的火苗一般变化无常。

"'怎么了？'我忍不住问道。但是老人并不回答我的问题，而是继续追问：'你知道京都这个城市吗？'

"我告诉他当然知道。'虽然没在那里居住过，但只要是日本人，谁都知道京都。京都在古时候是日本的首都，是个美丽而有名的古都。'我顿了一下,并没往下说。老人也没再说什么。

"'为什么呢?'我又问了一次。可这回老人依旧没有回答我的问题,再一次答非所问地岔开了话题。

"'我因为能成为凯瑟琳的恋人而天天洋洋自得,也更加卖力地做着尾随和护卫她的工作。当时真是太年轻了。

"'但是,其实这一切都是我的痴心妄想,凯瑟琳根本不把我当回事儿。她照样由白种人送回家,有时会在即将消失在玄关之际向我挥手告别一下。仅此而已。

"'让我进她的房间仅有之前那一夜,后来再也没有过。有时候没有白种人送她的时候,我们俩会并排一起走,说上一会儿话。我每天晚上都在期待,期待她能再邀请我进她的房间一次。但是等得心都疼了,也没等来第二次机会。

"'我甚至希望那个维吾尔族女人再来袭击她一次,那样说不定我就能再救一次她,她又会感谢我,让我进她的房间。然而,那个维吾尔族女人也没再来袭击过凯瑟琳。当然,作为维吾尔族人来说,她没来袭击是件好事。我还是不想将自己的同胞交给英国人。

"'之后的护送任务对我来说如同身处地狱一般难挨。每次她被白人送回来时都会又搂又抱的,有时候还会在黑暗中被强行索吻。凯瑟琳在这种时候虽然会先反抗一下,但很快就半推半就地接受了。而防止这一切发生,却不在我的任务范围内。

"'维吾尔族的女子当时对待洋人大都那样,她们做不到香妃的忠贞。每次凯瑟琳和洋人们亲热,我就在后面看得妒火中烧,感觉就快要疯了。当时我是认真地爱上凯瑟琳了……'

"或许是由于内心过于伤感的缘故吧,老人说到这儿,陷入了一阵沉默。我等着他继续往下说,却见他突然抬起头,说:'凯瑟琳对日本的舞蹈很感兴趣,说要去京都看一看,想到那里学习日本的舞蹈。有一次我们并排走的时候她这样告诉我的。'说到这里,老人又飞快地看了我一眼,接着继续道:'日本女性的舞蹈很独特,特别优雅、轻柔。就算同是亚洲国家,日本的舞蹈也与其他任何一个邻国的大不相同。她不知从哪里听说了这种遥远的东方国家的舞蹈,也显示出她有一定的知识储备。她对那种神秘舞蹈的举手投足、每个动作,都是那么的向往。

"'她想将日本民族所特有的动作加入到自己原创的舞蹈中。凯瑟琳的舞蹈是浑然天成、无师自通的。她的舞蹈是出生在喀什草原上的她所独有的。每个动作都是她自己思考所得,独家创作的。所以从某种意义上来说,她是舞蹈方面的天才。'

"我点了点头。因为我对日本舞蹈基本上一窍不通,无法做出什么评论。但令我诧异的是,为什么老人会突然提到日本舞蹈。

"'你懂得日本舞蹈吗?'老人问我。我不解其意。我当然知道有这种东西存在,但也仅此而已。除此之外,我没有更多这方面的知识。老人听我这样说,继续道:'我是说,你能教人吗?'

"我一听,差点儿笑出声来,很坚定地摇了摇头。这怎么可能?

"这时老人突然站了起来,对我说道:'咱们出去吧。'

"我有些吃惊,因为还没喝茶呢。我本想喝点茶,润润嗓子的。同时也想放松一下,缓口气再走。走了那么久,早已口干舌燥了。但咖啡店里没人过来点餐,我也无计可施,只能和老人一起离开了。

"喀什的日落特别晚,但此时屋外的夕阳也开始西斜。气温下降了很多,风里带着些许湿气,并夹杂着远方沙土的气息,和分不清是瓜果还是植物的香味。一瞬间,我想起这个小镇特有的瓷砖那娇艳欲滴的绿色。

"傍晚时分,这个小镇便会充满这个气味。我说这种特有的气味是绿色的其实并没有什么特殊的理由。或许只是因为这种气味里夹杂着各种植物的气息,还有瓜果、香料的香味吧。总之,此时此刻的我觉得,正是这种气味勾兑出了这个镇子上所特有的瓷砖的那种绿。

"老人已跨上自行车,缓慢地踩着脚踏板前行。不久后我们就看到了英国领事馆。但老人没有停下,径直穿过了从前有卫兵站岗的领事馆的大门。

"在旧领事馆的侧面有一个广场——不,与其说是个广场,不如说那就是一片什么都没有的空地。杂草丛生,似乎从来没人整理过。

"老人将自行车停在空地前,跨过栅栏,踏进了草地。我也学着他的样子走进去。

"'之前战争的时候,这里还要更宽广些,也没有那么多草。'老人说着,指了指前方的树木,'那是樱花树。'听他这么一说,我便看了看那棵树。那是一棵不太大的树,在我看来甚至有些寒酸。

"'是一株会结樱桃的树。'老人说。我有点意外,原来这不是一株只用来观赏用的樱花。

"'战时,这棵树要更加瘦弱一些,个头也更矮小。现在长大了许多。'老人好似很怀念般地回忆着。我问他这树会开花吗?因为看起来,这棵树和日本的染井吉野樱很不同。

"'春天的时候会开少许白花,但不是很漂亮的那种。是一个男的告诉我这花的名字叫樱花的,他还告诉我传统的樱花树开的花要比这棵树的花多得多,而且要漂亮百倍。'老人说完又问了我一遍,

"'你真的不是军人?'我很吃惊,告诉他不是。我应该之前就回答过老人这个问题了,为什么他还要再三地问我同样的问题呢?

"'是日本军人告诉你的吗?他告诉你这是樱花,还告诉你日本的樱花要比这个漂亮许多?'我问道。

"老人点了点头,继续说道:'他说日本的樱花比这个要漂亮许多。尤其是京都的樱花,那才叫美。'

"我们在杂草中费力地走着,好不容易才走到那棵我觉得几乎可以用寒酸来形容的枯瘦的树下。老人将右手搭在一枝伸到跟前的枝干上,说道:'他说真想带我去看看京都的樱花,就在这棵树前说的。只是这棵树那时还很小,还没他高。他就像我现在这样,一边摸着树枝,一边说着什么,他说在那条河边……具体的我已不太记得了,大概就是说京都有个地方的樱花特别漂亮之类的吧。'

"我问老人那地方是不是嵯峨野或者岚山。老人立即回答道:'没错,就是那里,他说的应该就是岚山。'

"'京都是个什么样的城市?'老人又问道。

"我想了想,回答道:'是个千年古城。在悠久的历史长河里经历了数不尽的战乱,却不曾毁灭。'老人听我这么说,感慨了一句:'和这里一样啊!'

"'京都以前是日本的首都,河水从市中心流过,四周环绕着青山。以拥有数不胜数的神社和佛阁闻名世界,是一座很出名的宗教都市。因为京都实在太美了,许多日本人都很向往在那里生活。'我向老人说明道。如此描述着的同时,我也突然意识到京都和喀什之间的诸多相似之处。

"'京都不仅有整体用黄金包裹的寺庙,还有用银箔装饰的寺庙。是全世界的游客心驰神往的观光之都。'我说。

"'黄金寺庙?'老人将手从樱花枝上移开,吃惊地望着我,'这个我听说过,是真的吗?马可波罗的《东方见闻录》里出现的黄金宫殿?'

"我摇了摇头。日本人也经常搞错,其实《东方见闻录》成书的时候,日本的金阁寺还没建成。而所谓中世纪日本的黄金宫殿的传说,如果其内容属实,指的也应该是平泉的中尊寺。①

"其实对于这一点,我也觉得很不可思议。当时中国大陆正处于元朝这个世界帝国的时代。为何不是日本的华丽之都京都,而是一个远在深山里的寺庙,传到了雄霸世界的元朝首都汗八里——大汗之居住处呢?对于这个问题,我从很久以前就抱有浓厚的兴趣。

"'在樱花盛开的季节,那个黄金寺院就会在满树的樱花里若隐若现,光是想象,都觉得那一定是一幅非常美丽的景象。一定特别像神仙的国界。'老人望着天说道,'穆斯林和神之间有个契约,说是在圣战中失去生命的人,死后可以住在天堂里。那里的房子鳞次栉比,柱子是金银雕琢而成的,屋顶则由珍珠铺成。而且,他们还能以三十三岁的肉身降临人世。

"'我以前也听过类似的话,是从一个开罗的朋友那里听说的。他很年轻,坚信这一说法,说只要有战争发生,他一定会义无反顾地为圣战去死。

"'与神灵的约定永远不会遭到背叛。如果可能的话,我也希望自己能够为圣战而死。但现在看来是不可能实现的了。那是我尚年轻,身体还好的时候的梦想。现在,我都活到这把年纪了,也没有

---

① 指中尊寺内的"金色堂"。中尊寺位于日本东北部岩手县,因此下文说是一个"远在深山里的寺庙"。

什么愉快的经历,每天就空着肚子睡在街边,被大家瞧不起,见不到一个人的笑脸。我就这样,苟延残喘地活到了今天。'

"所有的战争都被花言巧语地美化为了圣战。无论什么战争都这样。就连那个奥斯维辛集中营,也美化自己说是为了实现神的理想。

"只要是战争,就没有快乐可言。那些花言巧语,全都是弥天大谎。战争没有什么令人喜悦的,不过是愚蠢卑劣的一堆狗屎罢了。不管是睡在路边也好,被别人吐口水也罢,都要比战争好。战场上根本不存在神,十字军之所以强大只是因为他们摒弃了内在的慈悲之心和信仰,仅此而已。实际上没有比他们更加凶恶残暴的军队了。

"无论身后隐藏着怎样冠冕堂皇的理由,无论是哪种宗教信仰者发起的战争,这点都毫不例外。战争什么的,就是粪土。哪怕我出生在麦加,也绝不相信与神灵缔结的什么合约。我本来很想告诉老人这些话的,但怕伤了他的信仰之心,所以一直沉默着,没有说话。

"'京都和阿拉真神许下的天上的街市还真像啊,有机会的话,我真想去看看。'老人说。

"他的语气就好像明天他的人生就要终结了一般。我本来还想说点什么的,但转念一想,先不说他的寿命,单从经济上来说,他要去趟日本都是极难的事。毕竟从喀什到京都实在是太远了。

"随后,老人又慢慢地朝自行车停放的位置走去,在隔离道路的木栅栏边坐了下来,发了一会儿呆。我看了他一会儿,也在他旁边坐了下来。老人断断续续地往下说:'我一直以为,只要是日本人,就都懂得日本的传统舞蹈。因为他就是那样的。他是个愉快的男人,名字叫秋山。我第一次见到他，是在街上的咖啡馆里。那天，我一进去就发现店里的一个角落和往常不同，特别热闹。一群当地人挤在一起，围成了一堵人墙。我靠近一看，只见里头有个男人在跳舞。那人就是秋山。

"'他正在教店里的女孩儿跳舞，教了她们几个日本舞蹈的基本动作。女孩们觉得有趣，拼命地模仿那些动作。谁知不一会儿，连男人们也都加入到圈子里一起学了。整个咖啡馆就像在开日本舞蹈讲习会似的。喀什的男人们都喜欢舞蹈，而且秋山这人有一种天生的吸引力，好像和谁都能迅速成为朋友，是一个十分有魅力的阳光青年。

"'讲解演习完舞蹈，大家有的离开咖啡店回家了，有的回到了原来的位子上。秋山这才发现自己之前的座位上早已坐上了人，他便提着皮行李箱，来到我的餐桌前，问我可以一起坐吗？因为当时店里只有我一个人是独占一张桌子的。我对他说当然可以。

"'他的穿着很得体，个子很高。刚开始我以为他是英国人。他用手指了指我正在喝的茶，用中文问我那是什么。我告诉他是玛莎拉茶。他说那他也来一份，便向店里的女服务员点了一杯。

"'他有着惊人的语言天赋。我说我的汉语不太行，他马上换成英文和我顺畅地聊天。他的英文非常流利，和你很像。此外，他好像还会俄语。秋山倒是没有告诉我他会俄语，但那时店里刚好贴着一张俄罗斯语的广告，他看到便很流利地念出来了，所以我知道。

"'秋山很豁达，什么都和我聊。有时候会同时问我各种五花八门的问题。他那样子让我觉得他应该和英国方面没有什么关系。他老打听镇上七七八八的事情，让人很容易对他心怀戒备。但他是个有趣的男人,这一点是毋庸置疑的。他谈笑风生,非常幽默,好几次聊着聊着就引得我捧腹大笑。不知不觉间,我已和他在咖啡店里聊了近一个小时。后来我们越聊越投机,我也开始信任他了。

"'实际上他真的是个很好的人。这点我是确定的。他性格直爽、阳光健谈、坦率正直,对人不怀戒心,感觉他永远也不会背叛你。而且他总是用心地让人快乐,他的笑容是由心而发的。随着后来和他见面次数的增加,我越来越感受到他的个人魅力。

"'我不知道他是带着什么任务来到这个镇的。但有一点我十分肯定,他很有魅力。我这人从小就对他人深怀戒心,因为这个镇上表里如一的人实在是太少了。而我会被他深深地吸引,皆因之前从未遇到过像秋山这种类型的男人。这些真的都不是恭维话。我真的很欣赏他。

"'他当时问我,能不能帮他推荐个酒店,他想在这个镇上住一段时间。他说酒店贵一点儿没关系,自己需要换洗的衣物堆积得太多了,所以最好能找个有阳台,能洗衣服、晾晒衣服的宾馆。

"'我想了一下,向他推荐了当时镇上的第二大国际酒店。秋山后来帮我付了茶钱,还说希望我能帮他指点一下到酒店的路。我说既然这样,干脆我带他去好了。于是,我们一起步行到了酒店。

"'一路上,秋山都在谈自己。他自我介绍说名字叫秋山,是日本人,不是中国人,从事的是贸易工作。西域的这个地方是他很早以前就憧憬和向往的,这次终于成行,他觉得很庆幸。而这里和他想象中的一样美。他说他是来做市场调查的,想看一下接下来的生意有没有希望。

"'这个理由也是谍报员常用的借口。英国领事馆的官员,还有那个阿克撒卡尔都提醒过我好多次,让我小心那些贸易商人和修行的僧人。说间谍一般就在这两类人当中。

"'当时,有很多自称在修行的僧侣从印度来到这里。他们走在路上时右手会转动着一个转经筒,那转经筒里藏着一部卷成磁带状的经书。但实际上,经书的背面基本上是用暗号写成的收集来的重要情报。

"'我听秋山这么说,便假装顺水推舟地对他说:'那我协作你做市场调查吧。'这当然是在试探他的真意,没想到,他很高兴地说了句:'那太难得了。'还说他很想好好看看这座城市,让我带他走遍这个镇子的各个角落。

"'我答应了。他马上就说,明天吃午饭的时候让我到酒店的大堂与他碰面。当天,我将他送到酒店的玄关后就和他道别了。'"

7

我和御手洗君又过了渡月桥,返回市电车站方向,进了"听琴茶屋"。到店前一看,店内早已客满了。这时我突然发现坐在窗边的一位客人站了起来,准备离店,于是急忙入店占了那个位置。

从这个位置刚好可以看到沿河盛开的樱花,以及被樱花吸引而来的、漫步在河边的大量的赏樱游客。这下终于能和他们制造出来的令人窒息的拥闷气浪隔离开了,我长长地松了一口气。像刚才那样被人群推着往前走,终究太累了。在这个座位上,既听不见那些赏花人的喧闹,也听不见流水的声音,只能听见店里客人们的窃窃私语声。

御手洗君点了樱花饼,之后又打开了话匣子。

"老人说,本来约定是翌日中午再见秋山的,没想到早上就瞅见了秋山的身影。"

"啊？在哪里见到的？"我问道。

"说是在市中心。秋山果然行踪可疑。在喀什的日晒瓦房住宅区里有好多条隧道，四通八达的小巷又连接着无数条隧道，隧道上面就是居民的住房。

"秋山就在这些地方穿来穿去。用步伐推算隧道的高度、下面小巷的宽度，还时不时打开带来的地图，不断在上面记录着什么。

"穿过集体住宅区，有好几家用围墙围着的人家。那是有钱人家的住宅。秋山在这些围墙外停下来，一会儿向上看，一会儿向下看。有时还会张开双臂，用自己的身体来丈量围墙的长度。完了以后，还是一样拿出地图或记事本来记录。

"隧道和围墙在战略中是很关键的部分。用战车进攻的话，小巷和隧道都会是障碍，所以准确的位置和尺寸在当时是很重要的情报。遇到突然袭击的时候，防卫军就会守在围墙围起来的那几户人家，那里就会成为要塞重地，当然也会成为攻击的目标。

"秋山接着往前走，老人偷偷藏起来，尾随在他身后。他发现秋山这回开始数电线杆的数目，数了好久。老人跟着秋山到处走、到处转，不一会儿，秋山突然停下来，看着脚下。老人心想秋山究竟在看什么呢？再一端详，原来他在看下水道的井盖。

"秋山打开地图，好像是在研究地下水的位置和走向。随后，他又看了看电线的走向。看起来应该是在思考输电线和电话线的不同。

"这两种电线外观上要如何区别，老人也曾向领事馆的官员们专门请教过。两种电线都很重要，但电话线尤其重要。电话线是作战时传达信息方面最为重要的手段。无论是前线的战局还是敌人情报的传达,都必须要通过电话。

"依目前的情形来看,秋山怎么看都应该是领事馆最为警戒的人物。在第二次世界大战即将开始之际,日英两国是敌对的。老人怀疑日军估计就要来侵占这个城镇了,作为这个城镇的一名居民,心中本能地涌起对秋山的敌意。因为军队来袭就意味着城镇即将遭到重创,居民也将惨遭杀戮。

"秋山好像终于想通两种线的区别了,或许也觉得今天差不多就到此为止吧,便开始起身返回宾馆。老人看他走后,又打发了一会儿时间,正午时分准时来到秋山所在的宾馆赴约。

"到宾馆的时候,秋山已经在大堂等着了。他还和昨天一样欢天喜地,还问老人这附近有没有推荐的餐厅,邀请老人和他一起吃饭。

"吃饭的时候,秋山继续很健谈地聊起来。他问了老人很多关于这边居民的喜好啊,现在的追求啦,生活上有什么不足,现在什么商品最热卖之类的问题。老人很想当面质问他,关于贸易的市场调查为何需要了解电线杆的数量?为何需要掌握地下水和地下通道的位置?但最终还是忍住没说出口。

"秋山接下来又问老人当地医院的情况。问镇上的医院和患者数量,医院和医生都集中在哪个地区?还有医院会不会缺少医疗器械等。老人问他为何问这些,他解释说自己也从事医疗器械贸易,这个理由也是没什么说服力的。如果这里成为战场的话,医院和医生集中在哪里就是必须要掌握的重要情报。

"之后,老人遵照秋山的请求,带着他在街上转。首先到大大小小的医院转了转。秋山照样打开了地图,将那些位置记录在内。

"他们又去了一些知名西餐馆和看戏的小屋。秋山对老人说他想直接和店里的老板聊两句,让他帮忙引荐一下。老人是个土生土长的当地人,和这里的商铺老板基本都打过照面,便真如秋山所说,为他做了介绍。这么一来,秋山便很热情地和店老板们聊了起来。

"秋山非常慷慨,无论去哪里都会付两人的钱,所以老人不用负担任何费用。而且秋山还很用心地讲笑话给老人听,聊自己那遥远的故乡,不断地取悦老人。

"老人指了指远处的那棵樱桃树,说他们当时也到了英国领事馆旁边的这块空地来。看到那棵樱桃树,秋山很快就跑到树前,看了看那时刚开出的花。当时正好是开花的季节。

"接着秋山开始聊起故乡的樱花。看到那树上开着孤零零的几朵花,秋山说樱花本来不该只开这几朵的,日本的樱花,无论哪一株都是开满枝头。不,是整棵树全都开满了花,千朵万朵压枝低。到花开的季节,树枝都被花朵压得看不见了。而且花朵白得像雪,那才是真的樱花。

"秋山说很想让老人看看他故乡日本的樱花。他说自己就是在京都出生的,那座古老的都市是赏樱的绝佳之地,那里的樱花尤其美丽。'岚山、桂川边上的樱花是那么迷人。有机会,我一定要带你去我的家乡,让你亲眼看看那满树繁花、绚烂夺目的样子。'秋山热情地向老人诉说着。

"'我就是被这话绑架了。'老人说道,'听他这样说,我便想着自己这辈子一定要去一次日本。打那以后,日本和麦加并列,成了我一生最为憧憬和向往的地方。今天听了你的话,我又有了这个念头,在有生之年,要是真能亲眼看一看京都的樱花,那该有多好啊!那是去天国最好的礼物了。'

"'您还年轻,一定有机会去的。'我说了句连自己都不相信的话安慰老人。但是老人完全没有反应，接着往下说：'秋山接着指了指对面的英国领事馆，问我说那应该就是你们的仇敌吧？他直截了当地这样问我，那声音至今依然响彻我耳边。他对我说欺凌百姓，巧取豪夺的元凶就是他们！

"'他说他们日本人从十九世纪中叶就开始受到英国人的凌辱。只要英国人不出现在亚洲，大家便可以安居乐业，也不会卷入到那场愚蠢的、做梦都没想到的大规模屠杀中了。'

"我至今还记得那个瞬间。平时看起来没心没肺、特别阳光的秋山，说这话时笑容消失殆尽，表情十分严肃。然后，他对着我，说出了下面这番话。

"'我和你，我们都是亚洲人。今后，我们亚洲同胞应该团结一致，抵制列强的欺压。现在，亚洲正面临着从未有过的艰难局面，我们的故乡正在遭受这些白人的蹂躏。现在，神正在考验我们，是时候展示男人的实力了。我们的力量确实非常薄弱，但只要手牵着手，加强锻炼，诚心合作，就一定能够对抗——'他说这番话时表情十分认真。

"我听了有些吃惊，也有点感动。我看着表面上阳光，有时却又让人感觉轻浮、靠不住的秋山。我从没想到，他的内心深处竟藏着如此深的执着和热情。他伸出右手，握住了我的手，说道：'我能和你相识，也是一种缘分，以后我们就是同伴了。让我们相互合作，为了亚洲的未来，一起努力吧。'

"我完全惊呆了。在那之前，在那个瞬间之前，我从来没有那样想过，哪怕一次都没有。我总觉得成日里吃着粗粮、满身沙子、生活安逸的维吾尔族是个软弱的民族，终究一事无成。甚至认为我们天生就是供西洋人使唤的。可以说，那时的我就是个窝囊废，是个病入膏肓的窝囊废。

"秋山则不同,他说自己是个打心底里觉得特别骄傲自豪的男人。是一种身为亚洲人的骄傲,他从来没有忘记过这一点。他说只要大家群策群力,就绝对不会输给西洋人。之后,秋山又和我聊了骄傲的日本武士的故事,还聊到应该与我也有着遥远血脉关系的成吉思汗的故事。

"听着秋山的讲述,我感觉内心深处那为数不多、但确实存在的、身为亚洲人的一种民族自豪感被唤醒了。在遥远的古代,我们从马背上跌落,不断地败给强者,不断地遭受欺虐,屡次遭遇挫败,那所谓的民族自豪感早已被我们抛到爪哇国了。没有一个人会去思考民族自豪感这件事本身的重要性。

"遥想当年,面对成吉思汗的大军,有哪个白人能与之抗衡?成吉思汗大军骁勇善战,拥有先进的军事实力、科技能力、统率能力,以及政治手腕,因此所向披靡、战无不胜、攻无不克。也正因如此,当年全亚洲的年轻人,甚至连东欧的年轻人都那么憧憬蒙古,主动要求加入蒙古军营。

"而蒙古也张开双臂,热情地接待了他们。对他们中的有功之臣公平地给予晋升的机会。蒙古大军从辽阔的大陆出发,讨伐各路盗贼,废除通行税,保障了从欧洲来的商人的通行,并首次在大陆创建了各种经济秩序。就是这样一个东边的游牧民族——蒙古,统一了全亚洲。无论是在他们之前还是在他们之后,都没有哪个民族能做到这一点。而你也是他们中的一员。秋山如此这般地说了很多。

"我已经好久没听过这样的说法了。听着他的诉说,我内心沉睡的民族自豪感渐渐被唤醒,并受到了深深的震撼。他说得没错,我也曾经是草原上骄傲的马背民族中的一员。在十二、十三世纪，我们在这广袤的大陆上是无敌的！是所向披靡的！我们是从不知失败为何物的强者！然而，曾几何时，我们又将其遗忘，丧失了本应有的民族自尊心，沦为那些肮脏的白人手下的走狗。

"秋山说英勇无敌的成吉思汗的士兵，是与日本武士血脉相连的。我听了之后觉得挺不可思议的，但秋山确实是这么说的。他说所以，我们大家都是兄弟。

"这些话我后来好长时间都无法忘怀。和秋山的相识逐渐改变了我，他唤醒了我内心潜藏的民族气节。或许也可以说那就是一种想尽一点绵薄之力的情怀吧。

"但是，我又是如此无能！现实生活中的屡次挫败将我的这点自尊也连根拔走了。我都不知道自己有何用武之地，只能将这点好胜心用在一些扭曲的、错误的场合。无法活得有尊严，这是我……这辈子的遗憾。

"老人很悲伤地对我说出了上面这些我没怎么听懂的话。至少在当时，我无法理解他话里的意思。

"喀什当时有好几个有舞女跳舞的剧场。但都名不副实，只是些简陋小屋那样的货色。秋山说也想在逗留期间到这些地方瞧一瞧，所以我就带他去了。

"在这些小屋跳舞的舞女们完全没有向观众展示舞蹈艺术的意识，她们跳的都是一些暴露身体的低级舞蹈。这也是白人们带到这个镇子的颓废糟粕。因为看客们可以自带酒水和食物入场观看表演，所以剧场内一片脏乱。在这样的环境中跳舞，舞者也好，剧场老板也好，也不可能有什么干劲儿。可秋山却说即使这样，他也想去看看，所以我就真带他去了。

"秋山想和剧场老板套近乎，便送给剧场老板从日本带来的土特产，两人聊得不亦乐乎。他还让人给他介绍舞女。舞女来了以后，秋山便将自己住的酒店的名字告诉对方，也聊得热情洋溢的。看他那样，我还以为他是想泡妞，便将维吾尔族姑娘喜欢的花和希望收到的礼物都详细地告诉了他。

"可我后来发现好像并不是这么回事儿。两天之后，秋山对那些剧院小屋和舞女们都完全失去了兴趣。因为那些地方只有当地的男人会光顾，领事馆的白人们是不会问津的。如果不是和高官们在一起，那么那些舞女便没什么用处了。于是秋山问我有没有白人会去的剧场。我再一次感觉他果然是搞间谍活动的。

"我对他提出的要求感到十分惶恐。因为这样一来，我只能给他介绍凯瑟琳跳舞的那家梅芙芭蕾剧院了。凯瑟琳和各国的高官们关系都那么亲密，秋山又出生于京都的舞蹈世家，他肯定了解日本舞蹈的基本套路。这么一来，对于凯瑟琳来说，秋山肯定是她非常乐意认识的人。

"我犹豫了。说老实话这里头也掺杂着些嫉妒的因素。秋山身材高挑，特别有男子汉的感觉，穿着应该是产自欧洲的体面服装，就算和白人站在一起也毫不逊色。看起来他应该也不缺钱。

"但是，为了凯瑟琳的舞蹈艺术梦想，我想我还是应该把秋山介绍给她。凯瑟琳只需掌握日本舞蹈，她的艺术领域就会得到扩展，艺术性也将得到提升。而且，通过学习日本舞蹈，也可能增加她进军欧洲舞蹈界的机会。

"踌躇了好久，我最终还是下定了决心。我和梅芙芭蕾剧院的老板打过几次照面，也认识英国领事馆的官员。像我这样的本地人可不是谁都可以进入梅芙芭蕾剧院的。所幸，剧院里的许多人我都认识，肯定进得去。加上秋山的风采出众，应该不会被拒绝的。

"于是，当天晚上晚宴时分，我领着秋山前往梅芙芭蕾剧院。果然不出所料，我们很轻易地进了剧院。在大堂和剧院里的人说明情况的时候，秋山认出了自己的一个熟人。那人是德国领事馆的，事实上说是他的熟人并不准确，秋山只是在什么资料上看到过那人的照片，便单方面说是熟人。不过谁让秋山天生人缘好，很快就和那人打得火热，还成功地坐到了德国人事先预订好的餐桌边。当然，我也一块儿入座了。

"晚餐结束后，凯瑟琳的表演便开始了。秋山好像也被她的舞蹈感动了，看得入了迷。我当然也深受震撼。凯瑟琳的舞姿和之前我们所见的脱衣舞表演不同，她是在跳舞，而且出色程度比之前更甚。

"表演结束后，凯瑟琳走下舞台。我不想引起她的注意，便没有站起来鼓掌。现在想来，其实当时就有种不好的预感了。糟糕的是，凯瑟琳正和我的目光撞了个正着。她发现了我，随后她的目光移到了坐在我身边的德国人和秋山身上。

"这一切也被善于应酬的秋山注意到了，他立刻站了起来，把椅子往后挪了挪，冲着凯瑟琳很有礼貌地鞠了一躬。我发现他的手里好像握着什么东西。这时秋山轻轻地挥动了一下那个东西，打开来，原来是一把精致的金色的扇子。秋山将它毕恭毕敬地呈递给凯瑟琳。

"凯瑟琳显示出了浓厚的兴趣，她莞尔一笑，朝秋山走来。走到跟前之后，她很优雅地将右手放到自己的胸口，双眼询问地望着秋山，好像在问：这是给我的？

"秋山见状，立刻脱口而出说自己还带来很多礼物，都在行李箱里,说里面还有日本偶人,都是为了送给她,才特意从日本带来的。我很惊讶秋山的谎言居然能如此信口拈来。凯瑟琳的事明明都是早上才听我说起的。说着,秋山将旁边的椅子拉开,示意凯瑟琳坐下。

"秋山那抬头挺胸的架势感觉比西洋人还气派。在秋山的邀请下,凯瑟琳很自然地坐在了秋山旁边的椅子上,仿佛她之前就决定好了今晚要坐这桌似的。至少在周围人看来肯定是这样的。

"秋山间不容发地把椅子往里一推,凯瑟琳便整晚都成了我们这张桌子的座上宾。就这样,秋山成功地劫走了当晚的明星。当然,也亏了当晚就我们这张桌子只有三个人,其他的桌子都坐了四人以上,只有我们这里空着一把椅子。

"面对着凯瑟琳,秋山兴奋得口若悬河、夸夸其谈。秋山似乎很欣赏凯瑟琳,一个劲儿地夸她舞跳得好,很有天赋。他对凯瑟琳赞不绝口,甚至说凯瑟琳是他周游列国期间见过的最好的舞者。

"虽然说的都是些肉麻的台面话,但秋山厉害的地方就在于能巧妙地伪装,无论他的虚情假意多么显而易见,你都会被他的虔诚态度所打动。显然,凯瑟琳也因秋山的这番溢美之词而陶醉,一副乐在其中的样子。

"秋山说自己出生在京都的一个有名的舞蹈世家,自小就受到父母的舞蹈熏陶。还说自己原本的志向就是二十岁以后成为一名专业舞者和歌舞伎表演者。他说只要下定决心,潜心学习,什么时候开始追求梦想都不算晚。舞者就该长时间地积累经验,不断地练习排练,至于要不要继续下去,可以等到以后再决定。为了成为专业舞者,有必要从小就进行舞蹈训练。这也是舞艺世代相传的秋山家的教育方针。

"凯瑟琳很用心地听着。我也觉得秋山说得很有道理。秋山还说后来他在成人后放弃了舞蹈,是因为发现还有更想做的事。但是从小就习得的舞蹈动作至今仍牢记在心。

"秋山好像完全不忌讳别人的嫉妒目光,他好像觉得就算是惹别人不开心了,只要过后再安慰一下对方就能冰释前嫌。和他同一桌的德国人,还有隔壁桌的客人,包括此时此刻的我,都对秋山的这种态度感到有些不快了。毕竟,凯瑟琳是大家长时间追捧的明星,而眼前的这个男人刚冒出来,就轻而易举地和她如此无忧无虑地侃侃而谈了。

"但是,凯瑟琳好像是真的对秋山感兴趣,当然,也有可能是她意识到了眼前这个男人的利用价值。不管怎么说,秋山是个好男人,所具有的绅士风度也是无可挑剔的。只要是女人,都会对这样的男人上心。那天晚上,她本来应该早已确定了送自己回酒店的人选,后来却好像将对方婉拒了。凯瑟琳对秋山说希望在回宾馆的路上继续听他聊些日本的事,聊聊日本的舞蹈。

"那天晚上,凯瑟琳和秋山二人一同走回英国大使宾馆,一路欢天喜地,聊得不亦乐乎。我落了单,心中五味杂陈地跟在他们俩后面,当他们的护卫。西域之地特有的干冷空气穿过黑夜,扑面而来。在我的眼中,秋山和凯瑟琳二人的欢声笑语如音乐一般装点着黑夜。从后面看,凯瑟琳的长发在风中微微摇曳,就像一幅剪贴画。

"或许是由于同是亚洲人的缘故吧,也可能是终于找到了一直在寻找的日本舞者,那天晚上,凯瑟琳比之前和任何一个人在一起时都要开心。

"到了酒店,我就站在人行道上,等秋山从酒店的玄关出来。我等他,是想和他一起回他住的宾馆的。然而他却没有出来,而是与凯瑟琳一起消失在了酒店里。

"这点倒也在我的预料之中。但我心里还是觉得，就算想约秋山，凯瑟琳也应该再等一段时间比较合适。这还只是初次相识，凯瑟琳就如此迫不及待了。不过也许对于她来说，秋山当真是那么特别的存在吧。

"我就一直站在酒店前的人行道上，等待着她房间里的灯亮起来。果然，不一会儿，她房间的灯亮了。我想象着秋山此时正如我那唯一的经历一样，与凯瑟琳并肩站着，看着远方那一望无际、黑暗似海的沙漠。

"我傻站在人行道上，想看看他们二人的身影是否会出现在窗边。但是什么也没看见。或许他们此刻正坐在沙发上促膝长谈也未可知。

"我就那样站了好一会儿，才往回走，回到了自己的公寓。"

8

"之后很长一段时间，老人都没再见到秋山。"御手洗君说。

"啊，是吧？"我回答道。

"因为秋山不知道老人的联络方式，老人要是去找秋山倒是找得到，但他完全没有想去的欲望。因为当年年少轻狂的老人怀抱着对喀什第一舞姬的朦胧恋情，却活生生的被一个来自东方的日本人给扼杀了。"

"应该是这样吧……"

"我缓过神来时才发现，由于天色已晚，眼前的空地已开始变暗。樱树浸没在黑暗中。老人从栅栏上站了起来，对我说了声咱们走吧。他说天有点凉了,自己的身体不好,有些受不了。说着,便步履蹒跚地走到自行车旁,踢开了自行车的脚撑。

"我看着他,跟了上去,对他说我多少懂些医术,如果他能告诉我症状的话,我应该能帮得上忙,也知道该用点什么药。

"他听我这样说,却回答说没事,没那么严重,晚上好好休息一下就没事了。于是我邀请他晚上到我住的宾馆休息。虽然那地方狭窄、脏乱,不是什么好去处,但至少暖和,可以好好休息一下。总比睡路边的箱子要好多了。

"但是老人拒绝了。对我说他等一下有点事情,要去找个朋友。我很怀疑地看了他一眼。因为按今天一整天的情形来看,我很难想象老人在这镇上还有可以商量事情的朋友。我又约老人晚上一起吃饭,我对他说不吃晚饭对身体是不好的,希望他介绍个好吃的地方,一起到那里吃饭,顺便继续聊聊白天没讲完的故事。

"可是老人连这个也拒绝了。他说自己没食欲,后面的故事明天再说,并且保证做到。我问他要回哪里?还是那个卖馕少年旁边的人行道吗?老人无力地点了几下头。

"我们俩骑着自行车,沿着黑暗的小路一直骑回了市中心。在自行车出租店门前告了别。我看老人脚下有点轻飘飘的,便说想送他一程。可他趁我支付自行车租金的时候,消失得无影无踪了。"

"他去哪里了呢?"我问道。

御手洗君摇了摇头,脸上的笑容消失了,说了声:"我不知道。"接着说道,"我后来一直为那天晚上的事情感到后悔。我应该无论如何都挽留住他的。不管是把他带到我的住处也好,或者强行把他带到哪里去看一下病也好,总之,不应该就那样让老人回去的。

"因为那天我们一大早就开始行动,我都感觉多少有点累了,上了年纪的他想必更加疲惫。我说要送他回家,但老人根本没有家,这点我明明是知道的。是我判断失误了。"

御手洗君将目光移向窗外,看了一眼桂川和桂川边盛开的樱花。

这时,我们点的樱花饼和茶水送上来了,御手洗君又把视线收回到了室内。

我总觉得故事的结尾会有点可怕,但又很想知道,便开口问道:"那……后来,怎么样了?"

"第二天早上,我又到了卖馕的少年所在的那家只有一张餐桌的店铺去看了一下。"御手洗君接着往下述说,"我发现老人不在旁边的箱子里。我问了少年,他说不知老人的去向。"

"啊……"

"我马上有了一种不祥的预感,想着老人会不会是在哪里摔倒了。我问少年老人还有什么其他的容身之处吗,少年说完全不知道。

"我买了个馕当作礼物,直奔一个突然想到的地方。那个地方就是查萨老城——老人生长的地方。我想那里至少有老人熟悉的医院。

"我沿途问人,急急忙忙地进了老城区,询问医院的具体位置。那所医院很难找,我在迷宫般的小巷里转来转去,过了很久才看到有一条巷口聚集着好多人,好多白色的服装和帽子叠在一起。

"说是医院,其实就是个狭窄简陋的建筑物,就像是震灾地区应急建立的临时诊疗所一样。说实话,就是个用水泥加固的貌似箱子的建筑物,室内只吊着一盏灯。我拨开人墙入内一看,只见里面一部分天花板已经塌陷,因为当时天还没亮,透过破洞的天花板还能看到天空中挂着一轮白色的圆月。

"老人躺在床上,在众人的注目之下。由于老人太瘦弱了,盖在他身上的毯子只隆起了一点点。乍一看还以为是张空床呢。平时老人好像一直被大家所忽视，可一旦病倒了，还是有很多人在意的。一些认识老人的熟人都很担心地聚在旁边。或许，他们中有些人也在反省自己平时对老人过于冷漠了。

"我进到屋里，虽然屋里黑漆漆的，但老人还是很快就知道是我来了。他用沙哑的声音对我说：'你来得正好。'

"'我带来了少年烤的馕，您能吃点吗？'说着，我打开纸袋、拿给老人看。但老人无力地摇了摇头，他脸色苍白，我知道他的情况相当不妙。

"因为一直不见医生的踪影，我便为老人把脉触诊。触诊之后我才发现，老人身上已到处是肿瘤，看这样子应该无药可救了。好像之前有人给老人打了镇静剂，他的意识有些模糊。看他的病情，我知道我已是无能为力了。

"很明显，常年睡在路边，是令他身体状况急速下降的主要原因。我也因此十分后悔。要是昨晚让他睡到温暖的房间里，他的状况也不至于这么糟。至少还能再多坚持一阵子。

"围观的人看着我一会儿为老人把脉，一会儿为他量体温，都以为我是医生。但等我再往门口看去的时候，发现他们都不见了。

"'给我点水喝。'老人对我说道。我先确认放在旁边餐桌上的水壶里是不是有水，然后让他含了一小口。

"'还有什么我能帮你的吗？'我将水壶放回到了餐桌上，问道。

"'没有了。'老人回答道，'你能来就很好了。'

"老人说完沉默了一会儿，接着断断续续地说道：'很高兴能认识你，秋山。非常感谢！你唤醒了我内心遗失已久的民族自豪感。'

"说完又是一阵沉默。

"'我还没来得及像樱花那样凋零,便已成为如此的枯木。但是,我对自己的人生无怨无悔,能够安心地去见真主阿拉了。'

"老人说话的语气极像战时的日本人。

"老人的意识已经开始模糊。将眼前的我一会儿当成是昨日街头刚认识的游客,一会儿又当成大战前夜的秋山。待到他恢复意识后,老人说道:'你想继续听我说下去吗?'

"'当然。'我点了点头。他好像也很想告诉我后续的内容。

"老人继续讲述着。秋山穿着讲究、风度翩翩,又很有男子汉气概,所以他和凯瑟琳很快就亲密起来了。一个男人有钱,想抓住女人的心是件极简单的事。不过那时的凯瑟琳正处于事业和人生的顶峰,秋山会为她着迷也是意料中的事情。

"就这样过了两三天,我又在街上的咖啡馆里和秋山相遇了。他是一个人,我也是一个人。秋山很开心,低头向我致谢,说之前很多事找我商量我都给了他很好的建议,他心里非常感激。还说在这座陌生的城市,我是他唯一的朋友。

"我觉得他的这些话是发自真心的,也应该是千真万确的。他不知道我对凯瑟琳的心意,所以,他是无罪的。但他说的这些话在当时的我听来却是很难接受的。在秋山和郊区那些低级舞女见面的时候,我确实经常给他出主意,详细地告诉他女孩们喜欢的东西。但是,对方是凯瑟琳的话,就另当别论了。

"秋山很热情,出了咖啡屋就约我去他住的酒店坐一坐。我一时想不出拒绝的理由,又刚好很无聊,就真的跟他去了。在他的房间,他让我看了他带来的书。有中文的,也有俄语的,可就是没有日语的。

"他还拿出点心款待我。然后从架子上取下一瓶红酒,拿出两个玻璃杯，将红酒注入其中。我一边和他碰杯，一边看着红酒瓶的标签。是法国产的玛哥斯红葡萄酒，凯瑟琳之前让我喝的也是这款酒。

"我问秋山有没有在教凯瑟琳日本舞蹈。他点了点头。这么说来，眼前这酒应该是来自凯瑟琳的谢礼，我内心推测着。说不定除了得到这瓶法国产的高价酒以外，秋山还得到了更加宝贵的馈赠。

"告别秋山后，我径直去了英国领事馆。我是从后门进去的，到了馆内的秘密警察部，向一位熟悉的官员汇报了秋山的情况。我告诉他一个叫作秋山的日本观光客正在亲近一位与英国高官关系密切的舞女，还向商店及餐厅经营者打探各种情报。另外，他还在测量小巷的宽度、隧道的高度、围墙的高度和宽度，等等，收集各种数据。此外，这人还带着军事方面的俄文书籍。

"第二次世界大战爆发以前，原本互相敌对的英国和俄罗斯两国关系扭转，共同将日本列为谍报侦查的对象。对于来到镇上的日本人都要求逐一跟踪，监视他们的一举一动。

"老人说到这里，好像很难受的样子，一直喘着粗气。休息了一会儿，才继续往下说。

"之后秋山被逮捕了，就在英国领事馆旁边的那块有棵樱桃树的空地上被枪杀了。我向真主阿拉起誓，我真心没有想到事情会变成那样。我原以为最多就是被关进拘留所，几天后就会放出来，然后作为英国与日本的间谍交换计划被强制遣送回国呢。

"他被赶到那片空地的时候，手被手铐反拷在背后。我混在围观的市民中看到了这一幕。就在那时，秋山也注意到了我。

"老人抬头看了看从天花板的破口处露出的那轮白色月亮。这时天已经蒙蒙亮了，天空也从青色逐渐向天蓝色变化。老人一边喘着粗气一边继续述说着。

"秋山向押行他的英国士兵说了一句什么,接着走到我面前。我很害怕,不知道他会说些什么,特别想逃走。但这样一来就显得太不自然了,他一定会猜出是我告的密。所以我强忍着内心的恐惧,继续站在原地不动。不,其实那时的我脚已经软得走不动了。

"秋山站在我面前。我一直低着头,很想闭上眼睛,不敢正视秋山。他却毫不害怕的样子,对着我微微地一笑,感谢我对他的照顾,让我多保重。还拜托一旁的英国士兵将自己口袋里所有的纸币全都拿给了我。

"他那语气就好像只是准备出趟远门去旅行一样。我被他的勇气所震撼。我觉得太不可思议了,他是如何做到这么豁达的?

"说老实话,当时出于一种赎罪心理,我是很想拒绝那些钱的。但若拒绝也会显得很不自然,而且感觉心里更对不住他了。秋山冲我微微一笑,用英语告诉我说自己就如这樱花一般,是盛开着飘落。还说就算自己不在了,也希望我能够为了亚洲人的亚洲而不断地努力。

"秋山完全不知道是由于我的告密自己才会被杀害的。他丝毫没有怀疑我。而他肯定是不希望自己遭枪杀后,所有的钱财都被英国人没收,心想反正横竖都得死,不如将身上所有的钱都留给我这个他在镇上唯一的朋友好了。

"随后,老人用几乎听不清的声音对我说:'他把钱都给了我,这样一个根本不配当他朋友的人。'

"老人的眼里泛起了泪花,映出刚刚亮起来的天空的颜色。老人湿润的双眼让我想起喀什的陶器那种会发光的绿色。

"当空地上响起枪声的时候,我也死了。我倒在了人墙后方的地面上,站不起来,耳边响起秋山曾对我说过的那些话。

"亚洲现在正面临着前所未有的困难局面。我们都在接受神的考验。虽然我们的力量还很薄弱,但只要我们手拉着手,加强锻炼,真心合作,是绝对不会输给洋人的——

"'秋山是个骄傲的、有骨气的男人。他说过他身上肩负着亚洲的骄傲,这样一个男人,却被同为亚洲人的我交给了白人。'说着,泪水从老人布满皱纹的瘦削脸颊上滑落。

"老人继续道:'自那以后,我放弃了所有的间谍活动。我当时彻底明白了间谍这项愚蠢卑劣的工作的意义。

"'由于悔恨太深,很长一段时间里我都无法重新振作起来。在我这不算短的一生中,没有哪件事像这件事一样令我受到如此深的影响。我由衷地被秋山那纯洁的心打动了。与他相比,我是一个多么卑微弱小的存在!我觉得自己就是一个一心息事宁人、一味卑躬屈膝、嫉妒心极强、毫无生存价值可言的弱者!

"'所以,后来不管是谁,再怎么求我,我都没再从事过一次间谍活动。不会再有第二次了。我向阿拉起誓,哪怕是被杀害,我也不再从事间谍活动。

"'但是英国人就是不放过我,因为我的英文比较好。后来,实在无计可施,我只好走到街上到处大声张扬,说自己一直是英国人的间谍,是小镇的叛徒。由于我的丑陋行径,很多亚洲同胞被害,所以大家都要小心我,别在我耳边说任何话,因为我会偷偷去向英国人告密——我不这样做的话,英国人就不可能放过我。

"'这是极为危险、又让人痛苦的举动。这意味着我将失去作为一个人生活在这个镇上的权利。但所有的这些,与秋山所经历的痛苦相比,完全不值一提。所以,我固执地坚持这样做。我认为这是我能做到的、对于秋山友情的唯一回报。

"'自那以后,我便被喀什人鄙视。因为镇上好多人的亲人都是被英国人或俄罗斯人押走或杀害,或者土地被掠夺。他们绝不可能容忍像我这种甘当侵略者爪牙的人,更不可能接受我再作为他们的同伴。'"

在京都桂川边的听琴茶屋里,我因御手洗君口中的这位维吾尔族人的悲惨遭遇而嘘唏不已。

"老人继续说道:'此后,喀什的市民再也没有原谅我。他们不买我卖的东西,我去打工他们不付我工钱,也不搭理我。随着时间的推移,英国人离开了这片土地。我做过间谍的证据也消除了。但他们对我的蔑视心理依旧在持续,丝毫没有改变。

"'再后来,梅芙芭蕾剧院也被拆了。凯瑟琳一直被当地人当作白人,当然也受到了与我一样的鄙视。后来她挽着白人的胳膊离开了这个镇子。听说她去了欧洲,但之后就没再有她的消息了。当然,也没听说她作为一名出色的舞者而一举成名。

"'我也想离开这个小镇,却苦于无处可去。出了这个镇,我便没有任何熟人。我没有娶妻生子,也没有亲戚。

"'我多少会些英语,本来可以去英国的。也有人这样约我,但到底还是提不起干劲。因为让我吃了这么多苦、将我作为人的那一点点尊严都连根拔起的,也是那个傲慢的帝国。

"'时至今日,我对吃了这么多苦、终于挺过来的自己深感骄傲。对于我而言,这是一枚身为维吾尔族人的小小勋章。'

"最后,老人看着我的脸,说了这样一段话:'我知道你是日本人的时候好高兴。我真正想去的国家就是日本。你是真主阿拉派来的人。我最后就想对个日本人说这样一番话。我快要死了,心中最大的遗憾就是这辈子没能去到麦加和日本的京都。

"'秋山经常和我聊故乡的事。他说家乡京都是个很美的城市。那里的樱花特别美丽。他对我说过好几次,说什么时候一定要带我去看看那里的樱花。现在看来是实现不了了,太遗憾了。'

"那一天正午之前,老人就死了。享年七十四岁。"

就在这时,一阵风吹过岚山,樱花树纷纷摇曳。大量的樱花花瓣如白色粉末一般迎风飘舞着。

看着此番景象,御手洗君说道:"位于丝绸之路的西域喀什就是那样一个城镇。它是个民族兴亡的大舞台。只需踏入这个城镇的街道一步,就会发现那历经千年的小巷复杂地交织横亘,好比那曲折蜿蜒的民族之心。

"由于它是沙漠里的一个繁华大都市,自古以来就受到了黑契丹、蒙古、帖木儿、清朝等各个帝国的反复蹂躏。到了近世,又受到了欧洲列强的侵略。当地的居民们沦为这些大国手中争夺利益的棋子。但是通过老人的死,那样的一个时代也总算是终结了。"

后记

二〇一一年三月十日,我正在华盛顿DC的宾馆里。外面下着蒙蒙小雨。波托马克河河边的樱花还没开。

我打开电脑,在推特上写道:现在身处华盛顿,樱花尚未开放。这里有个樱花节,时间是三月二十六日到四月十日。这里的樱花应该就是那时开放的吧。

没想到远在太平洋彼岸的猪又聪氏即刻回复了我的这则推特。他是个非常好的读者,经常和周围的人说自己最喜欢的作家是岛田庄司,也经常支援我为废除死刑进行的活动。对我立志将日本的"新本格派推理"推广到整个亚洲的想法也非常支持和理解。

上回我出席青山学院大学举办的废除死刑的研讨会的时候,他还特意从宫城赶来东京,听我的讲座。那之后,我即刻启程北京参加有关"新本格派推理"的演讲之旅,猪又氏也陪同前往。当北京当地的记者略带挑衅的口吻问我是否认为应该废除死刑的时候,我含糊其辞地回答说:"有关这个问题,我认为早晚有一天我们得将它提到台面上来谈。"此君当时在一旁,认真点头的样子迄今我仍记忆深刻。

猪又氏是中学教师,是一个非常知性的人,清楚并理解此类情况,对社会问题也高度重视。平时他总是很有顾虑,不会主动来找我谈话。他总是笑容满面地待在我身旁,努力想听懂我说的话。

演讲日程结束后，他没有和我一起去机场，而是在北京的街头与我告别了。他对我说："咱们在此别过，我在北京观光一下再回去。"说着，他圆圆的脸上堆满了笑容，点了下头，向我告别。我也对他说道："那行，咱们东京见。"谁知道，那次居然成为我和他的最后一次见面。

第二天，三月十一日早上，我打开宾馆里的电视，发现电视画面上到处是黑色的浊流。汹涌的波涛将渔船掀翻，冲破堤防，冲毁了许多木造的房子。

那情形就好像微缩影像一般。在一阵类似眩晕的感觉中，物体的大小感消失了，仿佛是一堆小型玩具被杂乱地堆放在一起。无数的汽车、燃烧着的房子、破碎的家，都变成大量的木片，宛如从盒子里倾倒而出的牙签。海啸用黑色的身躯承载着支离破碎的物件，缓慢地、有力地冲向田地。

我心想，这是哪个国家的惨况啊？这时，只见屏幕上出现"Japan Earthquake"（日本地震）的字样。我吓了一大跳。原来发生地震的不是别的地方，正是日本。

电视上播放的是地震当时的录像。接着屏幕上出现海浪渐渐退去的画面。只见海面的段层处，成千上万的汽车咻溜溜地落入海底。紧接着，已变成木片的房屋也纷纷落入海里。

我光着脚，呆若木鸡地站在酒店的地毯上。展现在眼前的是祖国母亲突然遭遇重创的画面。

新闻持续播了好几个小时也完全没有要结束或转换话题的意思。我慢吞吞地开启电脑，看了看推特。里头有几个认识的编辑发的评论。太好了，看来东京平安无恙。

接着，我开始在推特上记录我在当地电视新闻上看到的有关日本东北部的灾情。我写道：东京的灾情仍不得而知。但我相信大家应该都很好。

然而，这回猪又君没有回复。于是我又写道：没有回复，猪又君，你还好吧？

但是，之后又过了好几天，猪又君在RT也好，推特也好，都没再出现。我没有想到可能是发生了悲剧，还一味地以为他那里可能停电了。

又过了不久，有人送来猪又君去世的讣告，我错愕了。

他住在宫城，是位于南三陆町高台的户仓中学的老师。地震的时候，他积极帮忙疏导到校园里避难的车辆，同时组织学生和老人到体育馆避难。到了体育馆，他发现有一个熟人不见了。他喊着："还有一个人！"就冲出了校园。就在这时，一个巨大得令人无法想象的大浪向校园打来，吞噬了猪又君。

他是一个平时会为学生的生活指导活动而四处奔波的老师。教理科，有的学生说起他的时候总说他有时候讲课过于晦涩难懂，但大家都非常喜欢他。他这一辈子直到最后都在为了身边的人而活。

东日本大地震的震灾区跨越了北海道、青森、岩手、宫城、山形、福岛、茨城、栃木、群马、东京、千叶、神奈川等广阔的领域。后来遗体获得确认的人数，以及上报到警署的行踪不明人数总计达到二万二千人以上（截止至三月二十二日）。这个数字，不久就成了此次地震的总遇难人数。

我原希望猪又氏能够看看我写的这本《进进堂，世界一周》。

因此，这本在千年一遇的大震灾最为严重之际完成的书，谨献给在那个飘雪的季节里，被寒冷的海啸吞噬的他，以及无数的遇难者。

二〇一一年三月二十二日

岛田庄司

SHINSHINDOU SEKAI YISSHU TSUYIOKU NO KASYUGARU
by Soji Shimada
© 2011 Soji Shimada
All rights reserved.
Original Japanese edition published by SHINCHOSHA Publishing Co., Ltd.
Chinese translation rights arranged with SHINCHOSHA Publishing Co., Ltd.
through Beijing Kareka Consultation Center.

图书在版编目（CIP）数据

进进堂，世界一周／（日）岛田庄司著；杜海怀译.—北京：新星出版社，2016.05
ISBN 978-7-5133-2075-7

Ⅰ.①进… Ⅱ.①岛… ②杜… Ⅲ.①短篇小说－小说集－日本－现代 Ⅳ.①I313.45

中国版本图书馆CIP数据核字（2016）第055945号

进进堂，世界一周
（日）岛田庄司 著；杜海怀 译

责任编辑：王　欢
特约编辑：赵笑笑
责任印制：李珊珊
封面设计：严　严

出版发行：新星出版社
出 版 人：谢　刚
社　　址：北京市西城区车公庄大街丙3号楼　　100044
网　　址：www.newstarpress.com
电　　话：010-88310888
传　　真：010-65270449
法律顾问：北京市大成律师事务所

读者服务：010-88310811　　service@newstarpress.com
邮购地址：北京市西城区车公庄大街丙3号楼　　100044

印　　刷：三河兴达印务有限公司
开　　本：910mm×1230mm　　1/32
印　　张：8.375
字　　数：140千字
版　　次：2016年5月第一版　2016年5月第一次印刷
书　　号：ISBN 978-7-5133-2075-7
定　　价：35.00元

版权专有，侵权必究；如有质量问题，请与印刷厂联系更换。